John D. – Der Fall

J. D. LUKAS

John D.

Der Fall

Bibliografische Information der Deutschen Nationalbibliothek
Die Deutsche Nationalbibliothek verzeichnet diese Publikation
in der Deutschen Nationalbibliografie; detaillierte bibliografische
Daten sind im Internet über http://dnb.d-nb.de abrufbar.

© 2016 J. D. Lukas
Umschlagdesign: © J. D. Lukas
Satz, Herstellung und Verlag:
BoD - Books on Demand
ISBN 978-3-7392-8069-1

Sommer 2015. Es ist Nacht. Der kleine Bahnhof in der Steiermark, vierzig Kilometer südlich von Graz, ist menschenleer. Seine drei Bahnsteige liegen verlassen. Ein paar Sterne funkeln am Himmel, in der Ferne zucken vereinzelt Blitze. Ein Gewitter naht. Unweit der Bahnstation erstreckt sich der große, um diese Zeit leere Parkplatz, daneben zeichnen sich die Umrisse einer Tankstelle und eines kleinen Supermarktes ab. Der Bahnhof und die wenigen Gebäude werden umgrenzt von Wald, Äckern und Wiesen. In einiger Entfernung scheint das eine oder andere beleuchtete Haus in der Dunkelheit auf, ab und zu fährt ein Fahrzeug auf der im Verborgenen liegenden Landstraße vorbei, zumindest ahnt man es wegen des aufscheinenden Scheinwerferlichts. Grelles Licht beleuchtet den Bahnhof. Das Lichthauptsignal an der Strecke in Richtung Graz ist auf Rot geschaltet. Gehen wir langsam auf dieses rote Signal am Bahnhofsende zu – den Bahnsteig entlang mit seinen genoppten Pflastersteinen und den auffälligen Blindenleitstreifen, seinen leeren Metallbänken, dem markierten Raucherbereich und dem gläsernen Warteraum. Stellen wir uns kurz das Treiben vor, wenn sich hier tagtäglich die Wege vieler Menschen kreuzen, Ankommende und Abfahrende, unpünktliche, zum Zug Hastende und pünktliche, ruhig auf dessen Einfahrt Wartende. Darunter ältere Menschen, die sich mit der neuen Technik schwertun und hoffen, dass sie auf der Anzeigetafel den richtigen Zug entdeckt haben und beim Einsteigen den richtigen Knopf drücken werden, damit der Zug nicht etwa warten muss und der Zugbegleiter womöglich ungeduldig auf die Uhr zeigt. Nein, keine Verspätung bitte. Sonst muss sich der Zugbegleiter wieder die Klagen der Fahrgäste anhören, und das alles nur wegen dieser alten, begriffsstutzigen Schachtel. Oder die Verliebten, denen Zeit und Raum egal sind, denn sie haben nur Augen für sich allein. Ihre innigen Blicke, das ineinander versunkene Lächeln, das Im-Arm-Halten, die vielen unbewussten Berührungen und ab und zu ein kleiner Kuss. Es ist ein eigener Mikrokosmos, in dem sie verweilen, da kann man schon neidisch werden beim flüchtigen Zusehen. Doch jetzt ist alles ruhig. Kein Mensch ist hier. Eine Zeitung liegt am Boden, ihre Seiten flattern leicht im warmen Sommerwind, eine leere Getränkedose rollt scheppernd über das Pflaster. In der Stille hört man ein paar Grillen zirpen, typisch für eine Sommernacht. Die LCD-Anzeige am Bahnhof kündigt den ersten Personenzug erst für fünf Uhr dreißig an. Der Zeiger der analogen Bahnhofsuhr springt auf fünf Minuten vor Mitternacht. Nachdem wir das Schild mit Piktogramm und dem Hinweis »Betreten verboten« hinter uns gelassen haben, betreten wir die Schienen und verlassen den Lichtschein des Bahnhofs. Je weiter wir uns von ihm entfernen, desto dunkler wird es. Neben den Gleisen verläuft eine schmale Begleitstraße, die üblicherweise für Wartungsarbeiten genutzt wird.

Wir gehen auf den Schienen und Schwellen so weit, bis wir auf einen Mann stoßen, der mit dem Rücken zum Bahnhof auf einer der Schwellen sitzt. Der Mann ist fünfundvierzig Jahre alt, von normaler Statur. Er hat eine Halbglatze und trägt eine Brille. Er ist mit einem alten hellen Poloshirt, blauen zerrissenen Jeans und dunklen Schuhen bekleidet. Er hockt zusammengekauert mit gesenktem Kopf auf der von der Hitze des Tages noch warmen Betonschwelle, seine Hände im Schoß gefaltet. Seine Augen sind geschlossen. Hin und wieder erhellen die in der Ferne zuckenden Blitze die Szene und verleihen ihr etwas Dramatisches.

Das war's dann wohl. Ich habe alles falsch gemacht.
»Bist du nicht selbst daran schuld?«

Er öffnet langsam die Augen, hebt etwas den Kopf und fixiert eine unbestimmte Stelle vor sich wie ein vorhandenes Gegenüber.

Warum … warum ist das alles so gekommen? Habe ich so viel Böses getan, um jetzt dafür bestraft zu werden?
»Böses? Du weißt ja nicht einmal, wie man dieses Wort schreibt. Wann hast du denn deiner Meinung nach je etwas Böses getan?«

Ich habe damals aus der Brieftasche meiner Mutter etwas Geld gestohlen, und in einem kleinen Kaufladen habe ich einmal Süßigkeiten mitgehen lassen, und …

»Aber das Geld hast du deiner Mutter später in doppelter Höhe heimlich in ihre Brieftasche zurückgelegt und der Verkäuferin hast du den dreifachen Betrag in die Hand gedrückt und gesagt, du hättest das Geld im Laden gefunden. Sie hat es sich dann in die eigene Tasche gesteckt, wie blöd bist du eigentlich?«
Und die Sache mit meiner Mutter?

Frühsommer 1980. Ein 1266 Quadratmeter großes Grundstück umgibt das große quaderförmige Haus mit langer Einfahrt, vielen hohen Fenstern, einem Balkon und einer Terrasse in einer ländlichen Gegend. Das Haus steht etwas eingerückt an einer viel befahrenen Landstraße, in deren Verlauf sich auch die anderen Häuser des Ortes mit etwas Abstand aneinanderreihen. Fährt man die vierzig Meter lange Einfahrt entlang, kommt man zu einem großen Garten, der am Bahndamm einer Eisenbahnlinie abschließt.

Wir wohnten zu dritt in dem Haus. An jenem Tag stellte mich meine Mutter zornig zur Rede. Sie schrie mich an, war ganz außer sich vor Wut – oder eher Hilflosigkeit? Mir liefen die Tränen herunter.
»Schon wieder eine Fünf in der Schularbeit! Was soll ich nur mit dir machen? Ist das alles, was du kannst, weinen?«, schalt sie.
Dann schlug sie mich, wie so oft, auf die Wange und ich – im Reflex – schlug diesmal zurück. Wir beide starrten uns verblüfft an, bevor wir voreinander wegliefen. Die Mutter in Richtung Garage zum Vater und ich ins Haus in die Küche.
»Ja, ja, die Schule, sie war schon immer dein Problem. Aber genau genommen begannen die Schwierigkeiten ja schon im Kindergarten, nicht wahr?«

Das stimmt, es war im Jahr 1975. Damals war ich fünf Jahre alt. Ich saß mit den anderen Kindern auf einer Art Tribüne, während die Kindergartentante uns etwas vortrug. Dabei habe ich mich eingenässt. Ein Kind bemerkte es und lachte mich aus. Alle anderen sahen zu mir hin und ich fühlte mich, als würden alle mit dem Finger auf mich zeigen.

Ein Kind, laut: »John hat sich wieder angemacht!«

Die anderen Kinder lachten.

Kindergartentante: »Ruhe jetzt. Komm, John, ich bringe dich zur Toilette.«

Der Vorfall blieb auch meinen Eltern nicht verborgen. Sie wurden zu einem Gespräch eingeladen. Die Kindergartentante, mein Vater und meine Mutter standen im Gang und ich konnte ihr Gespräch mit anhören.

Kindergartentante: »Ihr Sohn hat ernste psychische Probleme. Sie sollten Hilfe in Anspruch nehmen.«

Meine Mutter: »Ja, vielleicht wäre es das Beste, er ist auch Bettnässer.«

Mein Vater meinte nur: »Blödsinn. Es braucht nur ein paar hinter die Ohren, um ihn zur Vernunft zu bringen. Schläge sind gut für das Gehirn. Das beutelt alles an die richtige Stelle und die Gören sind nicht länger lästig, verhalten sich ruhig und kommen nicht auf dumme Gedanken.«

»… oder dann in der Schule.«

Das Jahr 1979. Ich saß mit den anderen Kindern im Unterricht in einem Kreis. Ich sollte ein mitgebrachtes Buch vorstellen. Es handelte von einem Tierarzt und den wilden Tieren in Afrika. Ich weigerte mich, da ich das Buch gar nicht gelesen hatte. Wie sollte ich also einen Vortrag darüber halten? Ich hatte keine Ahnung, wie man so etwas macht. Meine Eltern haben es mir nicht gezeigt.

Meine Mutter hatte nur gesagt: »Nimm das Buch einfach mit und zeig es in der Runde herum. Das wird schon reichen.«

»Das hast du ihr geglaubt?«

Na, hör mal, als Neunjähriger glaubst du, was deine Eltern sagen.

So machte ich in dieser Situation das, was ich nach Meinung meiner Eltern am besten konnte. Ich fing an zu weinen.

Die Lehrerin sehr erbost: »Was ist mit dir? Warum heulst du jetzt? Stellst du uns das Buch nun vor oder nicht?«

Ich konnte es ja nicht.

»Aber dafür hast du dann jede Menge Schläge kassiert.«

Ja, weil ich die Hand gegen meine Mutter erhoben hatte, wurde es extrem. Der Vater verprügelte mich. Ich flüchtete unter den Küchentisch, um dort Schutz zu suchen. Der Vater trat mit den Füßen noch nach.

Er schrie: »Die Mutter schlagen! Was unterstehst du dich! Ich schlag dich gleich tot.«

»Du wurdest wegen fast jeder Kleinigkeit geschlagen. Auch wenn du einmal eine kindlich naive Frage gestellt hast oder wenn du unbewusst das weitergeplappert hast, was deine Eltern an den Verwandten auszusetzen hatten. Kinder schwatzen halt nach, was sie hören.«

Ich habe dann beschlossen, bei solchen Treffen einfach weniger bis gar nicht mehr zu reden. So konnte ich nicht bestraft werden.

»Das blieb aber auch der Außenwelt nicht verborgen, oder?«

Das Jahr 1980. Ich saß im Klassenraum in der ersten Reihe. Die Lehrerin ging auf mich zu und wollte mich prüfen. Sie machte dabei unbewusst eine Handbewegung, die mich zusammenzucken ließ, so als würde ich geschlagen werden.

Sie fragte mich danach, vor der ganzen Klasse: »Wirst du zu Hause geschlagen?«

Ich antwortete zögernd mit einem Nein.

»Obwohl sie dir nicht glaubte, hat sie aber nichts dagegen unternommen, oder?«

Nein. Heutzutage wäre es zu einer Anzeige gekommen, aber damals, damals war Wegsehen noch normal.

»Warum hast du so schlecht gelernt?«

Das weiß ich nicht. Vielleicht weil ich immer auf mich allein gestellt war. Meine Eltern waren ja meist außer Haus, und wenn sie da waren, gab es statt Hilfe immer nur Stress und Streit. Oft drohten sie mir mit dem Kinderheim.

Mutter: »Wenn du ungezogen bist, kommst du ins Heim!«

Ich bin ja hauptsächlich bei meiner Großmutter aufgewachsen.

Sommer 1977. Sie besaß ein bescheidenes Haus auf dem Land in der Nähe eines Waldes, mit Stall, vielen Hühnern und etlichen Hasen sowie ein paar Katzen, ein typischer kleiner Bauernhof. Maisäcker, Weizenfelder und hoch sprießende Wiesen umgaben das Anwesen. Die nächsten Nachbarn wohnten einige Hundert Meter entfernt. Ich sehe es noch vor mir, als wäre es gestern gewesen: Die Großmutter schalt mit zwei Nachbarskindern, sie sollten gehen und woanders spielen. Ich beobachtete das Ganze aus der Entfernung, versteckt im Gebüsch. Wie an jenem Tag, so hat sie mich immer von den anderen isoliert. Ich musste alleine spielen, und hatte es doch mal ein Nachbarskind in meine Nähe geschafft, wurde es verjagt. Bald interpretierte ich dieses Verjagen als Schutz unseres Anwesens. Denn meine Großmutter hatte mir eingeschärft, sofort Alarm zu schlagen, wenn sich Fremde oder andere Kinder näherten, und Letztere sofort zu vertreiben. Das tat ich tatsächlich eines Tages auch, als ein Bub im hohen Maisacker umherschlich. Mit einem Prügel aus dem Wald bewaffnet lief ich dem erschrockenen Jungen hinterher und schlug ihn in die Flucht. Ich habe ihn erst Jahre später wiedergesehen. Erschreckend, welchen Einfluss Erwachsene auf das Denken und Tun von Kindern nehmen können. Aber ich nahm es meiner Großmutter nicht übel, schließlich hatte sie bereits vier eigene Töchter großgezogen und dann deren drei Kinder, bis ich als letzter Enkel in ihre Obhut kam. Zu dieser Zeit war sie bereits siebzig Jahre alt.

»Und welche Beziehung hattest du zu deinem Großvater?«

Der kümmerte sich kaum um mich, ich habe wenige Erinnerungen an ihn. Als ich zu meinen Großeltern kam, war er bereits siebenundsiebzig Jahre alt. Gut kann ich mich daran erinnern, dass er manchmal gekochten Maisgrieß mit Weißwein aß. Ich bekam dann auch ein paar Löffel voll davon ab.

»Du hast schon früh mit Alkohol begonnen.«

Ja, meine Großmutter hatte im Kühlschrank im angrenzenden Raum immer eine Flasche Wermut und einen Kirschlikör mit ganzen Kirschen drin. Da nahm ich schon ab und zu einen geheimen Schluck dieser zuckersüßen Getränke zu mir. Schließlich sah ich das immer bei den Erwachsenen, wenn Besuch da war. Mein Großvater starb vier Jahre später mit einundachtzig Jahren. Wie in den Fünfzigern und Sechzigern allgemein üblich, führte meine Großmutter als Hausfrau den Haushalt ganz allein und betreute die Kinder, während ihr Mann arbeiten ging. Bei meinen Eltern in der nächsten Generation verhielt es sich allerdings anders. Um das Haus erhalten zu können, arbeiteten beide – meine Mutter als Angestellte in einer Fabrik für industrielle Porzellanerzeugnisse und mein Vater als Tischler in einer Firma für Holzprodukte in Graz.

So kam es, dass ich die meiste Zeit bei meiner Großmutter blieb. Einmal im Monat ging ich mit ihr zu Fuß zur zwei Kilometer entfernten Landgenossenschaft, wo wir Mais und anderes Futter für die Hühner und Hasen sowie Kartoffeln zum Anpflanzen kauften. Ich durfte immer den Leiterwagen ziehen. In dem Geschäft herrschte eine ganz eigene, harmonische Atmosphäre. Da waren zum einen die Gerüche der vielen dort gelagerten Getreidesorten und anderer landwirtschaftlicher Produkte, die sich vermischten. Die Arbeiter schienen in ihrer Arbeit aufzugehen und wirkten so zufrieden. Dann ging es weiter in den kleinen Ort, zu einem Kaufladen. Hier waren alle Regale so schön bunt gefüllt und ich bestaunte die vielen Sachen, die es dort zu kaufen gab. Meine Großmutter kaufte immer etwas Mehl, Maisgrieß, Zucker und diesen in meiner Erinnerung so einzigartig schmeckenden Malzkaffee, den sogar ich trinken durfte. Am meisten freute ich mich, wenn ich von dem Kassierer etwas Süßes geschenkt bekam. Dann zog ich den vollen Leiterwagen freudig wieder nach Hause zurück, immer im Blickfeld meiner Großmutter, da wir auf der Landstraße fuhren. Doch im Gegensatz zu heute fuhren damals nur wenige Fahrzeuge. Zu Hause angekommen wurden die Lebensmittel in der Küche und das Futter im Stall verstaut. Nach einer kleinen Stärkung ging es wieder hinaus in die geliebte freie Natur.

Ich spielte gerne im Wald. Ich kletterte hoch hinauf in die Bäume, schlich durch das dichte Gebüsch und robbte durch das hohe Gras. Ich stellte mir manchmal vor ein Schatzsucher zu sein und Abenteuer zu erleben, ein Jungentraum eben. Oft grub ich ein Loch mit einem alten, rostigen Nageleisen. In der Grube versteckte ich dann ein paar alte Münzen, ein Jägerabzeichen oder Knochen von einem verendeten Tier und schüttete sie wieder zu. Diese Dinge entdeckte ich bei meinen Erkundungstouren im Wald. Aber ich durfte auf keinen Fall zu lange von zu Hause wegbleiben und mich zu weit vom Haus entfernen oder aus der Sichtweite meiner Großmutter verschwinden. Kaum sah sie mich nicht mehr, rief sie nach mir und ich musste mich sofort melden. Manchmal meldete ich mich nicht gleich, weil ich gerade einen Platz gefunden hatte, an dem es Spannendes zu entdecken gab. Dann hielt sie mir eine Standpauke.

»Hat sie dich jemals geschlagen?«

Nein. Vielleicht ein paar Mal an den Haaren oder Ohren gezogen, aber geschlagen hat sie mich nie.

Häufig saß ich auf einem Baum und sah in das Abendrot. Es war eine sehr schöne Zeit, so voller Abenteuer, so viel erforschen, so viel Natur und so frei.

»Und so allein.«

Mag sein, doch manchmal bekamen wir auch Besuch von einer Nachbarin oder dem Postmann, der mit einem alten Motorrad und seiner großen schweren, schwarzledernen Posttasche zu uns kam und meiner Großmutter die Pension auszahlte. Er ließ sich Zeit. Damals gab es keine Hektik, keine Alkoholkontrollen und keine Helmpflicht. Der Postmann setzte sich häufig gemütlich in die Stube und trank den einen oder anderen Schnaps, rauchte mehrere Zigaretten und erzählte die Neuigkeiten aus dem kleinen Ort. Einmal berichtete er von einer Frau, die ein lediges Kind zur Welt gebracht hatte und deren Freund sie nicht heiraten wollte.

Meine Großmutter: »Wenn man Kinder hat…«, sie zeigte auf mich, »… dann muss man heiraten, denn alleine bewältigt man ein Leben mit Kind nicht. Eine eigene Wohnung, die Miete, womöglich ein Kredit, das tägliche Leben selbst, all das kann man unmöglich als Ledige finanzieren.«

Keine Ahnung, wie oft ich diese Sprüche hörte: von der Großmutter, den Eltern, den Verwandten, den Nachbarn, von Fremden, von Leuten, die bei uns zu Besuch waren, und sie sollten mein Leben grundlegend beeinflussen. Der Postmann und die vorbeischauenden Nachbarn waren oft die einzige Möglichkeit, Neues zu erfahren. Wir hatten kein Telefon, dafür aber ein altes Radio und einen Schwarz-Weiß-Fernseher, auf dem wir allerdings nur einen Sender empfangen konnten. Am lustigsten fand ich die Filme mit dem kleinen Dicken und dem langen Dünnen, die ich mir ansehen durfte. Ich blieb oft bis in die Abendstunden bei meiner Großmutter, bis mich meine Mutter, die von der Arbeit kam, mit ihrem Fahrrad abholte und wir zu unserem etwa einen Kilometer weit entfernten Haus fuhren. Dabei war es egal, ob es Sommer oder Winter war, heiß oder kalt oder ob es regnete. Später ging ich den Weg dann alleine zu Fuß.

Auch mein Vater kam oft erst sehr spät am Abend nach Hause. Vor dem Schlafengehen saß ich des Öfteren in meinem Kinderzimmer im ersten Stock auf dem Bett und hatte eine Katze im Arm, die ich sehr eng an mich drückte. Die Zimmertür ließ ich meist nur angelehnt, damit ich hören konnte, was im Parterre vor sich ging. Da hörte ich die Eltern streiten, mit den Türen schlagen und mit Dingen werfen. So manches Schimpfwort wurde lautstark ausgesprochen.

Der Vater: »Du wolltest doch ein Kind haben! Sieh zu, dass er etwas lernt.« Mutter: »Warum ich? Du warst ja auch beteiligt! Ich muss den ganzen Tag im Büro arbeiten und den Haushalt machen, während du dich im Keller verkriechst, dein Auto polierst und an deiner Eisenbahn herumbastelst!«

Vater: »Ich muss auch den ganzen Tag arbeiten, in der Scheißfirma Holzkisten zusammennageln, im Sommer bei Hitze und im Winter bei Kälte. Da habe ich eben abends und sonntags gerne meine Ruhe. Und wer soll wohl das Geld für die Abzahlung des Hauses heimbringen? Wenn der Junge nichts lernt, geben wir ihn ins Heim!«

Mehr als einmal stellte ich mir vor, wie gut es wäre, die Augen zuzumachen, einzuschlafen und nie mehr aufzuwachen. Ich schmiegte mich ganz fest an die Katze, weinend, und sagte zu ihr, dass ich nie im Leben so streiten möchte wie meine Eltern. Wenn man sich liebt, streitet man nicht.

»Du klingst wie ein hoffnungsloser Romantiker. Die Heimatfilme der Fünfziger und Sechziger haben dich wohl weichgespült. Sich verlieben, verloben und heiraten, dann stellt sich Nachwuchs ein und man bleibt glücklich bis ans Lebensende, so stellst du es dir vor, nicht wahr? Dabei hast du immer den Schutz unter der Bettdecke gesucht, dir dort Wärme und Geborgenheit vorgegaukelt und dich vor der bösen Welt versteckt. Unter der Decke hast du dich wie in einem Schneckenhaus verkrochen. Aber so ein Schneckenhaus ist zerbrechlich und durch rohe Gewalt schnell zu zerstören. Und das liebe Geld … das war wohl euer Hauptproblem?«

Das weiß ich heute. Damals habe ich es aber nicht bemerkt.

Meine Mutter: »Du fährst ja eh nicht mit auf den Skikurs, oder? Du weißt ja, dass wir wenig Geld haben. Du besuchst einfach währenddessen die Ersatzklasse in der Schule. Das kommt billiger.«

Was sollte ich als Kind da sagen, außer: »Ja, in Ordnung.«

»Ach Unsinn, du hättest es nicht bemerkt! Sie wollten einfach nicht mehr weiter in dich und deine Zukunft investieren. Weder ließen sie dich auf den Skikurs noch auf die Sportwoche mitfahren, was sehr wichtig für dich gewesen wäre, noch wollten sie dir später ein Studium ermöglichen. Sie haben dich so mit ihren Aussagen manipuliert, dass sich das Wort »sparen« tief in dir verankert hat und deine Auffassung prägte, dass Geld das Wichtigste im Leben sei, denn nur mit seiner Hilfe könne man überleben. Sie gaben aber lieber das Geld für ihre Kleidung und ihre Hobbys aus. So wurdest du immer mehr zum Außenseiter. Sicher wurde ein Teil des Verdienstes deiner Eltern für die Abzahlung des Hauses verwendet, doch sicher wären auch für dich ab und zu einige Extraausgaben möglich gewesen. Aber da war wohl noch etwas anderes im Spiel: Vor allem dein Vater hielt nicht viel von dir.«

Das ist wahr und ich bekam es zum Beispiel auch bei den Elternsprechtagen in der Schule zu spüren. Meist nahmen viele Eltern, teilweise auch mit ihren Kindern, daran teil. Wie an jenem Tag, als ich mit anhörte, wie sich mein Vater mit einem Nachbarn unterhielt. Es war ausgerechnet derselbe Nachbar, dessen Familie bei meiner Mutter und auch bei meinem Vater immer als Vergleich herhalten musste. Entweder verglich mich meine Mutter mit den Nachbarskindern, die in der Schule viel besser lernten als ich und viel aktiver waren und an Skikurs, Sportwoche und an dies und das teilnahmen. Und was tat ich? Meine Mutter war überzeugt davon, dass auch sie geschlagen wurden. Wie sollte die erfolgreiche Erziehung von Kindern auch anders funktionieren? Oder sie verglich meinen Vater mit dem Nachbarn, der so fleißig war, so gut für seine Frau und für seine beiden Kinder sorgte und in seinem tollen Beruf viel mehr verdiente als mein Vater. Das Gleiche hörte ich von meinem Vater: wie wohl erzogen die Nachbarskinder sind, wie gut sie lernen, wie emsig sie dem Vater immer bei Arbeiten helfen.

»Hast du deinem Vater nie bei Arbeiten geholfen?«

Sicher habe ich ihm geholfen. Ich fand Werkzeuge, wie Hammer, Bohrer, Säge, Schraubenzieher, Stemmeisen und so weiter, total faszinierend, aber wenn ich sein Werkzeug für meine eigenen Projekte verwenden wollte, dann hieß es immer nur: »Das ist mein Werkzeug, du machst es nur kaputt. Und überhaupt: Das kannst du nicht, das schaffst du nicht.«

Dabei hatten wir zu den erwähnten Nachbarn kaum Kontakt, weder die Erwachsenen noch wir Kinder untereinander, obwohl ich mit einem der beiden Jungen in dieselbe Klasse ging. Ab und zu war ich zum Spielen dort, aber es war eine unbehagliche Atmosphäre. So gab es dort deren Großmutter, die auch noch im Hause wohnte und nur ihren Enkeln etwas zu trinken gab, wenn wir Durst hatten. Mir gab sie nichts. Das fand ich schon irgendwie seltsam, aber als Kind denkst du nicht lange darüber nach. Dann kam es am bewussten Elternsprechtag zu einem der seltenen Treffen.

Nachbar: »Da sind sie, unsere Kleinen. Ich bin gespannt, was einmal aus ihnen wird. Ich hoffe, dass sich die Wirtschaftslage bessert, bis sie erwachsen sind. Aber einige von ihnen werden wohl ihren Weg nicht schaffen.«

Darauf blickte mein Vater mich vorwurfsvoll an: »Da habe ich so ein Exemplar, das seinen Weg nicht schaffen wird, wenn er so weitermacht.«

Ich blickte verstört zu meinem Vater.

Seine Einstellung änderte sich auch nicht, als ich später eine höhere Schule besuchte und in einem Elterngespräch der Professor zu meinen Eltern sagte: »Lassen Sie Ihren Sohn seinen Weg gehen.«

»Wo blieb nur das Väterliche bei deinem Vater?«

Ich weiß es nicht, zu seiner Ehrenrettung muss ich vielleicht sagen, dass es auch schöne Augenblicke zwischen uns gab. Wenn ich an unsere Urlaube in Italien denke oder an die Weihnachtsfeste ...

Weihnachten 1979 bei uns im Hause. Die Bescherung war im Gange und ich sah wie verliebt den Christbaum an und faltete die Hände wie zum Gebet. Später saßen wir alle um den Festtagstisch herum, meine Eltern, meine Halbbrüder, die Söhne meiner Mutter aus erster Ehe, einer von ihnen mit seiner Freundin und ihrem sechsjährigen Sohn. Das Dessert wurde serviert, es wurde gelacht, gegessen und getrunken. Danach sahen wir gegenseitig unsere Geschenke an, ich spielte. Ich war glücklich über diese vollkommene Harmonie. Am Morgen des ersten Weihnachtsfeiertages wollte ich aus meinem neuen Pyjama gar nicht mehr heraus, er war so bequem, so angenehm, so warm. Sofort lief ich zum Christbaum, den bereits zwei unserer Katzen als Spielplatz entdeckt hatten, die mit den Christbaumkugeln spielten. Ich legte mich dazu und spielte mit. Am Nachmittag dann der Besuch meiner Lieblingsverwandten von der Vaterseite. Es war bereits dunkel und meine beiden Cousinen und ich spielten eine Gespenstergeschichte in meinem Kinderzimmer. Es wurde alles auf Tonbandkassette aufgezeichnet. Wir hatten einen Riesenspaß. Zur Gelegenheit dieses Besuches durfte es anders als sonst auch einmal etwas laut sein, denn normalerweise verbaten sich meine Eltern, vor allem meine Mutter, jeden Lärm. Und fröhliche Kinder verhalten sich nun einmal nicht leise. Im Haus sollte meist Ruhe herrschen. Es war auch so schlecht gebaut, dass fast jedes lautere Geräusch durch die Wände und die Decken drang, wie schnelles Rennen oder einmal eine Kissenschlacht mit einem Schulkameraden. Nicht selten stürmte meine Mutter dann zu mir ins Kinderzimmer und mahnte uns barsch zur Ruhe. So bekam ich sehr wenig Besuch. Auch die Anfälle, die mich als Kind vor dem Einschlafen oft plagten, nahmen meine Eltern im Erdgeschoss wahr.

»Was waren das für Anfälle?«

Das kann ich gar nicht so genau sagen. Ich hatte immer Angst, alleine einzuschlafen, Angst vor der Dunkelheit, Angst davor, die Augen zu schließen, Angst vor bösen Träumen. Ich fürchtete, das eine oder andere Monster übersehen zu haben, das sich im alten Kleiderschrank womöglich versteckt hielt. Manchmal konnte ich das Knarren des Schranks hören oder andere unerklärliche Geräusche, die vermeintlich dort herauskamen. Dann war es aus mit mir und nur indem ich mich auf allen vieren im Bett hinkniete, die Decke komplett über mich zog und mich dann schnell hin und her wiegte, konnte ich diese Angst überwinden. Es beruhigte mich. Doch leider machte das Bett dabei dermaßen laute Geräusche, dass immer einer der Elternteile in den ersten Stock stürmte und mich zur Ruhe ermahnte, und das nicht gerade leise. Doch es half mir trotzdem, denn danach konnte ich beruhigt einschlafen, denn ich glaubte, dass das Auftauchen meiner Eltern und ihr lautes Schimpfen auch dem Monster Angst eingeflößt hatte und es verschwunden war. Als ich älter wurde, hörten diese Anfälle Gott sei Dank auf.

»Und nach den Weihnachtsfesten zog wieder der barsche Umgangston bei euch ein?«

Ja, deshalb fiel mir der Abschied von meinen Cousinen auch so schwer. Ich blieb alleine zurück in meinem Zimmer. Da rollte so manche geheime Träne über meine Wange. Gerade war noch alles in Ordnung, dann war ich wieder einsam. Dann kam Silvester. Auch hier erlebte ich mit meinem Vater zusammen seltene Augenblicke der Freude und Harmonie. Wir schossen Raketen in die Luft und beobachteten das Feuerwerk der anderen. Ich liebte diese Raketen und stellte mir immer vor, eines Tages selber welche zu bauen. Ich konnte gar nicht genug davon in die Luft schießen, die vielen Farben, die schönen Muster, die festliche Atmosphäre bewundern. Wenn ich mit meinem Vater Feuerwerkskörper kaufen ging, gab ich oft mein ganzes Taschengeld dafür aus. Manchmal stand ich zu Silvester noch weit nach Mitternacht an meinem Fenster und sah hinaus.

Hier und da schossen ein paar verspätete Raketen in den Himmel. Doch ich stand einsam am großen Fenster und verspürte tiefe Traurigkeit. Ich fragte mich: Wie viele Menschen sind heute Nacht alleine? Wie viele haben Sehnsüchte? Oder bin ich der Einzige auf dieser Welt, der so fühlt? Und doch begleiteten die aufschießenden Raketen auch die Hoffnung auf ein neues besseres Jahr.

»Und wurde es besser?«

Besser? Ich weiß nicht recht. Ich war damals sehr froh, dass ich ein Fahrrad hatte, mit dem ich durch die Gegend fahren konnte. Ich war oft stundenlang unterwegs. Ich fuhr gerne einsame Strecken, auf denen ich kaum jemandem begegnete, mit dem ich reden musste, oder auf denen ich einfach nur die Stille, die Landschaft, die Natur genießen konnte. Ich liebte vor allem die Weite, wenn am Horizont die Felder abschlossen. Wie es da wohl aussehen mag, dachte ich bei mir. Die Natur und ihre Pflanzen waren für mich gleichsam ein Zeitmesser, vor allem der Mais. Wenn der Mais mich bereits überragte, hatte ich das Gefühl, dass sich das Jahr schon wieder dem Ende zuneigte und ich durch meine Träumereien schon wieder so viel versäumt hatte. Ich versuchte verzweifelt alles schneller zu machen, schneller zu gehen, schneller zu greifen, um die verlorene Zeit einzuholen, aber es gelang nicht.

Meine Großmutter starb am 22.11.1984, ich war damals vierzehn Jahre alt. Ihr seit damals leer stehendes Haus besuchte ich, sooft ich konnte, auch heute zieht es mich noch dorthin. Dort im Wald fand ich einen Ruhepol, erinnerte mich an die hier verbrachte schöne Zeit zurück. Einmal versuchte ich sogar die Stelle zu finden, an der ich damals meine Schätze vergraben hatte. Ich fand sie aber nicht mehr. Oder ich besuchte ihr Grab auf dem Friedhof. Ach Gott, wie oft habe ich dort mit ihr geredet und um ihre Hilfe gebeten, dass sie dort oben für mich ein gutes Wort einlegt. Dann musste ich von diesem Rückzugsort aus wieder nach Hause fahren.

»Warum wolltest du so ungern wieder nach Hause?«

Nach Hause? Wo war das? Mein Zuhause war besetzt von einem Gefühl der Angst, Angst vor dem Negativen. Schon die Rückfahrt versetzte mich in Stress, aber ich musste ja schließlich wieder heim.

Die Jahre vergingen. Die Hauptschule war zu Ende und im Herbst 1984 trat ich in die Handelsschule ein. Für mich begann ein neuer Lebensabschnitt, verbunden mit neuen, positiven Gefühlen.

In der Handelsschulklasse saßen wir zu viert in einer Reihe, zwei Mädchen und zwei Jungs. In der neuen Schule fühlte ich mich wie befreit und ging zum ersten Mal aus mir heraus. Ich sorgte für jede Menge Spaß und entwickelte mich zum Klassenclown. Einmal haben wir, während der Professor einen Schüler prüfte, sogar gesungen. Dafür hatte ich eigens den Liedtext eines alten deutschen Schlagers auf ein Blatt Papier mit zweifachem Durchschlag auf der Schreibmaschine getippt, indem ich mir zu Hause die Langspielplatte mehrmals anhörte, um auch den ganzen Text erfassen zu können. Unser Lieblingsprofessor verstand Spaß, er mahnte uns zwar zur Ruhe während der Prüfung, konnte sich aber ein Schmunzeln nicht verkneifen. Wir verhielten uns dann zumindest während der Prüfung etwas leiser. Und ich lernte nicht schlecht, bis … ja, bis ich mich verliebte.

Die Entdeckung der Liebe begann für mich auf einer Geburtstagsparty im Frühjahr 1985. Eine Schülerin aus meiner Bankreihe lud mich mit ein paar anderen zu einer Party ein. Bei toller Musik, Essen, Trinken und Tanzen amüsierten wir uns köstlich. Ich steigerte die Stimmung noch und machte wieder Witze oder spielte eine Szene aus einem Film nach, den alle kannten. Doch plötzlich schlug meine Stimmung abrupt um, als sich zwei aus unserer Klasse zu küssen anfingen und gar nicht mehr aufhörten damit. Ich sehe mich noch heute, wie ich erschüttert das Geschehen genau und vor allem aus geringer Distanz zu den beiden beobachtete. Es war unglaublich. Die küssten sich wirklich!

»Haben sich deine Eltern nie vor dir geküsst?«

Wohl nicht, denn bis dahin glaubte ich, dass das nur im Film vorkommt. Etwas begann sich jedenfalls von diesem Augenblick an bei mir zu verändern. Ich war aufgewühlt. Ich konnte es kaum fassen. Selbst noch als ich nach Hause ging, schüttelte ich den ganzen Weg über nur den Kopf und konnte einfach nicht begreifen, was da eben passiert war. Ich sagte halblaut immer nur den einen Satz vor mich hin: »Die haben sich tatsächlich geküsst, die haben sich tatsächlich geküsst.«

»Und wann hast du dich verliebt?«

Das war auf der Geburtstagsparty der Schwester der Schülerin, die damals die erste Party gegeben hatte. Gefeiert wurde im gleichen Haus und im gleichen Zimmer mit gleich viel Spaß. Die Schülerin, die ich beim Küssen beobachtet hatte, war diesmal alleine auf der Party, ohne ihren Freund. Zu späterer Stunde lag ich auf der Couch, denn Tanzen war nicht so meins. Und da kam sie zu mir, legte sich halb auf mich und wollte mich küssen. Ich wehrte ab, aber sie hörte nicht auf. Erst nach einiger Zeit schaffte ich es, mich ihr zu entziehen. Was war denn jetzt wieder los? Ich staunte. Weshalb wollte sie jetzt mich küssen, obwohl sie doch letztes Mal den anderen geküsst hatte? Die müssen sich doch lieben, oder? Da küsst man doch drei Wochen später keinen anderen.

»Oh Mann, du warst schon damals ein hoffnungsloser Romantiker. Und wie ging es weiter?«

Na ja, der endgültige Auslöser für meine Liebeskatastrophen waren diese berühmten Liebesbriefchen, die man sich unter der Schulbank zuschob. Da war Gerda, die mir einen sehr schönen, mit vielen Herzen verzierten Brief schrieb, dazu den Satz ›Ich liebe dich‹. Ich glaubte, dass diese Worte echt waren, und schrieb ihr zärtliche Worte zurück. Da habe ich mich verliebt. Ich konnte in der Nacht nicht mehr schlafen, so stark durchströmten diese Gefühle meinen Körper. Ich wand mich hin und her, umarmte das Kopfpolster und küsste es. Ich flüsterte immer wieder ein leises ›Ich liebe dich‹ in das Polster. Ich streichelte meinen Körper, fuhr langsam über mein Gesicht und in mein Haar, so als würde sie mich zärtlich verwöhnen. Ich legte mich auf den Rücken und meine Hände wanderten unter der Decke in Richtung Schritt. Ich befriedigte mich.

Was dann folgte, war eine Gefühlswelle, die ich noch nie erlebt hatte. Ich war hin- und hergerissen.

»Sie hat es nie erfahren, nicht wahr?«

Doch, aber erst kurz vor meinem Abschied von dieser Schule. Ich habe es damals meiner Schulfreundin anvertraut. Die hat dann vermittelt. Zu einer Aussprache ist es nie gekommen. Das Mädchen hat es nicht einmal für nötig befunden, mir selbst ein paar Zeilen zu schreiben. Sie hat einfach ihre beste Freundin einen Brief schreiben lassen. Das war genau die Freundin, die damals auf der Party jeden küssen wollte.

Im Brief stand Folgendes:

»Ich weiß nicht, wie du darauf kommst, dass Gerda dich liebt. Es war doch alles nur ein Spaß in der Klasse, nichts Ernstes, nichts weiter.«

»Nur ein Spaß? Wie traurig. Aber das war ja nicht das einzige Mal, dass du dich hoffnungslos verliebt hast. Auch hatte dieser Gefühlssturm für dich harte Folgen.«

Ja. Meine Leistungen in der Schule fielen rapide ab, ich war zu abgelenkt. Ich wechselte auch die Schule und ging nun in die Handelsakademie, weil meine Mutter das so wollte. Ich stimmte zu, erstens weil ich nicht wusste, wohin mein Bildungsweg führen sollte, und zweitens um über meine Liebeskatastrophen hinwegzukommen. Ich wollte das Gefühl der Verletzung nicht mehr spüren, es tat so weh. Ich war einfach müde. Wie schon einmal in meiner Kindheit hatte ich nun wieder den Wunsch, nur mehr einzuschlafen und nie mehr aufzuwachen.

»Aber dein Herz ist wieder verletzt worden. Du hast dich wieder verliebt.«

Ja, es ist mir noch dreimal passiert. Eines der Mädchen war die kleine Mia, die ich am Heimatbahnhof kennenlernte. Von dort ging ich mit ihr immer ein Stück nach Hause.

»Hat sie dich nicht einmal sogar indirekt eingeladen, als sie sagte: ‚Ich bin heute den ganzen Nachmittag alleine zu Hause‘? Aber du hast ihren Wink einfach nicht verstanden. Du hattest andere Ideen im Kopf.

Du wolltest ihr als Zeichen deiner Verliebtheit ein Herz am Computer zeichnen.«

Ja, das wäre für mich damals etwas ganz Besonderes gewesen. Doch ich habe es nicht geschafft, das Herz zu programmieren, solange ich auch tüftelte. Nach diesem Fehlschlag half mir aber mein Nachbar ihr näherzukommen, mit dem sie in dieselbe Klasse ging. Er vereinbarte ein Treffen zwischen uns in der großen Pause in der Garderobe, doch ich war dermaßen aufgeregt, dass ich keinen Ton herausbrachte und die Zeit schweigend verstreichen ließ. Sie stand dann einfach auf und ging. Wo sie konnte, ist sie mir danach ausgewichen. Dann war da Sabine im Schulpark und nach einer Wiederholung der Klassenstufe verliebte ich mich in Alina. Bei ihr litt ich am meisten darunter, dass ich sie nicht für mich gewinnen konnte. Ich dachte wirklich, dass es diesmal klappte. Wir waren uns so ähnlich. Auch sie war so etwas wie eine Außenseiterin in der Klasse und sie war so unglaublich hübsch, und ich fühlte bei ihr auch eine gewisse Einsamkeit, die sie umgab. Ach, ich wollte sie einfach nur in den Arm nehmen und trösten, einfach nur zärtlich zu ihr sein, ihr Wärme geben. Dieses Gefühl festhalten, dass es nie mehr aufhörte.

»Sie haben es alle nie erfahren, nicht wahr?«

Stimmt, zumindest nicht von mir. Die anderen Schüler haben es jeweils schon bemerkt, dass ich Gefühle für diese Mädchen hegte. Einigen habe ich mich auch anvertraut, auch wenn ich mich dabei stets sehr vage ausdrückte. Ich habe mich nie getraut, offen über meine Sehnsüchte zu sprechen.

»Und auf deinem Maturaball hast du auch einmal eine Chance verpasst. Da war Regina, die sich für dich interessierte.«

Ja, ich sehe sie heute noch wartend auf ihrem Platz sitzen, so alleine, so einsam. Die Blicke, die sie mir zuwarf. Doch ich hatte anscheinend Besseres zu tun. Ich musste den Maturaball filmen und ich war mit einem Bekannten dort, der mich immer wieder antrieb, das und das noch zu filmen und diese und jene Leute zu interviewen. So reagierte ich nicht auf ihre unmissverständlichen Zeichen.

»Dafür hast du dann beim nächsten Ball wenigstens ein Mädchen gehabt. Das hässlichste hast du dir ausgesucht und sie eingeladen, weil du der Meinung warst, sie ist einfacher zu haben. Ihr habt euch sogar geküsst.«

Ja, aber es fühlte sich grauenhaft an.

»Damit bist du zum Gespött der anderen geworden. Doch du hast auch eine andere Erfahrung gemacht.«

Das stimmt. In der Handelsakademie gab es im Keller einen Schutzraum, der nur als Abstellplatz genutzt wurde. Dorthin ging fast nie jemand. Im Halbdunkel traf ich mich dort mit einem Schüler aus meiner Klasse und wir haben uns gegenseitig befriedigt.

»Wie war das für dich?«

Es war nicht das gleiche Gefühl wie bei den Mädchen. Es war einfach nur Spaß und der Reiz, etwas Verbotenes zu tun. Es war mir hinterher unangenehm, da es niemand erfahren durfte und ich Angst hatte, erwischt zu werden. Außerdem gab es die Furcht, als schwul bezeichnet zu werden. Diese Befürchtung äußerte ich auch gegenüber meinem Schulfreund. Der meinte aber: »Keine Angst, so schnell wird man das nicht.«

Wir haben es dann noch zweimal gemacht, dann war Schluss, da ich es nicht mehr wollte. Ich hielt es nicht für richtig. In meiner Vorstellung sollte es das nur zwischen Mann und Frau geben. Etwas anderes hat nicht in mein Weltbild gepasst.

»Haben deine Eltern oder andere Schüler nie etwas von deiner Neigung bemerkt oder etwas darüber gesagt?«

Nein. Ich war einfach nur ein Typ, der sich ein wenig komisch verhält. Das kannte man schon von mir.

»Aber es gab damals eine Disco in der nahen Stadt. Dort haben sich deine Schulfreunde regelmäßig getroffen. Sicher hätte es dort die eine oder andere Möglichkeit gegeben, ein Mädchen kennenzulernen. Dass du nicht gut tanzen konntest, hätte hier kaum eine Rolle gespielt. Warum hast du es nie versucht?«

Ja, ich hörte meine Klassenkameraden oft über diese Disco reden – wer mit wem an dem jeweiligen Abend tanzte, welche Paare sich fanden oder einfach nur, wer zu viel trank. Sicher, Motorrad hatte ich keines, so wie die anderen, und obwohl der Weg dorthin recht lang war, hätte ich an schönen Sommerabenden sogar zu Fuß dort hingehen, etwas trinken, ein bisschen reden können. Aber ich hatte einfach nicht den Mut dazu. Es fand sich auch niemand, der mich kurzerhand mitnahm. Ein anderes Hindernis bildete die Strenge meiner Eltern. Ich durfte kaum ausgehen, und falls doch, nur am Tage für ein paar Stunden, schließlich war ich noch Jugendlicher und nach dem Gesetz verpflichtet, zu einer gewissen Zeit zu Hause zu sein. Und Gesetze wollten meine Eltern keinesfalls übertreten, da waren sie hart. Nur ab und zu, vor allem in den Sommerferien, schlich ich mich aus dem Haus, wenn die Eltern schliefen, und fuhr mit dem Fahrrad zu der Disco. Es waren warme Abende, an denen sich alle auf der großen Terrasse vor der Disco versammelten. Ich hörte sie lachen, singen und reden. Aus ein paar Hundert Meter Entfernung konnte ich das Geschehen von der anderen Straßenseite aus beobachten und ich musste mir eingestehen, dass ich kein Teil der Gruppe war. Diese Außenseiterrolle machte mir schwer zu schaffen. Warum konnte ich nicht so sein wie die anderen? Vielleicht weil sie anders als ich über Gefühle und die Liebe sprachen, also nicht gerade die schönsten Worte dafür benutzten, oder weil sie genug Geld hatten, um sich diese Vergnügungen leisten zu können, und ich immer nur über ein geringes Taschengeld verfügte. Ich scheute mich, Geld dafür auszugeben und am Ende keines mehr zu haben, wenn ich es brauchte, und dann wieder zu meinen Eltern laufen und lang und breit erklären zu müssen, warum das so war. Ich hatte ihre Vorträge und Vorwürfe einfach satt: über die Schule, die so viel kostete, das Geld, das sie in mich investierten, das teure Haus, die steigenden Lebenshaltungskosten, die kostspieligen Telefongebühren – dass einfach alles und jedes zu viel kostete und dass wir uns vieles angeblich einfach nicht leisten konnten. Wenn ich heute darüber nachdenke, hätte ich mich damals gegen die Anwürfe meiner Eltern wehren müssen. Dazu war ich aber seinerzeit nicht in der Lage.

»Du hast viele dieser Situationen auf Tonbandkassette aufgenommen, so als lebendiges Tagebuch.«

Ja, da ich nicht gerne mit der Hand schrieb und ich mich voll auf meine Gedanken konzentrieren wollte, habe ich das gemacht, genau mit Datum. Es geschah alles so unbewusst. Später bemerkte ich erst, dass diese Aufnahmen so wertvoll waren. Es war ja nicht nur die Stimme allein. Es war wie die Stimme klang, so voll Romantik, voll Hoffnung, so verliebt oder viel zu oft so voll Traurigkeit und Tränen. Da gab es viel mehr Ausdruck, als wenn es nur aufgeschrieben worden wäre.

»Hast du sie jemals angehört, diese Aufnahmen?«

Einmal ganz kurz, mehr nicht. Ich hatte einfach irgendwie Angst davor. Ich schämte mich vor mir selbst.

»Was hast du denn dann in deiner Freizeit gemacht?«

Ich wollte Chemiker werden und sparte für ein Hobby-Chemielabor. Es hat mich schon immer fasziniert, welche Reaktionen eintreten, wenn man zwei Stoffe zusammenbringt, und vor allem war Feuerwerk für mich der absolute Hit. Eine Rakete zu bauen und tolle Effekte am Himmel zu erzeugen, das hatte ich mir schon als kleiner Junge gewünscht. Das Ganze war nicht ganz ungefährlich, denn schließlich hatte ich es mit einigen Stoffen zu tun, die sehr giftig oder krebserregend waren. Doch ich kannte keine Ängste, da ich noch zu wenig darüber wusste. Umso mehr Befürchtungen hegten meine Eltern, dass ich das Haus abfackeln oder sie mit dem Gestank und dem Rauch vergiften könnte. So wurde ich aus dem Keller des Hauses, in dem ich experimentierte, verbannt. Statt eines Motorrads wünschte ich mir deshalb ein Gartenhaus zur Firmung, in dem ich das Labor einrichtete. Ich versuchte endlich eigenhändig eine Feuerwerksrakete zu bauen, aber es gelang mir einfach nicht. Doch auch viele Fehlversuche und Explosionen konnten mich nicht beirren. Meine Eltern plagte schon Angst, dass ich unser Anwesen wegsprengte. Dass es eines Tages fast dazu kommen sollte, hätte ich nie für möglich gehalten. Es war an meinem Namenstag, am 8. November 1986, als ich den Rest einer Feuerwerksmischung zünden wollte. Ich war wieder einmal alleine zu Hause und hatte vor, dieses Häufchen Mischung zu vernichten, auch aus Wut, da es mir einfach nicht glücken wollte, eine funktionstüchtige Rakete zu bauen. Doch die Zündschnur brannte nur bis zur Mischung und schien dann erloschen zu sein. So kam ich aus meiner sicheren Deckung heraus und wie bei den Zeichentrickfilmen mit der Katze und der Maus pustete ich, ohne auch nur etwas nachzudenken, in das Häufchen, das daraufhin als eine dichte meterhohe heiße Rauchsäule emporschoss. Noch heute höre ich meine Schreie und fühle das Brennen auf meinen Händen und im Gesicht. Sofort rannte ich ins Haus zur Dusche und ließ kaltes Wasser über die Hände und mein Gesicht strömen. Beim Blick in den Spiegel stellte ich mit Erleichterung fest, dass mein Gesicht weitestgehend in Ordnung war. Es war zwar gerötet und die Haut brannte höllisch, die Augenbrauen und vorderen Haare waren etwas angesengt und ich stank wie ein Stück verkohltes Holz, aber etwas Schlimmeres war mir nicht passiert. Nur meine rechte Hand hatte etwas mehr abbekommen. Sie fühlte sich ledern, trocken und rau an und sah versehrt aus. Gut, dass meine Eltern nicht zu Hause waren. Um Schläge kam ich deshalb zwar herum, doch verheimlichen konnte ich den Vorfall nicht. Es gelang mir fast nie, etwas zu verheimlichen, immer kamen meine Eltern drauf. So zum Beispiel als ich die Deckenleuchte im Wohnzimmer mit dem Fußball heruntergeholt hatte – gut, das war auch nicht zu überhören –, oder wenn ich von mir zerbrochenes Geschirr wieder zusammengeklebt hatte, jedes Mal bemerkten sie es trotzdem. So auch hier. Es war schließlich mein Namenstag, den wir auch feierten, und da mein Vater den gleichen Namen trug, feierten wir immer zusammen und bekamen gemeinsam unsere Geschenke. Als es ans Gratulieren ging, entdeckte mein Vater meine verbrannte Hand und das Geschimpfe war groß.

»Hast du später noch weiter herumexperimentiert?«

Nein, das war das Ende meiner Chemielaborantenlaufbahn. Auch änderten sich meine Interessen durch einen verrückten Zufall. Wir heizten mit Holz und Kohle, und als ich eines Tages nachheizen wollte, lag da eine Zeitung mit einem Gewinnspiel. Als Preis winkte ein Computer. Ein Computer im Jahr 1986, das war eine Sensation! Damals füllte ich zwanzig Postkarten aus und schickte sie ein und tatsächlich gewann ich eines von drei Geräten. Das wurde sogar groß in der Zeitung veröffentlicht, woraufhin mich viele Schüler ansprachen. Es war mir total unangenehm, plötzlich so bekannt zu sein. Wo ich konnte, bin ich den neugierigen Fragen ausgewichen, und ich zog mich immer mehr in mein Zimmer an den Computer zurück, wo ich eine neue Welt kennenlernte, die Welt der Computerspiele. Die Geräte des Chemielabors verkaufte ich und investierte den Erlös fleißig in den Kauf der Spiele. Die zogen mich total in ihren Bann. Von früh bis spät saß ich vor dem Bildschirm und fühlte mich als Raumfahrer, Cowboy, Schatzsucher und Alienjäger, als Held eben, der die Welt vom Bösen befreit, die obligatorisch hilflose Frau rettet und oft verzweifelt versucht, ins nächste Level zu kommen. Die Folge meiner neuen Leidenschaft waren wieder schlechte Noten und mehrmals die Wiederholung einer Klasse. Doch nach mehreren Anläufen erreichte ich die Klassenziele und es war an der Zeit, die Schule endlich hinter mir zu lassen.

Damals half mir auch meine Mutter.
Sie sagte zu mir: »Hör zu. Das mit dem Schreien und Schlagen ist ein für alle Mal vorbei. Ich bitte dich nur die Schule mit Matura abzuschließen. Du schaffst das! Dann kannst du den Führerschein machen und endlich arbeiten gehen und Geld verdienen. Machst du das?«
»Ja, ich ziehe das jetzt durch.«
Mutter: »Sehr gut.«
Um diese Zeit durchzustehen, wurde ich von meiner Mutter mit Unmengen von Vitamintabletten, Koffeinkapseln sowie Lecithinlösungen auf Alkoholbasis und Schmerzmitteln gegen die Kopfschmerzen versorgt. Zwischendurch half auch so manche Flasche Eierlikör, die schwierige Zeit zu überstehen. Die Matura schloss ich ab, wenn auch mit einer Nachprüfung, und danach machte ich den Führerschein.

Am Prüfungstag fuhr ich mit dem Fahrschulfahrzeug eine Straße in der nahen Kleinstadt entlang. Im Wagen saßen außer mir der Fahrlehrer, eine weitere Fahrschülerin und der Fahrprüfer.
Fahrprüfer: »Nach hundert Metern wenden Sie bitte das Fahrzeug.«
Ich, zögernd: »Mal sehen, ob ich da wenden kann.«

Fahrlehrer: »Keine Sorge, es wird Ihnen gelingen.«
Ich wendete das Fahrzeug.
Fahrprüfer: »Warum so zögernd? Sie schaffen das wunderbar.«
Ich: »Das ist für mich ein großer Tag – endlich frei zu sein!«
Fahrprüfer: »Na, dann wünsche ich Ihnen viel Spaß auf der Straße. Die Freiheit gehört Ihnen. Fahrerwechsel bitte.«

Im Herbst 1991 ging es zum Militär. Die Kaserne, in der ich stationiert war, lag etwa vierzig Kilometer von meinem Heimatort entfernt. Täglich baute sich ein Ausbildner, von Statur her klein, vor der versammelten Mannschaft auf und schrie sich die Seele aus dem Leib. Da stand ich nun – ›Habt Acht!‹ – in der Reihe, in voller Kampfmontur, mit Rucksack und Sturmgewehr. – So weit weg von zu Hause. Ich schlief mit fünf anderen Kameraden in einem Zimmer in Stockbetten. An den ersten drei Tagen rannen mir unter der Felddecke die Tränen über das Gesicht, so viel Heimweh hatte ich und so schwer fiel es mir, diese rauen Sitten zu ertragen.

Ausbildner schrie: »Ruhe jetzt und Licht aus!«

Diesen Drill waren viele von uns nicht gewohnt. Meistens fanden die Gefechtsübungen bei Nacht statt. Bei einer der Übungen waren im Gang der Militärkaserne mehrere Soldaten anwesend. Die wenigen Neonröhren beleuchteten die Situation in einem kalten Licht. Wir hockten auf dem Steinboden, jeder vor sich sein Gewehr, das er auf Zeit zerlegen und wieder zusammenbauen sollte. Einigen gelang es, andere verzweifelten daran und wurden von den zwei Ausbildnern gedemütigt. Gnadenlos trieben sie uns an, einer mit Stoppuhr.

Ausbildner: »Und jetzt das Ganze im Dunkeln, und wer es nicht schafft, kriegt kein Abendbrot.«

Das Licht wurde ausgemacht und man hörte das Scheppern der Teile beim Zerlegen und Zusammenbauen. Die Prozedur wurde so lange wiederholt, bis auch der Letzte sein Gewehr zusammengebaut hatte, aber da war es bereits so spät und die Küche hatte längst geschlossen. Hungrig gingen wir zu Bett.

Andere Tage verbrachten wir auf einem Truppenübungsplatz. Auf dem Platz standen ein paar Häuser als Kulisse, teilweise nur Wände als Hindernisse. Einige Stellen waren durch Tunnel miteinander verbunden. Eine Gruppe von Soldaten stieg auf Befehl in einen der Tunnel hinab, um bei einer Übung zu simulieren, dem Feind in den Rücken zu fallen. Eine zweite Gruppe wartete in Deckung auf den Abstieg und beobachtete das Ganze. Der letzte Mann der ersten Gruppe verschwand in der Röhre, als der Ausbilder eine gezündete Rauchgranate hinabwarf. Durch die starke Rauchentwicklung brach Panik unter den Männern aus, sie versuchten ungeordnet zum Ausgang zu flüchten. Hustend kletterten sie aus der zweiten Röhre hinaus. Der Ausbilder grinste.

Ein Soldat der zweiten Gruppe konnte einen Kommentar nicht unterdrücken: »So ein Arschloch.«

Der Ausbilder hörte das und ließ den Soldaten büßen. Er musste Liegestütze mit dem großen Rucksack machen.

Ausbilder: »Fünfzig Liegestütze, aber zack, zack!«

Bei den letzten zehn Liegestützen setzte sich der Ausbilder zudem auf den Rucksack des Soldaten, damit diesem das Gewicht bleischwer wurde, und meinte zu den anderen Soldaten: »Will noch jemand seine Meinung sagen?«

Danach wandte er sich wieder seinem Opfer zu: »Früher hätte man solche Leute wie dich gleich erschossen.«

»Das ist das Übliche: Ein Arsch ist in jeder Gruppe dabei. Wenn jemand ein Rangabzeichen trägt, glaubt er gleich, jemand zu sein.«

Bei manchen Manövern trafen wir mit Soldaten aus anderen Kasernen zusammen. Da hieß es, kein Verlierer zu sein.

Ausbilder: »... bei dieser Übung werden wir den Feind in die Flucht schlagen, macht mir keine Schande und lasst euch nicht gefangen nehmen.«

Am frühen Vormittag robbte ich mit drei anderen Soldaten und dem Truppführer durch den dichten, herbstlichen Wald. Der Truppführer hob die Hand als Zeichen zum Anhalten, keiner bewegte sich mehr. Dann gab er den Befehl zum Weiterrobben. Wir durchquerten einen Fluss, das Gewehr mit beiden Händen über den Kopf haltend, damit es nicht nass wurde. Schüsse waren zu hören. Rauchgranaten und Übungsgranaten flogen durch die Luft. Wir wollten davonrennen, wurden aber gefangen genommen. Der Ausbilder kam schließlich dazu, um mit dem Gegner zu verhandeln, und kaufte uns mit einer Kiste Bier frei. Der ›Feind‹ willigte ein.

Bei dieser Gelegenheit demonstrierte der Ausbilder wieder seine Stärke: »Die gute Nachricht: Ihr seid frei. Die schlechte: Ihr müsst zu Fuß ins Basislager zurückkehren, selbstverständlich mit vollem Gepäck. Viel Spaß dabei.«

Die Truppe marschierte kilometerweit in Richtung Basislager. Extrem große Blasen an den Füßen waren bei den meisten die Folge.

Mit der Zeit gewöhnte ich mich an die Härte. Und während mich einerseits großes Heimweh plagte, genoss ich andererseits den Abstand zu den angespannten häuslichen Verhältnissen und fühlte mich frei. Ein kleiner Kämpfer eben. Und es gab auch spannende Momente. Auf einem Schießplatz wurde ein Parcours mit scharfer Munition durchgeführt. Das war ein aufregendes Gefühl, echte Munition in den Händen zu halten und damit sein Gewehr zu laden. Ich durchquerte mit dem Sturmgewehr eine Art Grabenlabyrinth, das mit Holz ausgekleidet war. Immer wieder klappten in den Gängen Hindernisse auf, auf die ich schoss und die ich treffen sollte. Manchmal war ich so angespannt, dass ich das Dauerfeuer auslöste und die ganze Holzwand splitterte wie in einem Actionfilm. Mit der Pistole schossen wir auf Zielscheiben und ich hatte eine hohe Trefferquote. Dieselben Waffen sind heute noch bei der Polizei im Einsatz.

Die Manöver im Winter waren ein Härtetest. Einmal hatten wir Schneebiwaks in eine vier Meter dicke Schneedecke an einem steilen Hang gegraben. Da es so kalt war, durften wir in der Dunkelheit zu dem Gasthaus am Fuße des Abhangs gehen, um uns dort einen warmen Tee zu kaufen. Wir stapften also hinunter und brachen dabei immer wieder in die Schneedecke ein. Nur mit Mühe gelangten wir zu der Hütte. Später mussten wir aus der warmen Hütte den Rückweg durch die eisige Kälte antreten. Die Kameraden und ich konnten die Schlafstätte nur unter großen Anstrengungen erreichen, immer wieder brach einer von uns durch die gefrorene Schneedecke, rappelte sich mühselig heraus, um im selben Moment mit dem anderen Fuß einzubrechen. Dann hatten wir es endlich geschafft und einer nach dem anderen legte sich zur Ruhe, doch zu spät bemerkten wir, dass die Unterkunft viel zu klein ausgegraben war. Nur indem wir uns alle in Seitenlage begaben, gab es die Möglichkeit, dass wir alle in den Unterschlupf passten. Wir waren bereits sehr müde und erschöpft und trotz des Gewaltmarsches völlig durchgefroren. Ich ließ mich als Letzter direkt beim Eingang hineinfallen. Mein Gegenüber konnte ich mit meiner Nasenspitze berühren, so nah lag er neben mir, und als wäre das nicht genug gewesen, fing er auch noch gewaltig an zu schnarchen. In dieser Nacht glaubte ich, dass ich den Morgen nicht mehr erleben werde.

Am Morgen war ich bis zur Brust mit Schnee bedeckt. Der Ausbildner weckte uns. Wir alle konnten nur mit Mühe aus diesem Raum herauskriechen. Teilweise litten wir unter Erfrierungserscheinungen, doch keiner traute sich etwas zu sagen. Es herrschte reger Betrieb, jeder Soldat überprüfte seine Ausrüstung und reinigte sie. Es wurde gekocht und gegessen und geredet. Es waltete eine ungewöhnlich lockere Atmosphäre. Für heute wurde einmal keine Übung angekündigt. Trotzdem mussten wir wachsam sein, denn wir befanden uns immer noch in einem Manöver und der Feind konnte jeden Moment zuschlagen. Dann wurde es wieder Nacht und eisig kalt. Es herrschte absolute Stille. Ich stand als Wachposten im Gelände. Ich zitterte und schaute in die Ferne. Da sah ich so manches beleuchtete Haus, wo es wohlig warm war, und ich stellte mir vor, dass sich die Pärchen bei dieser Kälte zusammen kuschelten. Ich empfand unendliche Einsamkeit und klammerte mich an die Hoffnung, dass es besser werden wird.

Es wurde wirklich besser, als der Winter sich verabschiedete und im Frühling die Nächte nach und nach wärmer wurden. Da stellte sich sogar im Wald in der Nacht im großen Mehrmannzelt Gemütlichkeit ein. Wir saßen um den warmen Holzofen. Ein Soldat spielte Gitarre und wir anderen sangen dazu. Kameradschaft zu erfahren, Teil einer Gruppe zu sein, sich gegenseitig zu helfen und füreinander da zu sein, das war ein sehr schönes Gefühl, das nachwirkte.

Nach dem Eingesperrtsein während der ersten drei Wochen der Grundausbildung freuten wir uns über Lockerungen. Wir konnten uns frei bewegen und sogar die Kaserne bis zehn Uhr am Abend verlassen. Auch durften wir an manchen Wochenenden oder zu Weihnachten nach Hause fahren. Doch der Abschied von der vertrauten häuslichen Umgebung, die Rückkehr in die Kaserne und das Einfügen in das strenge militärische Reglement fielen dann jedes Mal sehr schwer. Zu Silvester wurde ich als Wache strafversetzt, da ich bei einem Skiausflug meine Wasserflasche vergessen hatte. Strafe muss sein. Also ging ich mit scharfer Munition meine Streife in der Kaserne ab, meldete über Funk ›Keine Vorkommnisse‹, wobei sich das um Mitternacht änderte, als einige Feuerwerksraketen und Knallkörper über die Mauer der Kaserne geworfen wurden und explodierten. Mich überkam fast das Gefühl, im Krieg zu sein und mich beschlich eine gewisse Angst, denn schließlich befanden sich im Freien die Munitionsdepots. Doch diese Knallkörper richteten keinen Schaden an.

»Und der Unfall?«

Das war eine schreckliche Situation. Da gab es dieses Manöver im großen Übungsgebiet, wo wir als Verstärkung mit dem LKW ins Gelände gefahren wurden. Die ganze Woche hatte es stark geregnet und überall waren große Schlammseen. Der Fahrer wollte so einen See durchqueren, doch er hatte die starken Unebenheiten des Geländes unterschätzt. Der LKW bekam Seitenlage und stürzte um. Schlammmassen drangen in Sekunden durch die Öffnungen. Geschrei war zu hören. Jeder von uns versuchte, sich irgendwo festzuhalten, jeder strauchelte, jeder versuchte, ins Freie zu gelangen, was aufgrund der Panik sehr schwierig war. Im letzten Moment gelang es uns allen, das Freie zu erreichen. Sanitäter und Rettungskräfte waren bereits vor Ort und dort zog einer an mir. Ich war wie ein Sack Kartoffel, ich konnte mich kaum bewegen. Ich kann mich auch nicht erinnern, geschrien zu haben. Irgendwie war ich ruhig und doch so voll Angst. Der Schock tat sein Bestes.

»Gab es ein Verfahren?«

Nein, der Vorfall wurde vom Militär unter den Tisch gekehrt und uns allen wurde unmissverständlich klargemacht, den Mund zu halten. Man wollte einem Kameraden, der LKW-Fahrer war schließlich einer von uns, nichts vorwerfen. Er hat sich auch persönlich bei jedem von uns entschuldigt. Von dieser Zeit entwickelte ich eine Abneigung gegen enge Räume, eine Art Klaustrophobie.

Dann kam der Tag des Abrüstens. Die Soldaten gaben ihre Ausrüstung zurück. Am Vorabend hatten meine Kameraden und ich den Abschied ausgiebig gefeiert. Das führte zu meinem ersten Komarausch und dazu, dass ich in der Toilette der Disco aufwachte. Dort stahl mir ein Hauptmann zu allem Überfluss auch noch fünfhundert Schillinge, für die Reinigungskosten, wie er sagte, weil ich seine Uniform vollgekotzt hatte. Noch stark benommen konnte ich am nächsten Tag nicht allen Worten folgen, die der Kommandant uns auf den Weg gab. Sinngemäß äußerte er sich etwa so:

»Ich wünsche Ihnen alles Gute und danke Ihnen für die gute Kameradschaft. Sie verlassen nun den geschützten Raum des Bundesheers. Viele von Ihnen werden sich bald auch aus der familiären Geborgenheit lösen und ein eigenständiges Leben beginnen. Ich hoffe, dass Sie in dieser gottlosen und verlogenen Welt Ihren Weg finden werden. Manchen wird das schwer fallen, gerade auch ihnen wünsche ich viel Glück. Sie werden es brauchen.«

Ab jetzt war ich arbeitslos. Bei meinem ersten Termin im Arbeitsamt saß ich einer routinierten Beamtin gegenüber. Man merkt ihr die Gleichgültigkeit gegenüber dem Menschen an, der vor ihr saß.

Beamtin: »Wenn Sie schnell eine Stelle finden wollen, müssen Sie möglichst zahlreiche Bewerbungen schreiben. Haben Sie schon eine Vorstellung, wohin Ihr Weg führen soll?«

»Noch nicht so genau, wenn möglich, würde ich gern eine Bürotätigkeit ausüben.«

Ohne jegliche weitere Beratung drückte mir die Beamtin ein Formular in die Hand, mit dessen Hilfe ich Arbeitslosengeld beantragen sollte. Ich verließ das Gebäude und sah irritiert das Formular an, schließlich hatte ich noch nie damit zu tun gehabt und wäre über eine Hilfestellung dankbar gewesen.

»Und hast du das anschließende Nichtstun genossen?«

Das kann man nicht sagen, da ich mir über meine Zukunft nicht im Klaren war.

In den folgenden Wochen saß ich am Computer und tippte meine Bewerbungsschreiben. Dazwischen vertrieb ich mir die Zeit mit Computerspielen.

»Computerspiele. Die haben dir wohl den Kopf verdreht?«

Ja, denn ich wollte ja ursprünglich selbst welche schreiben. Das wäre ein Beruf nach meinem Herzen gewesen. Noch während der Schulzeit hatte ich in den zwei Monaten Sommerferien ein eigenes Computerspiel geschrieben. Zwei Monate saß ich Tag für Tag und oft bis spät in Nacht am Computer, ärgerte mich über Systemabstürze und Fehlermeldungen und freute mich riesig, wenn ich wieder ein Level erfolgreich abschließen konnte. Ich war schon ganz blass, da ich kaum nach draußen ging, höchstens um den Rasen zu mähen oder andere Arbeiten im Haushalt zu erledigen und auch als ich für einen Monat eine Stelle als Ferialpraktikant in der Firma meiner Mutter annahm. Als Arbeiter musste ich dort Katalysatoren für Fabrikschornsteine erzeugen.

Während die Schulkameraden im Freibad auf der Wiese lagen, saß ich vor dem Bildschirm und tüftelte über die eine oder andere Falle, die ich in das Spiel einbauen wollte und die es als Hindernis zu überwinden galt. Doch als ich das Spiel nach Deutschland zu einer Softwarefirma schickte, kam die Ernüchterung. Die Verantwortlichen schrieben mir, dass sie so ein ähnliches Spiel bereits im Programm hatten und meines deshalb nicht mehr nehmen konnten. Der Aufwand von zwei Monaten war vergeudet. Ich gab den Traum vom Programmieren auf. Ich gab damit auch die Möglichkeit und Chance auf eine selbständige Tätigkeit auf, obwohl ich immer das Gefühl hatte, dass es das Richtige für mich gewesen wäre.

Doch Jahre später bekam ich einen Job.

Am Montag, dem 8. Juni 1992, fuhr ich zu einer Firma, die Türen und Tore vertrieb, nach Graz. Es handelte sich um die Filiale eines Konzerns, der seine Zentrale in Salzburg hatte. Damals besaß ich noch mein kleines rotes Auto, das manchmal Probleme machte, aber diesmal ließ es mich nicht im Stich. Auf dem Fabrikgelände fragte ich einen Arbeiter nach dem Büro des Chefs.

Der Chef, ein dicklicher, untersetzter Typ mit Schnurrbart, Anzug und Krawatte, etwa fünfundvierzig Jahre alt, hieß mich Platz nehmen und las sich meinen Lebenslauf durch.

Chef: »Wissen Sie was, Lebensläufe finde ich nicht besonders aussagekräftig. Mir ist es wichtig, dass meine Mitarbeiter gut und gerne für mich arbeiten. Sie gefallen mir. Könnten Sie sich vorstellen, hier zu arbeiten?«

Ich, zögernd: »Ja, schon.«

Chef: »Prima, dann werde ich Sie meiner Frau vorstellen.«

Der Chef rief ins Nebenbüro, wo seine Frau saß.

»Schatz, kommst du mal bitte?«

Und zu mir gewandt: »Mal sehen, was sie dazu sagt.«

Die Frau des Chefs kam.

Chef: »Das ist Herr D., der bei uns anfangen möchte. Was sagst du dazu?«

Frau des Chefs, etwas resch: »Wenn er also will, gerne.«

Chef: »Bleibt nur noch das Finanzielle zu klären.«

»Dann hast du dort angefangen. Hat es dir wirklich gefallen?«

Die Einarbeitungszeit war ganz schön hart. Der Chef, seine Frau, der Stiefbruder des Chefs sowie ich und zwei andere Angestellte erledigten die Büroarbeit. Oft gab es Streit zwischen den Parteien. Ich versuchte das zu überhören und mich in brenzligen Situationen hinter meinem Schreibtisch zu verschanzen. Nicht selten flogen Aktenordner und Einkaufskörbe durch die Luft. Es hat mich irgendwie an zu Hause erinnert.

»Um was ging es denn bei diesen Streitereien?«

Na, um was wohl? Um das liebe Geld. Wie immer. Die Angestellten erhielten angeblich zu viel Lohn, verbrauchten zu viel Toilettenpapier oder telefonierten zu lange. Das ging den Chefs an die Geldbörse und das durfte nicht sein, wobei die Chefin ohnehin jeden Groschen zweimal umdrehte.

»Die Angestellten telefonierten zu lange?«

So lautete der Vorwurf, ja. Es ist kaum zu glauben, aber es war der 23. Dezember 1992, der letzte Arbeitstag vor den Betriebsferien. Ich war schon in Feiertagsstimmung, hatte mein Pensum geschafft und das erste halbe Jahr in der Firma erfolgreich bewältigt. Und nun standen Weihnachten und vierzehn Tage Urlaub vor der Tür. Meine Kollegen und ich hörten leise Weihnachtsmusik aus dem Radio, aßen Weihnachtskekse, tranken Punsch und besprachen unsere Feiertagspläne. Draußen schneite es, schöner konnte es nicht werden.

»Aber?«

Der Chef rief mich ins Büro. Nichts ahnend ging ich hin. Vielleicht wollte er mit mir über Weihnachten reden oder ein paar Kekse essen. Oder hatte er gar ein Geschenk für mich, da ich mich das letzte halbe Jahr über wirklich nach Kräften für die Firma eingesetzt und jede Menge Überstunden gemacht hatte? Ich weiß noch, wie ich in der Tür zu seinem Büro stand. Er saß über einen Block von Endlospapierseiten aus dem Matrixdrucker gebeugt. Dieser Drucker protokollierte jedes ausgehende Telefongespräch und fasste am Ende die Summe zusammen. Der Chef blätterte vorwärts und rückwärts und bat mich herein. Ich nahm Platz und sah ihn erwartungsvoll an.

Chef: »Wissen Sie was, Herr D.? Sie sind der Einzige, der hier zu viel und zu lange telefoniert.«

Ich sagte hilflos: »Aha?«

Der Chef sah mich vorwurfsvoll an: »Sie wissen ja selbst, dass das ein Kündigungsgrund ist.«

Ich war wie vor den Kopf gestoßen. Sicher gab er die Meinung seiner Frau wieder, die mit der Rechenmaschine einmal mehr nach Einsparungsmöglichkeiten geforscht hatte, damit das Säckel voller wurde.

Ich: »Aber jedes dieser Gespräche war ein Kundengespräch, entweder mit den Wiederverkäufern oder den Endkunden. Es war kein einziges privates Gespräch dabei.«

Chef: »Das ist mir egal. Auf jeden Fall müssen Sie sich kurz halten.«

Ich gab auf: »Sonst noch etwas, Herr Chef?«

Chef: »Nein danke. Sie können gehen.«

Niedergeschmettert verließ ich das Büro und ging zu meinen Kollegen zurück. Sie konnten nur den Kopf schütteln über die gegen mich erhobenen Vorwürfe und machten mir Mut, mir auf keinen Fall von solchen haltlosen Anschuldigungen das Weihnachtsfest verderben zu lassen. Aber das war nicht so einfach, und die Kündigungsdrohung kreiste noch Jahre in meinem Kopf.

»Hast du dann weniger telefoniert?«

Das war schon seltsam. Zuerst hatten mir meine Eltern vorgeworfen, zu hohe Telefonkosten zu verursachen, und jetzt auch mein Chef. Wie sollte ich mich denn für die Firma einsetzen, ohne das Telefon zu benutzen? Sollte ich wieder anfangen, Briefe zu schreiben? Ich überlegte, wie ich es anstellen konnte, weniger zu telefonieren. So begann ich mehr Faxe zu senden oder verweigerte manchen Rückruf, manchmal sehr zum Ärger der Händler und Außendienstmitarbeiter.

»Ging das lange gut?«

Natürlich nicht, aber ich antwortete einfach mit dem Satz vom Chef, dass Telefonkosten zu sparen seien. Das konnte so nicht weitergehen und es gab sogar eine Krisensitzung, in der neben anderen Themen auch mein Problem besprochen wurde. Kurzum: Es stellte sich heraus, dass es vom Chef nicht so gemeint gewesen war und er sich falsch ausgedrückt hatte, doch es gab keine Entschuldigung oder einen anderen Ausdruck des Bedauerns von ihm. Nach der Sitzung sprach mir noch der älteste Außendienstmann Mut zu, der sozusagen der Vorgesetzte für die anderen Reisenden war, mit dem ich mich sehr gut verstand und der mich, wo er konnte, unterstützte.

Unter vier Augen sagte er zu mir: »Lass dir von diesem Idioten bloß keine Angst einjagen, er weiß ja manchmal selbst nicht, was er tut.« Auch an der Frau des Chefs, die am falschen Ende sparen wollte und mit der er sogar per du war, ließ er kein gutes Haar. Er bot mir an: »Wenn es wieder einmal Probleme gibt, dann sag es mir einfach.«

»Wie schön, dann hattest du endlich einen Vertrauten, zu dem du gehen konntest. Hast du das auch genutzt?«

Selten. Meistens erst, wenn es schon stark kriselte, schließlich wollte ich selbst Verantwortung übernehmen und Selbstbewusstsein zeigen.

Aus Enttäuschung erinnerte ich mich wieder an meinen alten Traum, mich selbstständig zu machen und mein eigener Chef zu sein. Das war meine Wunschvorstellung: Niemand, der mir sagt, was ich zu tun und zu lassen habe, niemand, der meine Arbeit kritisiert, obwohl ich sie wirklich sehr korrekt ausführte, für manche anscheinend zu korrekt. So fasste ich den Entschluss, es noch einmal in der Computerbranche zu versuchen. Diesmal wollte ich aber kein Programm schreiben, sondern hatte das Geschäftsmodell der Digitalisierung im Kopf. Alles sollte digital erfasst werden, egal ob es sich um Bilder, Filme oder Dokumente handelte. Das alles sollte im Computer gespeichert und abrufbereit sein. Was heute als selbstverständlich gilt, war in den 90er-Jahren nur mit großem technischem Aufwand möglich. Es gab kaum Anbieter, die das machten, aber ich brauchte Geld, um meine Geschäftsidee zu verwirklichen, und somit einen Kredit von der Bank.

Bankangestellter: »Wollen Sie für dieses aussichtslose Vorhaben wirklich einen Kredit aufnehmen? Diese Idee wird sich doch nie durchsetzen. Wer sollen denn die Abnehmer sein? Die Leute legen doch alles in Fotoalben und Ordnern ab, nach Alphabet. Das ist viel billiger, als es durch Sie digitalisieren zu lassen. Sie sollten sich das aus dem Kopf schlagen, stattdessen eine Computerfirma aufmachen und PCs verkaufen. Das ist das große Geschäft. Überlegen Sie es sich.«

»Der Bankangestellte hatte wohl keine Ahnung, dass dies eine Zukunftsbranche war. Doch das war nicht die einzige Niederlage, die du in dieser Angelegenheit einstecken musstest. Du hast dein Vorhaben vorerst nicht aufgegeben.«

Nein, ich versuchte noch über die Wirtschaftskammer an die nötigen Mittel zu kommen, schließlich sollte sie Unternehmen bei ihrer Gründung helfen. Doch auch hier liefen meine Bemühungen ins Leere.

Ich erinnere mich noch an die Worte des Angestellten: »Sie wollen ein Unternehmen gründen? Kein Problem. Zunächst müssen Sie uns allerdings dreitausend Schillinge zahlen.«

Ich: »Wozu?«

Angestellter: »Dann sind Sie bei uns Mitglied.«

Ich: »Und dann bekomme ich als Mitglied die nötige Unterstützung, wie Informationen über Steuern, Kapital und so weiter?«

Angestellter: »Nein, dafür müssen Sie schon selbst sorgen. Sie sind dann nur Mitglied der Wirtschaftskammer.«

»Der Mann war einfach inkompetent. Du hättest in der Landeshauptstadt vorstellig werden sollen und nicht in einer Zweigstelle in der Provinz. In der Hauptstadt hättest du sicher Hilfe erfahren.«

Da hast du Recht, aber das habe ich erst viel später begriffen, als ich Bekannten von meinem Vorhaben erzählte. Aber da hatte ich bereits aufgegeben. Ich war nicht der Typ, der ganz auf sich allein gestellt ein scheinbar aussichtsloses Projekt lange verfolgt. Ich hätte einen Partner gebraucht. So ließ ich meinen Plan fallen und widmete mich wieder meinem Posten in der Firma.

Ich steigerte mich extrem in den Job hinein, arbeitete sogar unbezahlt zu Hause noch weiter, entwickelte Strategien, um meine Arbeit zu verbessern und zu erleichtern, und wie durch ein Wunder fügte sich nun alles viel besser, auch mit den Kollegen arrangierte ich mich. Durch eisernes Sparen konnte ich mir nach einiger Zeit ein Auto leisten, das ich bar bezahlte.

»Du wohntest noch zu Hause. Hast du nie ans Ausziehen gedacht?«

Als ich meine Arbeit aufnahm, schon, aber es klangen mir immer die Worte meiner Eltern im Ohr: »Einen eigenen Haushalt kannst du dir nicht leisten, das ist zu teuer.«

Zudem befürchtete ich, dass ich – einmal ausgezogen – nicht nach Hause zurückkönnte, falls mir die Abnabelung doch nicht gelang. Es war ein unausgesprochenes Gesetz meines Vaters: »Wenn du deinem Zuhause erst einmal den Rücken gekehrt hast, brauchst du nie mehr wiederzukommen.«

So blieb ich. Seit ich zu den Betriebskosten und den Anschaffungen im Haus etwas beisteuern konnte, gestaltete sich das Verhältnis zwischen mir und meinen Eltern harmonisch. So gut hatten wir uns bislang noch nie verstanden. All diese Umstände gaben mir Sicherheit: ein behütetes Zuhause zu haben, monatlich ein zuverlässiges Gehalt zu beziehen, zweimal im Jahr sogar das Doppelte, und ein eigenes Auto. Im Haus nahm ich inzwischen drei Räume in Beschlag, wo ich mich ausbreiten konnte. Ich kaufte eine tolle Couch mit Schlaffunktion, investierte fleißig in den Computer und in die Videogeräte. Im Fernsehen war ich versessen auf Dokumentationen. Um mich mit meinen Lieblingsthemen dauerhaft beschäftigen zu können, nahm ich diese auf Videokassette auf. Ich schnitt die Werbung und andere unnötige Dinge heraus und archivierte sie. So kamen in kurzer Zeit schon einige Hundert Kassetten zusammen.

»Und deine sozialen Kontakte? Hast du in jener Zeit Bekanntschaften und Freundschaften gepflegt?«

Ich war öfters mit meinem Nachbarn unterwegs, der mir die Schotterteiche zeigte, wo im Sommer Freikörperkultur-Hochbetrieb war. So viele nackte Frauen. Das fand ich aufregend. Ich hätte damals nie daran gedacht, dass diese Abstecher einmal etwas mit meinem Schicksal zu tun haben könnten. Doch als dieser Bekannte nach Wien zog, um dort zu studieren, war ich wieder allein. Ich fuhr alleine in Urlaub nach Kärnten, schlief im Auto, aß sehr wenig und trank nur Instantkaffee, um zu sparen. Am schönen Wörthersee sah ich mir das Schloss und andere Sehenswürdigkeiten an. Wie gerne hätte ich all diese Eindrücke mit jemandem geteilt. Meine Sehnsucht nach der großen Liebe wurde immer größer, als ich die vielen Pärchen am See spazieren gehen sah, Hand in Hand, eng aneinandergeschmiegt, sich küssend, und ich konnte nur dabei zusehen. Häufig fragte ich mich, ob es Zweisamkeit auch einmal für mich geben wird. Doch wie sollte das funktionieren? Ansprechen konnte ich keine, daran hinderten mich die schlechten Erfahrungen aus meiner Schulzeit, diese kläglichen, gescheiterten Versuche, die Enttäuschungen und die Angst davor, meine Gefühle jemand anderem mitzuteilen. Tiefe Traurigkeit erfüllte mich, wenn ich daran dachte. Oft blickte ich nachts zu Hause in den Sternenhimmel und fragte mich, ob es da draußen jemanden gibt, der jetzt, in diesem Moment, auch hinaufsieht und genauso eine Sehnsucht verspürt wie ich.

Wie viele Pärchen küssen sich wohl in genau diesem Augenblick auf dieser großen Welt und wie viele machen noch mehr? Wann wird meine Suche enden?

»Das weiß wohl keiner, du Romantiker! Du wirst wohl einsam an gebrochenen Herzen sterben, dachtest du, aber irgendwann zeichnete sich doch eine Lösung für dein Problem ab.«

Ja, 1993 lernte ich Martin kennen. Ein Freund von meinem Nachbarn, und wie ich später erfuhr, auch ein alter Bekannter von mir. Es war der Junge, den ich damals bei meiner Großmutter im Maisfeld mit dem Stock verjagt hatte. Als uns das bewusst wurde, konnten wir nur mehr herzhaft darüber lachen. Mit ihm stürzte ich mich von nun an jedes Wochenende ins nächtliche Treiben. Wir spielten Billard, zockten am Flipperautomaten und gingen in die Disco. Wir hatten sehr viel Spaß, allerdings: die Mädchen hat nur er abgekriegt. Ich traute mich nach wie vor nicht, jemanden anzusprechen oder gar zum Tanz aufzufordern.

An einem Samstagabend waren wir wieder unterwegs und wie bei jedem unserer Trips hegte ich erneut die Hoffnung, diesmal endlich ein Mädchen kennenzulernen. Im Auto hörten wir laute Musik und sangen mit. Popmusik aus den 90ern. Auch an diesem Abend folgten wir unserem üblichen Ritual. Zuerst spielten wir Billard in genau dem Lokal, das ich als Schüler nur aus der Ferne sah. Zu jener Zeit hätte ich nicht gedacht, dass ich es je einmal betreten würde. Aber der große Run auf diesen Treffpunkt war zu dieser Zeit schon vorbei. Von der Tanzfläche her kam die Musik, nur ein paar Menschen waren anwesend, tranken, redeten. Tanzen wollte so recht keiner. Da es nur wenige Gäste gab, erwischten wir immer einen freien Billardtisch. Es kam schon ein paar Mal vor, dass die weiße Kugel vom Tisch sprang und auf die Tanzfläche rollte, was zu Gelächter im Lokal führte.

Ich zu Martin lachend: »Wetten, dass ich die Schwarze jetzt versenken kann?«

Martin: »Probier's nur!«

Ich traf aber nur die Bande und verfehlte die schwarze Kugel.

Ich, etwas verärgert: »Mist!«

Martin, lachend: »Daneben, daneben.«

Wir nahmen beide den Sieg des jeweils anderen stets mit Humor. Es gab keine Konkurrenz zwischen uns. An diesem Tag versenkte Martin die schwarze Kugel und gewann. Ich reichte ihm die Hand und gratulierte. Dann spielten wir Darts. Diesmal siegte ich und Martin verneigte sich spaßeshalber vor mir.

Dann ging es in ein weiter entferntes Tanzlokal. Wir fuhren in Martins Auto, denn beim letzten Mal hatten wir meinen Wagen benutzt. So konnten wir immer abwechselnd Alkohol trinken. Es waren viele Menschen in dem Lokal, aber es gab noch Platz, sodass es nicht zu Gedränge kam. Martin und ich standen zwischen all diesen Leuten, jeder mit einem Getränk in Nähe der Tanzfläche. Jeder für sich hielt Ausschau nach Mädchen. Die Musik war sehr laut, so dass sich unsere Unterhaltung auf wenige Worte beschränken musste. Es blieb nur das Schauen und Beobachten. Der DJ spielte zu fortgeschrittener Stunde einen unserer Lieblingssongs. Es war Discomusik, zu der man nicht tanzen können musste. Wie schon so häufig zogen wir auch an diesem Abend auf der Tanzfläche eine Show ab. Zu einem remixten Westernsong legten wir einen Westerntanz hin, dann gaben wir einen russischen Tanz zum Besten, umjubelt von den Gästen. Auf unsere Einlage folgte wieder Tanzmusik, hier kam wieder Martin zum Zuge, der – anders als ich – gut tanzen konnte. Nach dem Tanz und nachdem er das Mädchen an den Tisch zurückgebracht hatte, ging Martin auf die Toilette. In dieser Zeit sprach mich ein anderes Mädchen an. Ich vermutete meine Chance, die jäh entschwand, als sie mir sagte, dass mein

Freund »ganz süß« sei. Martin kam zurück und ich machte ihm durch Gesten klar, dass dieses Mädchen auf ihn stand, er kapierte sofort und forderte sie zum Tanz auf. Die beiden tanzten eng umschlungen. Ich sah mir das, mich an meinem Glas festhaltend, neben der Tanzfläche stehend an. Es wurde spät und die beiden schienen sich gut zu verstehen. Mein Glück war, dass das Mädchen auch eine Schwester hatte. Na, wenn das kein Zeichen für mich war. Vielleicht klappte es ja diesmal. Sie machte mich mit ihr bekannt. Die Schwester und ich gaben uns die Hand, dann verließen wir alle vier das Lokal.

In Martins Auto saßen er und seine neue Flamme vorne, ihre Schwester und ich auf dem Rücksitz. Wir fuhren an eine ruhige Stelle. Martin machte den Motor und das Licht aus. Dann küsste er seine neue Auserwählte. Ich rutschte auf dem Rücksitz nervös hin und her. Natürlich wollte ich die Schwester auch küssen, aber der starke Zigarettengeruch, den sie ausströmte, ekelte mich an, da verzichtete ich lieber.

Das Mädchen vorne: »Na, wie geht es euch da hinten?«

Ich: »Ganz schön finster hier.«

Die Schwester, schüchtern: »Ja ... und mein Sitznachbar ist ganz brav ...«

Ich war etwas erstaunt über ihre Aussage. Wünschte sie sich, dass ich weniger brav war? Aber ich konnte mich nicht überwinden, sie zu küssen, nicht mit diesem ekeligen Geruch. Um davon abzulenken, blickte ich aus dem Rückfenster des Autos und versuchte mit einem Spaß, aus der Situation davonzukommen.

Ich: »Ui, da kommen schon die UFOs!«

Alle lachten. Die Romantik war dahin. Martin brachte seine Flamme und ihre Schwester nach Haus. Dort angekommen, stieg mein Freund mit den Mädchen aus dem Wagen und er und seine Eroberung küssten sich intensiv. Ich blickte neidisch aus dem Fenster, aber ich gönnte es ihm. Warum musste die Schwester auch ausgerechnet so einen Mundgeruch haben?

»Warst du da nicht ein wenig zu wählerisch? Es war doch ein nettes Mädchen!«

Was soll ich machen? Ich bin halt so. Für mich gehören Sauberkeit und ein angenehmer Duft zu einer romantischen Situation dazu. Außerdem waren wir nicht alleine. Aber eines Tages kam es anders. Ich hatte mit Mädchen ja keine Erfahrung. Die in der Schule, das waren doch nur blöde Spielereien, die ich leider viel zu ernst nahm. Aber jetzt hatte ich einen Beruf, eine Aufgabe, endlich mein eigenes Geld, mein eigenes Auto, war unabhängig und es fehlte nur das große Glück, das aber kompliziert begann ...

Juni 1994. Martin hatte inzwischen eine feste Freundin, Edina. Es war Samstagabend und sie hatte Martin und mich zu einem Fest eingeladen. Was ich nicht wusste, Edinas Freundin Silvia kam auch mit, ein hübsches Mädchen. Doch statt mich zu freuen und die Gelegenheit beim Schopf zu packen, brach in meinem Kopf zunächst das Chaos aus. Wie sollte ich es angehen, sie für mich zu gewinnen? Tausend Gedanken schossen mir in den Sinn. Ich sah mich schon im siebten Himmel, total verliebt und überglücklich, und dabei hatte ich das Mädchen noch nicht einmal angesprochen. Schön langsam, ermahnte ich mich und suchte krampfhaft nach einem Thema, das sie interessieren könnte.

»Und warum hast du sie nicht zum Tanzen aufgefordert?«

Meine Bedenken waren einfach zu groß. Was, wenn ich den Takt nicht halten konnte, aus dem Tritt kam? Schließlich wollte ich meine Tanzpartnerin nicht blamieren und mich auch nicht. Dabei hatte mir Martin kurz zuvor sogar ein paar Schritte gezeigt. Es war eine ungewöhnliche Situation, als er mich bei mir zu Hause zum Tanzen aufforderte, gut abgeschirmt von der Welt.

»Wenn das jemand Falsches sieht, könnte er sich sonst was denken«, meinte ich. Aber Martin hatte kein Problem damit: »Hey, ich will dir doch nur ein paar Schritte zeigen, also der Slowfox geht so ...«, und er führte mich und erklärte mir die Schrittfolge.

Die Situation verwirrte mich trotzdem, aber es half alles nichts, ich war nicht so weit, dass ich über diese Schwelle treten sollte. Martin und Edina vergnügten sich bei einer flotten Polka auf dem Tanzparkett und Silvia und ich saßen am Biertisch und schwiegen. Sag doch endlich etwas zu ihr, schubste ich mich an, gab mir nach einiger Zeit einen Ruck und begann über Alltägliches zu reden. Ich sah rüber zur Tanzfläche und fragte mich gleichzeitig, ob ich sie nicht doch zum Tanzen auffordern sollte, idiotisch, ich weiß. Im Nachhinein betrachtet erscheint manches idiotisch, was Männer so denken, wenn sie das erste Mal einer Frau begegnen, die ihnen gefällt. Alles wirkt kompliziert, was doch im Grunde so einfach ist, wenn die Sympathie gegenseitig ist. Also mach es nicht zu kompliziert, dachte ich und kam auf das Thema Tanzen zu sprechen, dass es nicht zu meinen Talenten zählte.

Worauf sie erwiderte: »Kein Problem.«

Gott sei Dank, sie nimmt es mir nicht übel, dachte ich erleichtert, um mir gleich darauf die Frage zu stellen, ob sie es wirklich ernst gemeint hatte und ich mich nicht als Verlierer dargestellt hatte. Schluss, aus mit den Gedanken, rügte ich mich, reden wir über unsere Arbeit. Sie machte gerade eine Ausbildung als Rechtsanwaltsgehilfin. Ich fand das total spannend. Und sofort überkamen mich Minderwertigkeitsgefühle. Und ich, ich bin ein einfacher Angestellter in einer Firma, die Türen und Tore vertreibt, was für ein Vergleich. Ich versuchte, meinen Beruf ein wenig spannender darzustellen, als er war. Aber es ist ja fast immer so, dass man die Tätigkeit des anderen, an der einem alles neu erscheint, höher schätzt als die eigene, schließlich hat man tagtäglich damit zu tun und empfindet es als nicht mehr so interessant. Die Zeit verging, ohne dass wir uns langweilten. Ich empfand das Bedürfnis, ganz allein mit ihr zu sein, doch Martin und Edina kamen zurück, total außer Atem von der schnellen Polka, deren Schrittfolge sie uns dann genau erklärten. Allein vom Zuhören wurde mir schwindelig. Etwas später am Abend brachen wir auf. Zuerst fuhr ich Edina nach Hause. Bei ihr zu Hause angekommen stiegen Martin und Edina aus, neidvoll beobachtete ich die beiden, wie sie sich innigst küssten und voneinander Abschied nahmen. Sollte mir das nicht auch endlich einmal vergönnt sein in meinem Leben? Martin stieg wieder ein und wir fuhren zum Haus von Silvia. Sie verabschiedete sich und stieg aus. Ich dachte, jetzt oder nie. Ich sagte zu Martin, dass ich Silvia noch etwas sagen müsste, und stieg aus. Ich rief ihr nach, denn sie war schon ein paar Schritte vorausgegangen. Sie drehte sich langsam um und da war ein Blick, als hätte sie etwas erwartet, so hoffnungsvoll … so, ach ich weiß nicht, wie ich es beschreiben soll. Ich nahm einfach ihre Hände und zog sie sanft an mich, wir umarmten und küssten uns. Endlich erlebte ich meinen ersten richtigen Kuss, und das mit vierundzwanzig Jahren. Na ja, besser spät als nie. Es war so unglaublich schön, dieses neue Gefühl, das in mir aufstieg. Ich wollte sie am liebsten nicht mehr loslassen und ich wollte bei ihr bleiben, doch das ging nicht, da war ja noch Martin, eine schwierige Entscheidung. Endlich stand die erste Liebe meines Lebens vor mir, aber ein guter Freund und vor allem jener, dem ich dieses Glück verdankte, saß ungeduldig wartend im Auto. Ich lud sie ein, noch mit uns zu fahren, aber sie lehnte ab. Schade. Wir verabredeten uns für den nächsten Tag zum Baden im Strandbad, Sonntag um 13.00 Uhr. Dann verließ ich sie. Martin und ich fuhren dann noch in ein Rock Café, doch die ganze Zeit vermisste ich sie jetzt schon irrsinnig. Fast zum Verrücktwerden war es, sie war nicht da, ein Teil fehlte. Die ganze Nacht dachte ich immer nur an sie, das kennt ja jeder, der sich zum ersten Mal richtig verliebt. Mich befiel aber auch Angst, ob ich am nächsten Tag wohl alles richtig machen würde und ob ich nicht etwa nur träumte. Oder vielleicht hatte sie es sich inzwischen anders überlegt und es war aus, bevor es begonnen hatte? Tausend Gedanken, tausend Gefühle wechselten einander ab und ich fand kaum Schlaf. Der nächste Tag kam, unermessliche Aufregung beherrschte mich, ich rannte ziellos umher und zählte jede Minute. Mein Herz raste. Oh Mann, ob das gut geht? Ich fuhr also los, doch trotz der übergroßen Sehnsucht und Anspannung war ich nicht in der Lage, sofort zu ihrem Haus zu fahren, zu groß war die Angst und mein Hals schien sich schon wieder zuzuschnüren, so wie es mir damals bei Mia passiert war. Ich war zum Glück ein paar Minuten zu früh losgefahren. Also fuhr ich an ihrem Haus vorbei, ein paar Hundert Meter weiter, in den nahegelegenen Wald. Dort rannte ich aufgelöst auf und ab und versuchte mich zu beruhigen, bis ich mir selber einen Ruck gab und mir sagte, jetzt aber los, was soll denn schon passieren? Ich fuhr zu ihr … Sie wartete bereits auf einer Sitzbank vor dem Haus, neben sich eine ältere Frau, es war ihre Großmutter. Ich begrüßte zuerst die nette alte Dame und dann Silvia. Sollte ich sie nun gleich küssen? Nein, lieber nicht vor der alten Dame. Wer weiß, was die dann von mir denken mochte, womöglich würde sie mich für einen Gigolo halten, der ihre Enkelin verführen wollte. Dieses Risiko wollte ich auf keinen Fall eingehen. Ich verabschiedete mich von der Großmutter, und Silvia und ich fuhren zum Strandbad. In der Sonne liegen, baden, sich gegenseitig eincremen … so stellte ich mir das während der Fahrt vor. Es war alles so neu für mich … aber es war dann alles anders als gestern. Den Grund sollte ich erst später erfahren. Im Strandbad zickte sie etwas herum. Ich wollte ins Wasser gehen, sie ging aber nicht mit, war ich aus dem Teich draußen, ging sie ins Wasser. Sehr holprig begann unsere Bekanntschaft. Auch gelangen uns nicht mehr so einfühlsame Gespräche wie gestern Nacht. Als sich neben uns ein älterer Mann, ohne sich zu genieren, umzog, empörte sie sich fast so, als wäre sie eine Nonne. Sich in der Öffentlichkeit nackt auszuziehen und seine Genitalien zur Schau zu stellen, wo gab es denn so etwas? Oh Gott, dachte ich, womöglich ist sie am Ende total verklemmt und zugeknöpft, oder was hatte ihre Aufgebrachtheit zu bedeuten? Ich versuchte sie zu beruhigen, was mir nur schwer gelang. Wir verließen den Badeteich und wollten noch zu Edina fahren. Auf dem Weg dorthin fuhr ich bei mir zu Hause vorbei, um mir ein frisches Hemd anzuziehen. Silvia blieb im Auto, während ich das Hemd holte. Als ich zurückkam, stand mein Vater bei der Beifahrertür und hatte sie in ein Gespräch verwickelt. Schnell stieg ich ins Auto und wir fuhren los.

Ich: »Hat er dich was Blödes gefragt?«

Silvia: »Na ja, seine Fragen waren nicht gerade geistreich.«

Bei Edina angekommen tranken und aßen wir etwas. Ich wollte nun mit ihr endlich allein sein. So gingen wir zum nahen Teich, der auf einer Waldlichtung lag, und ließen uns auf einer Decke nieder. Wir waren alleine und es wurde langsam dunkler. Und endlich kam auch Romantik auf. Alles, was am Tag passiert war, schien wie weggewischt und auch Silvia veränderte sich von Minute zu Minute. Sie wurde weicher und liebesbedürftig und endlich küssten wir uns, küssten uns ohne Ende. Dann begann sie sich langsam auszuziehen. Oh Mann, darauf war ich nicht vorbereitet. Sie stöhnte leicht. Meine Hand streichelte ihren Bauchbereich, worauf sie sie nahm und auf ihre nackte Brust legte. Oh Mann, oh Mann, ich fühlte mich überfordert von der Situation, schließlich war es das erste Mal, dass ich überhaupt eine weibliche Brust berührte, und ich sagte ihr das auch. Ich wollte einfach, dass sie es wusste. Silvia, ganz zärtlich: »Kein Problem. Lass einfach deine Hände ganz locker. Ich führe dich.«

Sie zeigte mir, wie ich sie berühren sollte, sie führte meine Hände. Es war aufregend und erregend. Sie spürte meine ständig steigende Erregung. Sie führte meine Hände weiter, immer weiter in Richtung ihrer Scham, zeigte mir, was ich mit den Fingern machen sollte, ich spürte, wie feucht sie war und wie sie ebenfalls immer erregter wurde. Ich wollte ja mit ihr schlafen, doch die Kondome lagen im Wagen und sie wollte sie mich nicht holen lassen, ich wusste nicht warum. Doch ich war zufrieden mit der Situation, so wie sie war. Ich wollte, dass sie einfach glücklich ist. So befriedigte ich sie mit meinen Händen, ganz vorsichtig, ganz langsam, ganz zart. Ihr Körper begann zu beben, sie stöhnte immer lauter und als sie kam, drückte sie mich so fest an sich, dass ich fast keine Luft mehr bekam. Wir lagen noch lange eng zusammengekuschelt auf der Decke. Eine zweite deckte uns zu. Um uns herum nahm ich nach einiger Zeit wieder das Quaken der Frösche und Zirpen der Grillen war. Womöglich wäre ein anderer nicht zufrieden gewesen, da es zur Vereinigung nicht gekommen war, aber ich war es. Unser Gespräch drehte sich dann um das eben Erlebte und dabei erhielt ich auch die Erklärung für ihre Wandlung vom Tag zur Nacht. Am Tag wollte sie sich beherrschen und zurückhalten, um dann in der Nacht sich einfach hingeben zu können. Sie liebte die Dunkelheit, wie sie sagte. Sie konnte sich auch nur bei Dunkelheit fallen lassen. Sie erzählte mir von ihren Erlebnissen als Kellnerin in einem Nobelhotel in Tirol, wo sie nach der Schicht oft mit einem Kellner schlief. Da bildete der Fernseher die einzige Beleuchtungsquelle und sie hat dieses Halbdunkel geliebt. Wir gingen zurück zum Auto und ich fuhr sie heim. Ich konnte es noch immer nicht fassen, dass ich sie intim berührt hatte.

Ich roch an der Hand, es war so ein angenehmer Geruch. Ich wollte mir die Hand nie wieder waschen und freute mich auf den nächsten Tag, an dem ich sie wiedersehen durfte.

Wir fuhren wieder zu einem Freibad und wieder verhielt sie sich sehr zurückhaltend. Ich wusste ja nun, dass sie am Tag nicht küssen und Zärtlichkeiten austauschen wollte. Ich vermisste das sehr, schließlich wollte ich der Welt zeigen: »Hey, seht her, das ist mein Mädchen!«

Doch der Tag sollte völlig anders verlaufen als erwartet. Wir lagen in der Nähe des Volleyballplatzes auf einer Decke. Ein paar Jungs spielten gerade dort und plötzlich bemerkte ich, dass Silvia nur Augen für einen gewissen Jungen hatte. Sie himmelte ihn direkt an ... wie er sich bewegte, so mit seinem nackten Oberkörper und seinen engen Shorts. So sportlich, so stark, so männlich und muskulös. Da konnte ich natürlich nicht mithalten. Es verletzte mich ungemein, dass sie ihn so anstarrte, was er auch bemerkte, und schließlich kam er zu uns herüber. Was ging hier vor sich? Sie kannten sich bereits vom Fortgehen, wie sich herausstellte. Bei ihrer angeregten Unterhaltung wurde ich zum fünften Rad am Wagen und wusste in dieser Situation nicht so recht, was ich machen sollte. Sollte ich ihm eine Ohrfeige verpassen oder einfach aufspringen und davongehen? Aufgrund seines Körperbaus und vor allem aus Angst um meine Brille wählte ich den zweiten Weg. Ich erfand eine Ausrede, gab vor, dass ich noch einen Termin mit meinem Chef hatte, und flüchtete. Ich fragte noch, ob ich sie mitnehmen sollte, doch ihr neuer Verehrer bot sich an, sie in seinem Auto später mitzunehmen. Sie wollten dann auch in meine Richtung fahren. Er wollte diese Gegend schon immer kennenlernen. Was für eine Situation! Das durfte doch nicht wahr sein, sie war doch mit mir hier und nun himmelte sie diesen, diesen ... ach, ich wusste nicht, wie ich diesen Adonis nennen sollte. Und jetzt wollte der auch noch mit ihr in meine Gegend fahren und ich hatte meine Verabredung ja nur erfunden. Was jetzt? Ich beschloss, nur weg von hier, fort aus dieser Lage, und wenn ich schnell genug war, konnte ich früher bei meiner imaginären Verabredung sein. Ich fuhr also wie ein Wahnsinniger nach Hause, einfach weg, nur fort. Ich übertrat einige Geschwindigkeitsbeschränkungen, nur um sie abzuhängen, was mir auch gelang. Ich war völlig durcheinander, konnte das Ganze nicht verstehen. Wir waren doch gestern so glücklich zusammen gewesen, hatten uns geküsst und intim berührt. Galt das nun alles nichts mehr, war das alles ein blödes Spiel? Ich versuchte mich zu beruhigen, was nur schwer gelang. In den Tagen danach hatte ich noch Urlaub, sie waren einfach zum Verzweifeln, und ihre Telefonnummer besaß ich auch nicht. Ich wollte sie vergessen und konnte es nicht. Ich musste mit ihr reden.

Ich wollte wissen, in welchem Verhältnis sie zu mir stand. So viel Chaos in so kurzer Zeit konnte doch niemand anrichten. Am kommenden Samstag hoffte ich sie zu treffen. Es war der der 9. Juli 1994. Martin, Edina und ich besuchten wieder unser Tanzlokal. Die ganze Zeit war ich nervös. Wenn nun Silvia auftauchte! Was sollte ich sagen? Doch sie kam nicht. Ich gab Edina eine Telefonwertkarte mit einem kleinen Zettel, auf dem stand, dass mich Silvia anrufen sollte. Handys gab es zu jener Zeit noch nicht. Da saß ich nun betreten am Tisch, allein mit meinem Cola-Whiskey. Die Leute um mich herum vergnügten sich. Martin rockte mit Edina auf der Tanzfläche und ich, ich dachte nur an sie, Silvia. Weshalb verhielt sie sich so? Hatte ich einen Fehler begangen? Während ich grübelte, holte mich eine Stimme aus meinen Gedanken. Erst jetzt bemerkte ich das Mädchen mir gegenüber. Sie sah mich an und äußerte irgendetwas über das Lokal, dass sie das erste Mal hier sei, weil sie nicht so gerne fortgehe. Sie redete wie ein Wasserfall und war kaum zu stoppen. Ich warf ab und zu ein Wort ein. Ich staunte, dass man so viele Wörter in so kurzer Zeit sagen kann. Ich fragte mich, wo sie sie alle hernahm. Als würden wir uns schon länger kennen, erzählte sie mir von ihren Problemen, von Belastungen in der Kindheit durch ihr damaliges Übergewicht. Sie hatte es aber mithilfe einer Psychiaterin geschafft, ihr Gewicht zu normalisieren und den Schritt nach außen zu wagen. Seltsamerweise weckte das Wort ›Psychiaterin‹ meine Neugier und riss mich aus meiner Lethargie. Sie war mir plötzlich so nahe, denn wer erzählt schon einem Menschen, den er erst ein paar Minuten kennt, dass er psychiatrische Behandlung brauchte. Ihr Vertrauen machte mich irgendwie stolz. Ich wollte mehr von ihr erfahren, aber Edina und Martin unterbrachen uns. Es stellte sich heraus, dass das Mädchen die Schwester von Edina war, sie hieß Gunda. Eine unglaubliche Begegnung, die mein Leben für immer verändern sollte.

»Und Silvia?«

Ja, sicher spukte Silvia noch in meinem Kopf herum, aber dieses Mädchen war so total anders. Ich spürte förmlich ihre Zärtlichkeit und die Wahrheit in dem, was sie sagte. Das passte alles zusammen und war total ehrlich und rein. Ich hatte es einfach satt, alleine zu sein und in Bezug auf die Liebe nur Probleme zu erleben. Ich wollte endlich jemanden um mich haben, bei dem ich das Gefühl hatte, mein ganzes Leben erzählen zu können, ohne Angst vor Vorwürfen oder die Furcht, ausgelacht zu werden, wenn ich meine Gefühle gestand. Ich fühlte unbewusst, endlich diesen Menschen gefunden zu haben. Doch wie sollte ich ihr näherkommen? Da hoffte ich auf das Glück des Schicksals. Wir spielten Darts, Martin und Edina gegen Gunda und mich und ich schwor mir, sollten wir gewinnen, würde ich sie umarmen und drücken und – kein Witz – wir gewannen tatsächlich und ich hielt meinen Schwur. Was auch passiert, nicht nachdenken, sagte ich mir. Wir umarmten uns für ein paar Sekunden oder war es gar länger? Dann feierten wir unseren Sieg bei einem Glas Sekt. Dann musste ich auf die Toilette, wo ich überlegte, was ich mit ihr bereden wollte. Doch als ich zurückkam, waren Edina und sie nicht mehr da. Klappte es diesmal wieder nicht, ein Mädchen kennenzulernen? War meine Beherztheit umsonst gewesen? Traurig fuhr ich mit Martin nach Hause. Doch wie ich später erfuhr, hat dieser Abend auch bei Gunda etwas ausgelöst. Ein Gefühl, das sie selbst nicht einordnen konnte, sie war so durcheinander, so unruhig, dass sie sich einfach Bewegung verschaffen musste. So hat sie sich tags darauf aufs Fahrrad geschwungen und eine Vierzig-Kilometer-Tour zurückgelegt, um ihrer Aufregung Herr zu werden und wieder zur Ruhe zu kommen. Eine zufällige Bedenkzeit von vier Wochen verschaffte uns beiden Zeit, uns darüber klar zu werden, was unsere Begegnung in dem Tanzlokal bei dem jeweils anderen ausgelöst hatte. Denn Martin flog zunächst für drei Wochen in die USA in Urlaub und ohne Martin ging ich nicht fort. Vier Wochen sollte es also dauern, bis ich mein absolutes Glück finden sollte, vier Wochen, in denen ich aber zunächst vor allem an Silvia dachte und vergeblich auf ihren Anruf wartete. Vier Wochen, in denen ich mir Vorwürfe machte, mir meine Jungfräulichkeit vorwarf, mein Unwissen in Sachen Liebe und all ihren Facetten. Aber woher hätte ich auch etwas von der Liebe wissen sollen? Immer war ich der Außenseiter gewesen, einer, der nicht gerne redete, der sich schnell zurückzog, um nicht enttäuscht und verletzt zu werden. Und jetzt war es endlich an der Zeit, die Liebe kennenzulernen, und ich hatte es bereits in den ersten beiden Tagen vermasselt? Ich zerfleischte mich bis zum Verrücktwerden. Die vier Wochen vergingen, endlich war es wieder Samstagabend, endlich gingen wir wieder fort mit Martin und Co., endlich konnte ich Silvia treffen, so hoffte ich jedenfalls. Doch ich traf jemand anderen wieder, Gunda. Und da war es wieder, das seltsame Gefühl. Schön, geheimnisvoll und unbekannt.

»Und hast du mit Silvia sprechen können?«

Ich traf sie kurz im Lokal mit ihrem neuen Freund, ja, genau der, auf den ich eifersüchtig war, der Volleyballspieler, und wir beide wussten nach ein paar belanglosen Sätzen, dass da nichts mehr war, und wir nahmen es so hin. Nun war der Weg frei für Gunda.

Als ich Gunda kennenlernte, hatte ich den starken Drang, diese kostbaren Momente festzuhalten, von dem Gefühlten Zeugnis abzulegen, um später einmal sagen zu können, dass das wirklich alles passiert ist. So begann ich mir Notizen zu machen, vieles auf Fotos zu bannen, und schrieb in meinem Überschwang auch Gedichte wie dieses in mein Notizbuch. Irgendwann sollte daraus ein Buch entstehen, das ich ihr dann zu unserem Jahrestag schenken wollte.

>Der 6. August 1994, war es Schicksal oder bewusst?
> Nein, bewusst war es sicher nicht,
> denn ich sah für meine Zukunft in Sachen Liebe kaum mehr ein Licht.
> Doch da saßen wir nun, du hast geredet,
> ich wusste nicht, was ich habe zu tun,

um endlich in den lang ersehnten Genuss einer Partnerschaft zu gelangen,
und ich fing auch schon an zu bangen,
ob es denn diesmal klappt.
Ich muss gestehen, ich hatte nichts vorgehabt,
war ich doch von der letzten Turbobeziehung noch etwas verwirrt.
Hatte ich mich in meinen Gefühlen verirrt?
Doch da war ein neues Gefühl, ein unbeschreibliches,
kaum erfassbares, kaum begreifliches.
Doch was sollte ich nun machen? Ich hörte dir zu und saß nur herum.
Da, du hast vom Tanzen geredet, was nun?
Ich kann nicht den geringsten Tanzschritt mit dir tun.
Einen Tanzkurs hätte ich besuchen sollen,
dann könnte ich mit dir jetzt herumtollen.

Diesmal ging ich es nicht so verkopft an, grübelte nicht lange, verspürte keine Angst, zumindest nicht so viel wie bei Silvia. Ich hatte das sichere Gefühl, dass alles so sein sollte.

Doch mit meinen bescheidenen Tanzkünsten wollte ich sie nicht enttäuschen und so lud ich sie ein mit mir flippen zu gehen, das war wenigstens etwas, was ich konnte. Wir hatten wirklich unseren Spaß. Plötzlich drehte sich alles nur um uns. Die anderen Menschen traten in den Hintergrund. Die Musik und das Gefühl der Anziehung füreinander durchströmten unsere Körper, ließ sie vibrieren. Dann verließen wir das Lokal, um alleine zu sein. Wir schlenderten einen verlassenen Weg mit ein paar Straßenlaternen entlang. Es war eine romantische Sommernacht. Sie hatte wieder angefangen wie aufgezogen zu reden, über belangloses Zeug wie das Lokal, die Sterne am Himmel und so weiter. Ich wollte sie einfach nur berühren. Doch wie sollte ich das anstellen, mein Herz schlug so stark, als würde es jeden Moment platzen. Die Aufregung war kaum zu ertragen. Scheinbar unabsichtlich berührten sich unsere Hände beim Gehen immer wieder. Schließlich fanden sie vorsichtig zueinander.
Sie meinte nur: »Du hast aber kalte Hände.«

Wir drehten uns einander zu und ich zog sie an mich und versuchte sie zu küssen. Doch sie wehrte ab. Hatte ich einen Fehler gemacht? Ging ich zu schnell vor? Was bedeutete das? Doch die Erklärung ließ nicht lange auf sich warten. Auch Gunda hatte das mit Silvia und mir beobachtet und sie sah mir ganz tief in die Augen und sagte zu mir:

»Ich will auf keinen Fall nur ein Trostpflaster für dich sein.«

Ich erwiderte: »Nein, das bist du nicht.«

Das mit dem Küssen hatte sich dann erst einmal erledigt, die romantische Stimmung hatte sich verflüchtigt. Wir fuhren dann getrennt wieder nach Hause. Zu Hause angekommen war sie wieder da, diese Einsamkeit, diese Traurigkeit, das Gefühl des Versagens in allen Bereichen. War ich nicht liebesfähig? War ich nicht in der Lage, eine Partnerschaft einzugehen? Was lief verkehrt mit mir und meinem Leben? Alles war so umständlich, so holprig? War Gunda wieder nur ein Griff ins Leere? Ich musste mir über meine Gefühle klar werden und mich entscheiden, schließlich trat auch eine zweite Person, noch eine Schwester von Gunda, auf der Bühne der Liebe auf, Eleonore. Sie war an diesem Abend auch im Lokal. Sie bewegte sich auf der Tanzfläche so voll Energie, so voll Leben. Ich sah ihr fasziniert zu.

»Was? Du und zwei Frauen? Hey, nun mal nicht übertreiben, mein Freund, sieh zu, dass du einmal etwas richtig machst.«

Sonntag drei Uhr früh, und ich konnte immer noch keinen Schlaf finden, das Gedankenkarussell drehte sich unaufhörlich. Ich hielt mir den Kopf: Lasst mich in Ruhe, ihr quälenden Gedanken! Peinigt mich nicht: Lasst mich meinen Frieden finden. Schmerzen durchpeitschten meinen ganzen Körper. Weg mit euch, ich ertrage es nicht länger. Ich lag am Boden und krümmte mich vor seelischen Qualen. Geht, ihr bösen Geister! Lasst mich los! Hilf mir, Gott, sorge dafür, dass es aufhört, mein Schädel platzt gleich. Die Gedanken an vergangene Verletzungen, meine chaotischen Versuche, Liebe zu finden, meine Angst, die Zukunft ohne jedwede Liebe verbringen zu müssen, steigerten sich zu einer unbeschreiblichen Qual. Wie sollte ich mich entscheiden? Ich entschied mich für Gunda.

Am nächsten Tag fuhren Martin und ich zu Gunda und Edina. Die Mädchen verbrachten die Wochenenden immer bei ihren Eltern auf einem großen Bauernhof. Edina kam uns entgegen, aber wo war sie, Gunda? Ich wagte nicht, Edina nach ihr zu fragen. Martin, Edina und ich fuhren zu dem Fischteich der Familie und wollten baden gehen, aber das Wetter machte uns einen Strich durch die Rechnung. Es begann zu regnen und so fuhren wir wieder zum Bauernhaus zurück. Vor dem Haus trafen wir Gunda. Was sollte ich nun tun, ihr einen flüchtigen Kuss geben? Nein, lieber nicht. Wer weiß, wie sie reagiert hätte. Also gab ich ihr nur die Hand. Nichts wünschte ich mehr, als sie zu berühren, sie zu spüren, wenn auch nur für ein paar Sekunden. Dann setzten wir uns in die Stube. An diesem Tag lernte ich auch die Eltern der Mädchen kennen, die noch zwei weitere Schwestern, Eleonore und Galina, und einen Bruder hatten. Als es aufgehört hatte zu regnen, bot mir Gunda zu meiner Freude an, mir den zu den Ländereien gehörenden Wald zu zeigen. Über Stock und Stein und durch wildes Gestrüpp führte sie mich, bis wir schließlich wieder bei dem Fischteich angelangt waren. Wohlgemerkt verlief die Tour durch den Wald nicht gerade schweigend, was sie betraf. Ihr Redefluss war schon wie an den Abenden zuvor ungebremst. Am Teich erklommen wir einen am Ufer aufgestellten Holztisch, legten uns darauf und sahen schön brav nebeneinander in den Himmel. Du hier, ich dort, und dazwischen etwas Abstand, diese Regel hätte vortrefflich gepasst. Doch dann störte Martin, der uns aufgespürt hatte, die Idylle. Er hatte gerade mit Edina Schluss gemacht und wollte nun so schnell wie möglich nach Hause fahren. Nur widerwillig schloss ich mich ihm an, aber ich war mir sicher, bald wieder herzukommen.

Am Dienstag rief ich Gundas Mutter an und fragte ganz höflich, ob ich zu Besuch kommen durfte. Sie willigte ein und wir feierten zusammen die bestandene Führerscheinprüfung von Edina. Bei dieser Gelegenheit traf ich auch Silvia wieder. Ich muss gestehen, dass mir bei ihrem Anblick zunächst nicht ganz wohl in meiner Haut war, doch wir fanden einen normalen Umgangston miteinander. Es wurde spät an diesem Abend und unter der Weinlaube küssten Gunda und ich uns zum allerersten Mal. Die Gefühle, die mich dabei durchliefen, waren unglaublich, ich glaubte fast zu fliegen. Um zwei Uhr früh bin ich dann nach Hause gefahren.

Am darauffolgenden Mittwoch besuchten wir ein nahes Tanzlokal. Gunda fuhr mit einer Freundin voraus und ich mit Edina hinterher. Beim Parkplatz vor dem Lokal überfuhr ich ein umgebogenes Eisenstück. Die Folgen sollten sich erst am nächsten Tag zeigen. Kühlerflüssigkeit rann aus. Zum Glück war nur der Abflusshahn durch das Auffahren etwas geöffnet worden. Gegenüber vom Tanzlokal gab es eine große Getreidemühle. Dort spazierten Gunda und ich hin, begleitet von unzähligen Küssen und Berührungen. Intime Berührungen wehrte sie jedoch sanft ab. War ich zu weit gegangen? Hatte ich nun bei ihr verspielt und war jetzt schon wieder alles aus, bevor es richtig angefangen hatte? Doch es war nicht vorbei. Wir haben eben eine gewisse Zeit gebraucht, einander näherzukommen und Vertrauen zueinander aufzubauen. In den nächsten Tagen trafen wir uns nicht. Es war eine Atempause, um nachzudenken, die Gefühle zueinander zu ordnen und zu überlegen, wie es weitergehen sollte.

Es war Montag, der 15. August 1994. Ein wunderschöner Vormittag. Da wartete sie mit ihrem Auto in meinem Heimatort am Parkplatz vom nahegelegenen Bahnhof auf mich. Dann ging es zur Steirischen Landesausstellung »Wege zur Kraft«. Der Titel der Schau hatte etwas Symbolisches. Auch wir wollten Kraft tanken – Kraft für unsere Liebe. Aufbau und Inhalt der Ausstellung beeindruckten mich sehr. Noch nie hat mich eine Ausstellung so interessiert wie diese über das meist religiös motivierte Reisen zu einem Wallfahrtsort, zu einer heiligen Stätte und die unterschiedlichsten Religionen und ihre Geschichte. Der Grund, aus dem mir nicht langweilig wurde, lag auch an ihrem großen Interesse. Nicht umsonst besuchten wir die Ausstellung später noch ein zweites Mal. Nicht einmal die Tatsache, dass, als wir zurückfahren wollten, ihre Autobatterie leer war, konnte den Tag trüben, schließlich bekamen wir bald Hilfe. Auf der Hin- und Rückfahrt redeten wir über Gott und die Welt. Hatte ich da schon begonnen, mich zu öffnen und etwas von meinem Innersten preiszugeben? An diesem Tag lernte Gunda auch meine Eltern kennen. Aber wir verschwanden bald wieder und machten dann eine ganz andere Erfahrung, ein Erlebnis, das bis spät in die Nacht dauerte und fast schon als erster großer Wahnsinn zu bezeichnen war. Ich habe damals mein etwas unbeherrschtes Tun sehr bereut, weil es mir so vorkam, als ob ich sie damit überfallen hätte, aber ihre Worte, dass ich mir keine Gedanken darüber zu machen brauchte, haben mir sehr geholfen. Nachdem sie nach Hause gefahren war, konnte ich es gar nicht fassen, was wir getan hatten. Wir hatten unser Intimstes freigegeben. Ich habe mich damals nicht einmal gewaschen. Ich wollte diesen Geruch immer riechen, den Geruch der Erfahrung. Ich konnte kaum schlafen, so aufgepeitscht war mein Innerstes. Zweifel schossen mir durch den Kopf. War es richtig? Hättest du das nicht tun dürfen? Versuch dich demnächst zu beherrschen! Bereuen? Doch sie hatte die erlösenden Worte gesprochen, dass es nichts zu bereuen gab. Dann schlief ich ein.

Am Wochenende gab es ein großes Teichfest auf dem Gut von Gundas Eltern. Geschlafen werden sollte in Zelten. Am Sonnabendvormittag rief sie mich an und teilte mir mit, dass es ihr nicht gelungen war, ein Zelt aufzutreiben. So entschloss ich mich kurzerhand und kaufte in einem Sportgeschäft eines mit den letzten Groschen, die ich zusammenkratzen konnte, denn das Geschäft sperrte bereits zu. Mit Bankomatkarte zu zahlen war damals noch nicht möglich und der Weg zum nächsten Bankomaten war zu weit, so dass der Verkäufer meine Not erkannte und mir einen schönen Rabatt gewährte, damit ich das Zelt doch kaufen konnte. Als ich am Abend auf dem Bauernhof eintraf, hatte Gunda auch ein Zelt. Es war ihr doch noch gelungen, eines auszuborgen.

Die Überraschung war groß und ihre Schwester Eleonore bemerkte: »Er hat extra ein Zelt gekauft? Das muss wahre Liebe sein.«

Doch starker Regen ließ das Teichfest buchstäblich ins Wasser fallen. Es schüttete wie aus Eimern und wir flüchteten ins Pfarrheim, wo ich mich für kurze Zeit als DJ versuchte. Als der Regen aufgehört hatte, gingen wir zu einer nahen Holzbrücke, wo ich Gunda wohl mein ganzes Leben erzählte. Ich berichtete ihr von meinen früheren Liebeserfahrungen, die allesamt nur in meiner Phantasie existierten, denn die betreffenden Mädchen hatten von meinen Gefühlen für sie nie erfahren. Dann fuhren wir zurück zum Teich und bauten nach kurzem Lesen der Bedienungsanleitung im Scheinwerferlicht ihres Autos das Zelt auf. Doch von Schlafengehen war keine Rede. Wir erlebten unsere zweite aufwühlende gemeinsame Nacht. Jedenfalls konnten wir danach nicht mehr unsere Decken finden und schliefen auf der kalten Unterlage ein. »Guten Morgen!«, am nächsten Tag weckte uns Edina, weil sie das Auto brauchte. Die Decke war irgendwo und wir lagen irgendwie. Außerdem verhalf ich Edina durch mein ungeschicktes, taumeliges Herauskriechen aus dem Zelt zu besserer Laune, denn sie war nicht gerade gut aufgelegt. Das Frühstück und das Mittagessen nahmen wir bei den Eltern der Mädchen ein. Zum Mittagessen wurde ein Gebet gesprochen, ungewöhnlich für mich, da ich das nicht kannte. Später fuhren wir zu mir nach Hause und ich nahm die junge Katze Molli, die mir ihre Eltern geschenkt hatten, mit. Am späteren Nachmittag machten wir eine Radtour durch meinen Heimatort. Ich zeigte Gunda, wo Martin wohnte. Dann ging es weiter in die nahe Stadt, in die Klause mit dem Lusthäuschen, danach besuchten wir die Burg und den Friedhof und den Abschluss unserer Runde bildete der Schlossteich. Ich bewunderte ihre Ausdauer, denn sie ging mit unbequemen Absatzschuhen durch die Gegend, vor allem bei der Klause, wo es nur Waldwege gab, war das Gelände sehr uneben. Außerdem beeindruckte mich, dass sie mit mir auf den Friedhof ging, den ich als einen Ort der Ruhe und Besinnung wahrnehme. Mancher sieht das vielleicht anders. Beim Schlossteich pflückte sie ein paar Gräser, um sie zu Hause in die Vase zu stellen.

Mehrere Besuche bei ihren Eltern folgten. Gemeinsame Pläne für Weihnachten, Neujahr und den nächsten Urlaub wurden geschmiedet. Ägypten schien uns ein interessantes Urlaubsland zu sein. Eindrücke über dieses Land hatten wir bereits bei der Steirischen Landesausstellung gewonnen und wir waren beide fasziniert von seiner Geschichte, seiner

Kultur, seinen Bauten. Doch wegen der später aufgekommenen Unruhen und der angespannten Situation in Ägypten mussten wir unseren Plan leider aufgeben.

Irgendwann sprach Gunda mit mir über ein Frauenthema. Es war sehr aufschlussreich, etwas über die Regel und den Zyklus zu erfahren. Ich war ja auch auf diesem Gebiet unerfahren. Sicher ein Thema, das Männer häufig abschreckt und über das Frauen nicht gerne mit Männern reden, vielleicht weil die monatliche Blutung mit Scham besetzt ist oder weil in anderen Kulturen und Religionen die Frauen in dieser Zeit als unrein gelten.

Endlich lud mich Gunda zum ersten Mal zu sich nach Hause ein. Sie besaß ein kleines Häuschen neununddreißig Kilometer von meinem Zuhause entfernt. Bei der Landgenossenschaft wartete sie auf mein Kommen, dann fuhren wir zu ihr. An diesem Tag waren wir beide nicht so gut aufgelegt. Bei mir hing das damit zusammen, dass es mir sehr schwerfällt, mich an etwas Neues zu gewöhnen. So verbrachten wir die erste ungestörte Nacht zusammen, ohne dass etwas passierte.

Am nächsten Tag, ich war wieder heimgekehrt, kam ein Telegramm von ihr bei uns zu Hause an, mit dem sie meine Mutter in Angst und Schrecken versetzte. Zur damaligen Zeit lag nämlich mein Onkel mit einer schweren Herzkrankheit im Krankenhaus. Meine Mutter vermutete nun, er wäre gestorben, und öffnete in ihrer Aufregung das Telegramm. Als sie den Inhalt las, war sie erleichtert.
Es standen nur drei Worte darin:

»Ich vermisse Dich.«

Ich rief sie umgehend an. Sie wollte unbedingt, dass ich am Samstag zu ihr komme. Ich stimmte zu, da ich erstens sowieso in der Nähe war, es waren Markttage, an denen meine Firma ausstellte, und zweitens, weil ich sie so sehr vermisste.

Am Samstag war es dann so weit. Ohne, dass es geplant wurde ... ohne dass vorher darüber gesprochen wurde ... Er war da. Der erste Wahnsinn für uns beide begann in dieser Nacht. Ich hatte sehr große Angst vor der intimen Vereinigung, obwohl ich mich schon seit Jahren danach sehnte. Ich hatte Angst, dass sie schwanger werden würde, denn ich war auf keinen Fall schon bereit für ein Kind. Ich hatte noch so viel vor in meinem Leben, war weder beruflich noch privat so gefestigt, dass ich in der Lage war, eine solche Verantwortung zu tragen.

Sie beruhigte mich aber: »Es kann nichts passieren. Ich habe alles mit dem Frauenarzt abgeklärt. Ich nehme die Pille und ich will dich einfach nur spüren.« Ganz behutsam gingen wir vor, so unendlich langsam, so in Zeitlupe, es dauerte die ganze Nacht, bis wir uns vereinigten. Natürlich war die Angst noch immer da, aber ich wollte ihr vertrauen. Das erste Mal in meinem Leben wollte ich einem Menschen von ganzem Herzen vertrauen. Das war keine Selbstverständlichkeit für mich, schließlich wurde ich zu oft enttäuscht. Von den Eltern, denen man als Kind vorbehaltlos vertraut und bleibende Verletzungen davonträgt, wenn dieses Zutrauen missbraucht wird. Von einem Kollegen der Firma, den man für einen Freund hält und der einem, ohne dass man dies für möglich hält, in den Rücken fällt. Und jetzt sie. Ich vertraute ihr und ich vertraute auf die gemeinsame Liebe, die uns erfüllte. Wir brachten uns echte Liebe entgegen und sie war das Fundament, auf das wir uns verlassen konnten. In dieser Nacht haben wir beide unsere Unschuld verloren. Dass sich junge Leute für den Partner aufheben, den sie wirklich lieben, so etwas gibt es wohl heutzutage kaum noch.

An diesem Tag lautete der letzte Satz, den ich in mein Notizbuch schrieb:

»Danke für deine Liebe.«

Am nächsten Tag besuchte sie mich in der Firma, und es kam zu einer stürmischen Szene. Es waren noch immer Markttage und die anderen Mitarbeiter waren deshalb außer Haus. Fast wäre es im Sitzungssaal passiert. Erst im letzten Augenblick beherrschten wir uns schließlich. Anschließend fuhren wir zu mir nach Hause und da ergriff uns zum zweiten Mal der Wahnsinn in meinem Zimmer. Sie wollte danach gehen, aber ich bat sie zu bleiben.

»Bitte bleib bei mir, bitte lass mich jetzt nicht alleine.«

Aber sie ließ sich nicht abhalten, da sie Angst vor dem Gerede meiner Eltern hatte. Sie hatte bislang erst wenige Male mit ihnen gesprochen. Was sollten sie von ihr denken, wenn sie da schon über Nacht bei mir blieb? Sie hielt es für richtig, noch etwas Zeit verstreichen zu lassen. Es brach mir fast das Herz, nicht mit ihr gemeinsam einschlafen zu können und am Morgen mit ihr aufwachen zu dürfen. Ich teilte zwar nicht ihre Bedenken, doch ich ließ sie schweren Herzens gehen. Von nun an hielt uns jedoch nichts mehr zurück, eine Liebesnacht folgte der anderen, ob in ihrer Wohnung oder im leer stehenden Haus ihrer Oma, ob nach dem Genuss von Vino Frizzante oder Rotwein, ob in der Klause oder bei ihren Eltern im Wohnzimmer. Wir waren ganz leise.

Die Nächte in ihrer kleinen Wohnung waren am schönsten. Wir waren so frei, so ineinander versunken, so glücklich, so verliebt, erlebten so viel Geborgenheit, so viel Zärtlichkeit und so viel Liebe. Es war unsere kleine Insel, unsere Zufluchtsstätte, unsere eigene Welt, die nur uns beiden gehörte, uns ganz alleine, und die niemanden etwas anging.

Wir unternahmen zahlreiche Ausflüge. Bei einer dieser Touren stillten wir unser unbändiges Verlangen nach einander im dichten Gestrüpp. Es war wieder eine neue Erfahrung für uns. Zum Glück kam niemand. Unzählige Küsse, unzählige Berührungen tauschten wir aus. Haben wir damals mitgezählt, nein, wozu auch, die Tiefe der Gefühle war viel wichtiger als jede Statistik. Zu unseren schönsten Erlebnissen zählte »Die Nacht der Ballone« im September beim Schloss Schielleiten, ein Traum für Romantiker, wie ich einer bin. Ihr das Schöne der Welt zu zeigen, das war mein Wunsch. Und der erfüllte sich bei diesem einmaligen Erlebnis. Es war bereits Nacht, als wir durch ein Meer von beleuchteten Heißluftballons gingen. Einer wundervoller als der andere, einer leuchtender, feuriger als der andere, so feurig wie unsere Gefühle, unser Verlangen. Dann haben wir es gewagt, wir stiegen ein in den Korb eines Ballons, um damit in den Himmel abzuheben, wo wir zwar schon waren, aber durch dieses Gefühl wurde unser Empfinden nur noch verstärkt. Da schwebten wir nun im Nachthimmel, festgebunden, zwanzig Meter über den Boden, unter uns das Meer der anderen Ballone und hie und da schwebten auch andere Pärchen im Himmel der Nacht, wo sie sich küssten, sich umarmten, so glücklich waren wie wir und wir gönnten es jedem. Jeder hatte es verdient, glücklich zu sein. Jeder hatte es verdient, nicht allein zu sein. Bei so viel Schönheit nicht alleine dieses Farbenspiel zu genießen, sondern es zu teilen mit einem lieben Menschen, einem, dem man alles sagen kann, dem man völlig zu vertrauen vermag, dem man auch seine geheimsten Wünsche offenbaren kann, ohne dass man bloßgestellt, ausgelacht oder verletzt wird. Wir vernahmen das Rauschen der Flammen, wenn der Ballon mit heißer Luft gefüllt wurde, das Feuer, das brannte und das auch in uns brannte, aber ohne uns zu verzehren, sondern um uns zu wärmen. Die Wärme trug uns. Weit weg vom Alltag, vom Stress und den Sorgen flogen wir hinein ins Glück. Ein Feuerwerk und die Musik von Walzerklängen begleiteten unser Abenteuer. Bei ihr zu Hause schließlich erlebten wir die vollkommene Erfüllung.

Am Sonntag unternahmen wir zusammen mit unseren Familien einen Ausflug zu einer Kirche in Thal bei Graz. Eine wunderschöne Kirche mit einem künstlerisch eigenwillig gestalteten neu erbauten Anbau. Nicht, dass ich tiefgläubig bin, aber ich liebe die Atmosphäre von Kirchen. Vor allem wenn man sie alleine betritt, wenn sich sonst niemand im Inneren aufhält, der stören könnte, ergreift mich dieses warme Gefühl, spüre ich diese Geborgenheit, die von diesem Ort ausgeht. Diese Ruhe und diese Stille mahnen uns dazu, innezuhalten in Gedanken an eine bessere Welt, an ein besseres Leben. Die Welt braucht wieder mehr Gefühl, Liebe, Werte und Harmonie. Auf dem malerischen Thaler See sind wir dann gerudert, es war eine Kulisse wie in einem Film.

Ich genoss jeden Moment mit Gunda. Mit ihr alleine zu sein, die Natur zu genießen, sie zu küssen, sie zu halten und Hand in Hand mit ihr zu gehen.

Und überdies der Welt zu zeigen, dass wir nun zusammen sind. Sicher gab es auch den einen oder anderen Tag, der nicht so harmonisch verlief wie die übrigen, wie dieser Sonntag, der 2. Oktober 1994. Am Nachmittag unternahmen wir einen Ausflug zu einem Stausee. Dort gingen wir spazieren und hatten ein ernstes Gespräch über unsere Zukunft. So weit vorzugreifen, hat mich damals sehr aufgebracht, denn ich wollte einfach nur die Gegenwart genießen, ohne über das Morgen nachzudenken. Vielleicht war das falsch, aber nach so vielen Jahren der Einsamkeit glaubte ich die Berechtigung zu haben, den Augenblick genießen zu dürfen, mit jeder Faser das Leben zu spüren, die Freiheit, die Liebe, die Geborgenheit ohne Zwänge. Genau in diesem Augenblick einen Menschen zu haben, dem man vertrauen kann, dem man alles sagen kann. Sicher, diese Wochenendtreffen waren nicht sehr einfach für sie, da sie sich nach einem Heim, einer Familie und einer gesicherten Zukunft sehnte. Ich habe es zwar genossen, meine Freiheit zu haben, aber doch meine Sicherheit daraus bezogen, jederzeit in diese Zweisamkeit zurückkehren zu können. Die Sorge um eine sichere Zukunft ist sicher das Hauptthema, das viele Frauen beschäftigt. Die Männer denken nicht so viel darüber nach, wollen vor allem ihre Grenzen austesten, sich neue Ziele setzen. Wo will ich hin? Was möchte ich erreichen? Diese Fragen stellte ich mir auch. Die Arbeit in der Firma konnte es nicht sein, war mir auch nie eine Herzenssache. Der Job verhalf mir dazu, Geld zu verdienen, jeden Monat einen sicheren Betrag auf dem Konto zu haben. Aber es war nicht die Erfüllung, die ich anstrebte. Das war nicht das Berufsleben, das ich wollte. Wie viele junge Menschen wollte ich etwas erreichen, etwas Großartiges schaffen, etwas Einzigartiges, etwas Künstlerisches, etwas, von dem die Welt erfahren sollte. Etwas, was den Menschen Freude bereiten sollte. Ein Werk, ein künstlerisches Werk – das war mein Traum, der Wunschtraum eines hoffnungslosen Romantikers und Tagträumers, der nur das Gute im Menschen sieht und das Böse und Negative verabschiedet. Zu einer Welt mit mehr Liebe beizutragen, positive Strömungen weiterzugeben, das war mein Ziel. Wenn wir Liebeslieder hörten, gerieten wir in den Sog unserer Sehnsüchte, ein berühmtes Lied einer amerikanischen Sängerin erkoren wir zu unserem Song. Ebenso wie viele Tausende andere Verliebte ihren besonderen Song haben, der sie auf seine eigene Weise berührt.

Ab Oktober gingen wir zur Tanzstunde. Das war für mich total aufregend, nicht nur weil es der erste Tanzkurs in meinem Leben war, sondern weil das Tanzen nicht unbedingt zu meinen Stärken gehörte. Zum Auftakt lernten wir den English Waltz. Ein einfacher Tanz, denn ich auch sofort kapierte, welch Wunder, und danach folgte der Cha-Cha-Cha. Beim Tanzunterricht kam es auch wieder zur Begegnung mit Silvia und ihrem neuen Freund, ja, noch immer war es der Volleyballspieler. Einmal tanzte ich kurz mit Silvia. Es war alles in Ordnung so. Es gab nichts mehr, was wir zu besprechen hatten. Jeder hatte seine Liebe, seinen Partner gefunden und es war gut so, wie es war. Der Tanzkurs wurde dann leider abgebrochen, da zu viele Pärchen ausschieden. Wir haben nie mehr wieder einen besucht.

Wir erlebten eine wunderschöne Zeit zu zweien. Wir fühlten uns total im Glück und lebten es frei und ungezwungen aus. Oft merkten wir gar nicht, wenn andere daran zweifelten oder Anstoß an unserer zur Schau gestellten Verliebtheit nahmen. Einmal gingen wir durch meinen Heimatort spazieren und küssten uns bei einer einsamen Brücke im Wald sehr stürmisch, worauf ein vorbeikommender schon älterer Herr uns fragte, ob wir das in fünfzig Jahren wohl auch noch so machen würden. Das war wohl eine Frage, die zum Nachdenken anregen sollte. Aber in diesem Moment konnten wir sie voller Überzeugung nur mit ja beantworten. Es ist wohl häufig so, dass Verliebte mit ihrem Glück anderen auf die Nerven gehen, da diese sich nicht in der gleichen glücklichen Lage befinden.

Sonntag, 23. Oktober 1994. Nach einer innigen Vereinigung habe ich das erste Mal »Ich lieb dich« zu ihr gesagt, diese drei Worte, die unzählige Male in Büchern geschrieben stehen, die unzählige Male in Liedern besungen werden. Ich hatte immer Angst davor, diese Worte auszusprechen. Diese Worte darfst du nur verwenden, hatte ich mir geschworen, wenn du es völlig ehrlich meinst. Völlig ehrlich und nur dann, wenn du dir vollkommen sicher bist. Wenn du das Gefühl hast, dass jetzt der richtige Zeitpunkt gekommen ist, wenn der Drang so stark ist, dass es jetzt sein muss, ja, jetzt und nur jetzt, dann sag es.

Gunda arbeitete als Floristin und ich holte sie öfters in der Gärtnerei ab. Man sah dort Blumen, so weit das Auge reichte, in wunderschönen, vielen Farben, das Blattwerk in den verschiedensten Grüntönen. Manche dieser teils exotischen Blumen und Pflanzen hatte ich noch nie gesehen. Hier arbeitete sie also, in einem Meer aus Natur, und sie gab den Kunden das Gefühl, Freude gekauft zu haben, so freundlich, wie sie war, so hilfsbereit. Sie gab den einen oder anderen Tipp, wie die Blütenpracht länger hält, wo man die Pflanzen am besten hinstellt, und riet zum Beispiel, dass sie vor der doch bereits kühlen Jahreszeit geschützt werden sollen beim Nachhause-Tragen. Ich beobachtete sie jedes Mal voll Stolz. Sie war in ihrem Element und ich spürte, wie sehr sie ihre Arbeit liebte.

Einige Zeit später musste ich für drei Wochen zum Militär. Eine schwere Zeit begann für mich, so ohne sie. Die Zeit zu überbrücken, ohne sie zu sehen, sie zu berühren, sie zu sprechen, erschien mir unvorstellbar schwer.

Wenigstens am Wochenende durfte ich zu Besuch nach Hause fahren. Am späten Sonntagabend musste ich aber schweren Herzens wieder zurückkehren in die Kaserne. Sie hat es geliebt, mich in Uniform zu sehen. Es hat sie ganz verrückt gemacht, verrückt nach Liebe, verrückt nach dem, was wir »Wahnsinn« nannten.

Nach Beendigung der Zeit beim Militär durfte ich für Gundas Firma eine besondere Aufgabe erfüllen. Die Adventsausstellung sollte gefilmt werden und ich erhielt den Auftrag dazu. Das hat mich mit Stolz erfüllt, und nach einer intensiven Vorbereitung hatte ich viele gelungene Einstellungen. Es wurde ein ausgezeichneter Film, der auch ihre Chefs begeisterte.

Oft kochten wir gemeinsam. Eine Forelle im Lauch-Speck-Mantel mit frischem knackigem Salat gehörte zu unseren gelungensten Kreationen. Einfach köstlich, und ich sagte nach dem Verzehr des delikaten Mahls zu ihr: »Du kochst so gut. Es ist fast so ein Genuss wie Liebe machen.«

Dann gingen wir spazieren und tranken eine heiße Tasse Tee, denn inzwischen war es sehr kalt geworden. Als das Weihnachtsfest näher rückte, bastelte sie mir einen Adventskalender mit lauter lieben Sprüchen. Diese Worte begleiteten mich täglich, auch ein Gutschein für einen romantischen Abend zu zweit bei ihr zu Hause war dabei. Habe ich den je eingelöst? Ja, natürlich.

Vorher hatten wir noch miteinander telefoniert. An jenem Abend schneite es sehr stark, als ich von der Arbeit zu ihr fuhr. Die Fahrt war sehr anstrengend und mir war kalt vor Müdigkeit. Als ich vor ihrer Tür stand und läuten wollte, sah ich einen Zettel an der Wohnungstür kleben – den ersten von vielen weiteren, die ich in der Wohnung finden sollte.

»Es ist offen.« stand darauf.

Ich öffnete die Tür einen Spalt weit und erblickte Hunderte von Kerzen, die am Boden leuchteten und eine Spur legten. Dazwischen immer die kleinen Zettel mit wunderschönen Sprüchen, wie »Folge der Spur bis zum Himmel«. Die Kerzen erzeugten so eine Wärme, dass ich nicht mehr fror. Ich ging der Kerzenspur nach bis zu ihrem Bett. Da lag sie, nackt. Was danach geschah, brauchte keine Worte. Der Wahnsinn der Liebe ergriff uns, wie im Film. Unbeschreiblich, unglaublich, nur mehr spüren, nur mehr fühlen, nichts sagen, uns erkennen, alles ist eins.

Den ersten Weihnachtstag haben wir getrennt verbracht. Das war sehr schwer und sehr traurig für uns beide. Ihr »Ich lieb dich« im vierundzwanzigsten Kästchen des für mich gebastelten Adventskalenders nahm mir ein wenig von meiner Traurigkeit.

Erst am 26. Dezember sahen wir uns wieder. An diesem Tag boten mir ihre Eltern das Du an. Sie gewöhnte sich bald an, mir immer wieder kleine

Zettelchen zuzustecken. Ich war ihr »Käferl«, ein Marienkäfer, der Glück bringt und den sie mochte. Ihre Zettelchen waren kleine Liebeserklärungen. Sie waren bald nicht mehr wegzudenken aus unserem Umgang miteinander. Ich schenkte ihr dafür oft kleine Gedichte wie jenes:

Du fehlst mir

Wenn sich die Nacht wie ein Mantel über unser Land ausbreitet
    und der Alltag sich mit seinem Stress und seinen Sorgen zurückzieht
    und ich ganz allein in meinem Zimmer sitze, dann fehlst du mir.
Wenn wieder einmal Unklarheiten mit meinen Eltern nicht geklärt
    wurden und ich mich vielleicht aus Stolz schweigend zurückziehe und ich
    Sehnsucht habe nach Verständnis, dann fehlst du mir.
Wenn ich nachts alleine im Bett schlafe und mir kalt ist und ich mich nach
    einer Berührung sehne, dann fehlst du mir.
Wenn die traurigste Szene in einem Film, den ich mir alleine ansehe, meinen Taschentüchervorrat schrumpfen lässt, dann fehlst du mir.
Wenn Kriege und Korruption das Hauptthema in den Nachrichten sind
    und ich gerne davonlaufen würde mit dir, dann fehlst du mir.
Wenn ich alleine auf der Straße gehe und Hunderte Menschen kommen
    mir entgegen, das Gesicht starr vor Sorgen, wie sie den Kredit zurückzahlen sollen oder wo es den günstigsten Ausverkauf gibt, und ich mich
    plötzlich so allein fühle, dann fehlst du mir.
Wenn ich die Welt manchmal nicht verstehe, wenn Mord und Totschlag so interessant sind, dass man sich das ansehen muss, oder das Geld so wichtig ist, dass man dafür Leute umbringen muss, und sich mein Innerstes dagegen sträubt, dann fehlst du mir.
Wenn ich wieder einmal ein schönes Liebeslied entdeckt habe und ich
    alleine im Zimmer danach tanze, dann fehlst du mir.
    Wenn ich deine Fotografie küssen kann, dann fehlst du mir.
Wenn deine Rose, die du mir mitgebracht hast, die ersten Blütenblätter fallen lässt, dann weiß ich, dass du bald mit einer neuen Rose wiederkommst.
    3. März 1995

Und auch das folgende Gedicht bekam sie von mir:

Vergiss mich nicht

Die duftenden Blumen, die rauschenden Wälder,
die wiegenden Wiesen, die blühenden Felder,
die ruhigen Seen, die blubbernden Flüsse,
deine unfassbare Liebe, deine zärtlichen Küsse,
der helle Mond, die vielen Sterne,
das blaue Meer und das Schiff in der Ferne,
die heiße Sonne und der weiße Sandstrand,
du im roten Gewand.
Die Tiere im Wald und auf der Heide,
das Kind auf dem Hüpffeld mit einem Stück Kreide,
das Lachen der Menschen und die Hoffnung auf der Welt.
Was sind schon Macht, Ruhm und Geld?
Doch gibt es auch die schlechten Zeiten,
beim Menschen die negativen Seiten.
Sollte ich einmal allzu viele zeigen
und mich zu stark dem Reichtum neigen,
wenn mir plötzlich die armen Leute egal sind,
wenn mich nicht einmal stört das Weinen von einem Kind,
dann bitte verzweifle nicht,
sondern zeig mir einfach dieses Gedicht
und sag mir, wie schön die Welt ist ohne Habgier und Geiz
und dass es gibt noch so manchen Reiz,
darum bitte ich dich,
vergiss mich nicht.
10. März 1995

Dann musste ich wieder für drei Wochen zum Militär.

Die gleiche Schei… wie immer. Warten, warten, warten. Ich muss versuchen nicht an dich zu denken, ich könnte sonst noch verrückt werden. Erdrücke die Gefühle! Ich vermisse dich jetzt schon, vermisse deine Wärme, deine Zärtlichkeit. Ich würde jetzt deine Hand brauchen, sie festhalten, sie nie mehr loslassen. Ich brauche dich. Ich glaube, meine Gefühle spielen verrückt. Ich muss aufhören an dich zu denken. Ich liebe dich. Rebellion oder mitmachen? Krieg spielen? Wozu? Ich denke wieder an dich. Darf nicht an dich denken, muss stark sein, muss hart sein, der Feind ist ja in der Nähe und muss bekämpft werden. Zu viele Gefühle, wie ein kleines Kind. Ich weiß nicht, was ich damit anfangen soll. Versuche, sie zu ordnen! Es geht aber nicht. Dafür gibt es keine Raster. Ich muss versuchen, dich während der Ausbildung zu vergessen. Ich will dich aber nicht verlieren. Werde ich vielleicht durch diesen erfundenen Krieg gefühllos? Nein, es darf nicht sein! Ist das ein Irrenhaus, ein Gefängnis, ein Gefängnis für Gefühle? Sperrt sie ein! Männer, ihr müsst hart sein, stark sein! Der Feind hat auch keine Gefühle für euch! Er tötet, ohne nachzudenken, egal ob du Frau oder Kinder hast. Der murkst dich einfach ab, ist ja egal, du bist der Feind und der gehört weg. Wir müssen siegen, keiner darf übrig bleiben, kein Einziger. Ausbildung für einen Krieg? Wenn es einen gibt, laufe ich als Erster davon. Schön mutig, nicht wahr, aber ist es mutig, andere zu töten? Ich darf dich nicht verlieren. Ich lieb dich.

Das habe ich in der Kaserne im Toilettenraum auf ein Stück Papier geschrieben.

Noch ein Gedicht für sie:

Ich vermisse dich

Wenn der Tag mit seinen ersten Sonnenstrahlen die Nacht verdrängt und ich wie gerädert aufstehe, dann vermisse ich dich.

Wenn das Frühstück bereits auf dem Tisch steht und ich mein weißes Brot alleine esse, dann vermisse ich dich.
Wenn ich im Zug sitze und mir den Sonnenaufgang ansehe, dann vermisse ich dich.
Wenn die ersten Worte vom Chef nur Tadel sind, dann vermisse ich dich.
Wenn einige Kunden zu Unrecht über den schlechten Service und die hohen Preise schimpfen, dann vermisse ich dich.
Wenn beim Mittagessen immer nur von Politik und Kriegen die Rede ist, dann vermisse ich dich.
Wenn ich am Nachmittag, um dem Stress zu entfliehen, ins WC der Firma geflüchtet bin, dann vermisse ich dich.
Wenn ich nach so einem Nachmittag müde und ausgelaugt zum Bahnhof gehe, dann vermisse ich dich.
Wenn ich auf der Heimfahrt über den Sinn meines Lebens nachdenke, dann vermisse ich dich.
Wenn meine Mutter mir die Liste der Arbeiten, die zu erledigen sind, aus dem Stegreif diktiert, dann vermisse ich dich.
Wenn das heiße Wasser aus der Brause kommt und auf meinem nackten Körper brennt wie tausend Nadeln, dann vermisse ich dich.
Wenn ich mir am Abend noch eine Tasse heißen Kakao mache und ihn alleine trinken muss, dann vermisse ich dich.
Wenn der Tag Feierabend macht und die Nacht beginnt, dann vermisse ich dich. Wenn ich alleine in meinem Zimmer sitze und zum x-ten Mal das Lied von einem britischen Sänger höre, dann vermisse ich dich.
Wenn ich alleine im Bett liege und das Leuchten der Sterne sich durch den Vorhang drängt, dann vermisse ich dich.
Wenn der Wind um das Haus weht und eine Melodie spielt und mir kalt wird, dann vermisse ich dich.
Und wenn ich dann träume von einer besseren Welt und ich am Morgen aufwache, dann bin ich glücklich, weil ich weiß, dass ich dich heute sehe.
Gedanken vom 19. April 1995

Was war das für eine schöne Zeit und Tausende Worte der Zuneigung begleiteten unseren Alltag:

> Ich vermisse dich. Ich liebe dich. Eine schöne Woche. Danke, dass du für mich da bist. Alles Gute zum Geburtstag, mein Häschen. Und Frühstück im Bett mit Kuss, Rose und mehr. Ich komme bald wieder. Vergiss mich nicht. Ich danke dir für das wunderschöne Wochenende und für unsere Gespräche. Ich werde dich bis Mittwoch vermissen. Ich liebe dich. Ich hoffe, du weißt das. Gunda. Ich liebe dich und deine Zettelchen. Sie bringen Farbe ins Grau des Alltags. Danke. John. Ich vermisse Dich für diese eine Nacht. Vielleicht ist es gar nicht gut, dass wir uns in dieser Woche so oft sehen. Ich könnte mich an Dich gewöhnen, dann finde ich sehr schwer wieder in den Alltag zurück. Übrigens. Ich liebe Dich, Gunda. Die Liebe ist wie eine Blume. Wenn man sie nicht pflegt, verwelkt sie. Käfer. Der Kuss, die Berührung unserer Lippen, ist jedes Mal ein Erlebnis. Dein Käfer. Deine Maskensammlung: die Maske, das zweite Gesicht eines Menschen? Ich möchte immer nur dein ehrliches Gesicht sehen, in guten wie in schlechten Tagen. Das Liebeslied aus dem berühmten Zeichentrickfilm vom britischen Sänger gesungen. Tausendmal schon gespielt und es ist mit Dir jedes Mal ein Erlebnis. Wenn eine Rose einmal verwelkt ist, kann man sie nicht mehr retten. Wenn die Liebe nicht mehr klappt, gibt es immer noch einen zweiten Versuch. Dein Käfer.

Ein besonderes Kulturerlebnis bot uns in jener Zeit der Besuch eines Musicals in der Grazer Oper. Das Haus ist nicht berühmt, bietet aber Aufführungen von guter Qualität. Nach der Vorstellung fanden wir die Tiefgarage, in der unser Auto stand, verschlossen vor. Wir hatten nicht bemerkt, dass die Öffnungszeiten sich nur von 06.00 bis 22.00 Uhr erstreckten. Wir verbrachten deshalb die ganze Nacht auf den Straßen und auf dem Bahnhof von Graz. Dabei lernten wir einen Studenten kennen, der mich allerdings bald eifersüchtig machte, weil sich Gunda zu angeregt mit ihm zu unterhalten schien. Wir ernährten uns von Krainer-Würsten, Cola und Schnitten, schossen ein tolles Foto von uns beiden in einem Passbildautomaten und erlebten die Nacht trotz der Strapazen als wunderschön.

In der Früh fuhren wir nach Hause zu ihr, auf unsere Insel. Dort liebten wir uns und schliefen danach ein. Um halb acht weckte uns ein Anruf, der Gunda vor Schreck hochfahren ließ. Ihr Vater hatte einen Knochenbruch erlitten, aber es stellte sich heraus, dass die Verletzung weniger schlimm war als im ersten Moment angenommen, trotzdem machten wir uns Sorgen. Irgendwann schliefen wir, müde von der durchwachten Nacht, wieder ein, bereiteten uns später ein schmackhaftes Mittagessen und besuchten am Nachmittag die nahe Burgruine. Ein Gewitter zog auf und bei Blitz und Donner fuhren wir schnell wieder zurück zu ihr nach Hause. Dort angekommen bemerkte ich, dass ich meine Geldtasche in der Ruine verloren hatte. Ohne zu zögern, machten wir uns im strömenden Regen wieder auf den Weg zu der Ruine, wo wir die Geldbörse tatsächlich fanden. Es war ein abwechslungsreiches Wochenende voller Harmonie und Liebe.

Durch viele kleine Gesten gestanden wir uns in jener Zeit unsere Gefühle. Einmal mähte ich den Rasen und ließ genau in der Mitte der Wiese ein Herz aus Gras stehen, ich setzte mich hinein und machte ein Foto für unser Album.

Es war so toll, dass wir so viele Gemeinsamkeiten hatten. Wir beide hielten uns gern in der Natur auf, unternahmen mit Vorliebe Waldspaziergänge, liebten Blumen und mochten Tiere. Wir hatten denselben Sinn für Humor. Einmal brachte ich sie damit zum Lachen, als ich in ein Chinarestaurant mein Essbesteck von zu Hause mitnahm und plötzlich aus dem Sakko zog, da in diesem Restaurant den Gästen zum Essen nur Stäbchen bereitgelegt wurden. Zudem verband uns auch unser Interesse für die Kunst, die Musik und die Architektur. So verbrachten wir einmal unseren Urlaub in Wien, wo wir die Stadt entdeckten, das Mozarthaus und weitere Museen besuchten, die Aussicht vom Stephansdom genossen und das Musical über die österreichische Kaiserin ansahen. Und ein andermal machte mir Gunda an meinem Geburtstag ein ganz besonderes Geschenk – sich selbst. Ich musste sie nur noch auspacken.

Kurz gesagt: Wir waren glücklich. Sicher gab es auch den einen oder anderen Tag, an dem nicht alles perfekt lief, aber wo herrscht schon immer eitel Sonnenschein? Aber schon damals zeigten sich hin und wieder die ersten Anzeigen für gewisse Ängste und unterschiedliche Vorstellungen, wie es denn nun weitergehen soll. So schrieb ich im Juli 1995 diese kritischen Gedanken in unser Jahrbuch.

Nun folgen etwas kritische Gedanken ohne rosarote Brille zu unserer Beziehung.

Ich habe mich etwas gesträubt, sie in dieses Buch zu schreiben, aber ich glaube, sie sind im Falle einer kritischen Phase vielleicht der Rettungsanker.
Was wird sein?
Ich bin draufgekommen, dass ich sehr viel über mein Leben nachdenke. Nicht nur über meines, eher über unseres. Was wird sein in einem Jahr? Wirst Du mich immer noch so lieben wie jetzt? Werde ich Dich immer noch so lieben wie jetzt? Werden Tränen beim Abschied fließen?
Was wird sein, wenn wir einmal zusammenleben werden? Jeden Tag und jede Nacht zusammen? Was werden wir reden? Wird unsere Liebe auch da noch stark genug sein oder werden wir uns nach einiger Zeit auf die Nerven gehen?
Was wird sein, wenn wir Kinder haben? Werden sie wichtiger sein als der Partner? Wird es Streit wegen der Kinder, zum Beispiel wegen der Schule, geben? Werden sie gesund auf die Welt kommen? Was wird sein, wenn eines behindert ist? Werden sie sehr schlimm sein und uns wenig gehorchen?
Was wird sein, wenn die Gefühle, die wir jetzt haben, nicht mehr da sind? Werden wir uns einmal hassen und die Schwächen des anderen ausnutzen? Werden unsere Träume und Wünsche verschwinden und

der bösen Realität Platz machen? Wird der Beruf einmal wichtiger sein als der Partner? Werden Fernsehen und Stubenhocken einmal unsere Freizeitbeschäftigung?
Was wird sein, wenn ein Partner schwer krank wird oder gelähmt oder blind?
Was wird sein, wenn ein Partner stirbt? Kann das der andere ertragen? Wird er bei Behinderung oder Krankheit zur Last für den anderen?
Wenn ein Partner nicht mehr da ist, kann dann der andere mit einem neuen Partner ein neues Leben beginnen?
Wird die Sehnsucht einmal sterben? Werden unsere alten Geschichten einmal langweilig? Wird unsere Kreativität versiegen? Heute wissen wir noch, wofür wir das hart erarbeitete Geld brauchen. Wissen wir das in zwanzig, dreißig Jahren auch noch?
Was wird sein, wenn die Worte ›Ich lieb Dich‹ nur mehr drei Worte sind?
Viele, viele Fragen und ich glaube, es gibt noch mehr. Wer weiß die Antworten?
Manchmal habe ich Angst vor ihnen, aber ich glaube, man muss sich allen Problemen stellen und darf nicht weglaufen. Nichts im Leben ist einfach.
Man muss eine Meinung haben, eine gut durchdachte, und dahinterstehen, und man muss gemeinsam etwas unternehmen, gemeinsam etwas erleben, gemeinsam kreativ sein und die Arbeit des anderen nicht als Spielerei abtun. Man muss versuchen, einfach gerecht kritisch zu urteilen.
Man muss aber manchmal in gewissen Situationen auch etwas hart sein, der Mensch ist immer noch ein Tier und man darf nicht alles durchgehen lassen, wenn die Kinder zum Beispiel schlimm sind. Man darf aber auch nicht seine Gefühle vergessen, seine Wünsche, Träume und Hoffnungen. Man sollte alles bereden, nie lügen und dem anderen vertrauen. Nur wer seine Liebe zum anderen auch in schlechten Tagen beweist, der weiß, was Liebe ist. Liebe ist nicht nur das Körperliche.
Liebe ist Vertrauen und Verantwortung für seinen Partner.
Mehr als ein Jahrzehnt habe ich Dich gesucht und ich hatte schon die Hoffnung aufgegeben, ob es Dich auch wirklich gibt.

Ein Mädchen, das nicht raucht, nicht trinkt, mit mir träumt, mich versteht, auch wenn das nicht immer einfach ist, und mir vertraut. Wir haben beide unsere Fehler, aber gemeinsam werden wir es schaffen.
Dein Käferl.
22. Juli 1995

Fast ohne dass wir es anfangs bemerkten, veränderte sich jedoch in der Folgezeit etwas im Wesen unserer Beziehung. Jedem von uns schien etwas zu fehlen in seinem Leben, aber keiner wusste so recht, was es war. Gunda, als Frau, fehlte das Bild einer gemeinsamen Zukunft, die Perspektive vom Zusammenleben mit gemeinsamer Wohnung oder in einem Haus, einem schönen Garten, gemeinsam gepflegten Freundschaften und ein oder zwei Kindern. Sie war es eben aus ihrem Elternhaus so gewohnt, da waren sie fünf Geschwister.

»Ihren Kinderwunsch hat sie dir wohl oft genug angedeutet?«

Ja, sie wünschte sich Kinder und sagte es mir auch. Doch ich meinte stets genervt: »Ich will keine haben. Ich bin noch nicht so weit.«

Gunda: »Aber Babys sind doch süß und machen viel Freude und du wärst sicher ein toller Vater.«

»Bitte lass mich damit in Ruhe«, erwiderte ich.

»Doch sie hat nicht lockergelassen und sich Rat bei ihrer Mutter geholt, nicht wahr?«

Sie wollte bei ihrer Mutter Zuspruch für ihren Wunsch finden. Einmal waren wir zu Besuch bei ihnen. Ich saß mit ihrem Vater am Tisch und redete über dieses und jenes. Nur aus dem Augenwinkel konnte ich Gunda und ihre Mutter beim Abwasch beobachten, wobei ich aber recht deutlich hörte, was sie besprachen.

Gunda: »Ich weiß nicht mehr, wie ich mich verhalten soll. John will nicht über eine gemeinsame Zukunft nachdenken.«

Ihre Mutter: »Im Grunde ist es doch ganz einfach für eine Frau, einen Mann an sich zu binden. Weißt du, was ich meine? Schau doch nur die Beispiele vieler prominenter Männer an. Sie werden von jungen Frauen umgarnt, die ihnen ein Kind andrehen, und dann dürfen sie für das Kind zahlen. Wenn du Glück hast und es ebenso machst, bleibt er sogar bei dir, und ich bin mir sicher, dass der dich nicht verlässt.«

Gunda sah ihre Mutter erstaunt an. Es fehlten ihr die Worte. Sie konnte es gar nicht glauben, solche Worte aus dem Mund ihrer Mutter zu hören. Einer Frau, die hochchristlich jeden Sonntag und Feiertag in die Kirche rannte. Gunda verzichtete darauf, das Thema weiter zu besprechen.

Auch ich selbst war unzufrieden. Mir fehlte eine befriedigende berufliche Zukunft. Ich hatte es satt, in dieser Firma fleißig und zuverlässig zu arbeiten und keine Anerkennung dafür zu erfahren. Es fiel mir immer schwerer, täglich zur Arbeit zu gehen. Nach dem Aufstehen verschlechterte sich meine Laune rapide. Ich rannte immer öfters dem Zug hinterher, war oft zu knapp dran. Ein Teil musste, aber der andere wollte nicht. So habe ich Tag für Tag lustlos hinter mich gebracht, in der Hoffnung auf das Wochenende. Doch bereits am Sonntag stellte es sich wieder ein, das miese Gefühl. Muss ich wieder in diese Firma? Ich hatte andere Wünsche. Ich wollte endlich etwas schaffen, etwas bewegen, künstlerisch mich entfalten, aber was ich auch machte, es reichte nicht, um vielleicht einmal davon zu leben. Ob Kunstprojekte für Ausstellungen der Neuen Medien, mit denen ich mich beschäftigte, das Filmen oder die Fotografie – in keinem dieser Bereiche konnte ich so weit Fuß fassen, dass sich mir dadurch eine neue Lebensperspektive eröffnete. Ich konnte ja nicht als Künstler am Hungertuch nagen, bis endlich der große Tag meiner Entdeckung kommen sollte. Und eine Entdeckung nach meinem Tode – bekanntlich wird das Talent mancher Künstler ja erst posthum entdeckt und ihr Werk lukrativ verkauft – würde mir auch nichts nutzen. Denn ich musste ja jetzt meinen Lebensunterhalt fristen. Außerdem verschlangen meine künstlerischen Projekte unendlich viel Zeit, die Gunda nicht bereit war, mir zu gewähren, und auch meine Eltern verhielten sich nicht sehr hilfreich, vor allem mein Vater entmutigte mich mit seinen Äußerungen: »Was willst du denn mit dem Mist erreichen, das interessiert doch keinen. Das ist vergeudete Zeit.«

Und Freunde, so richtig gute Freunde, mit denen ich die mir vorschwebenden Pläne verwirklichen konnte, die hatte ich auch nicht.

»War nicht Martin ein guter Freund?«

Dass diese Freundschaft zerbrach, tut mir heute noch sehr leid. Als ich Gunda kennenlernte, wurde sie zur wichtigsten Person in meinem Leben, die Beziehung zu Martin vernachlässigte ich. Wir gingen nicht mehr fort wie früher, spielten kein Billard und kein Darts mehr und trafen uns auch nicht mehr. Das tut mir bis heute sehr weh. Gunda war zum Mittelpunkt meines Lebens geworden, und in der Zeit, die ich nicht mit ihr verbrachte, bastelte ich an meinen zeitaufwendigen Projekten herum.

»Und verfolgte Gunda deine künstlerischen Bemühungen?«

Sie hatte andere Interessen, ich glaubte es zumindest. Oder vielleicht war es auch so, dass ich sie überraschen wollte, irgendwann vor ihr stehen und sagen: »Hallo Schatz, ich habe es endlich geschafft, ich kann mit meiner Kunst Geld verdienen. Wir können nun davon leben, ist das nicht eine wunderbare Überraschung?«

Ja, es wäre schön gewesen, wenn ich ihr das hätte mitteilen können. Hätte ...würde ... wäre ... Die alte Leier. Immer stärker setzte mich Gunda jetzt unter Druck, dass es endlich an der Zeit wäre, eine gemeinsame Zukunft aufzubauen, das ewige Hin-und-her-Reisen von einem Wohnort zum anderen, immer mit dem Koffer, diese Wochenendbeziehung war auf die Dauer sehr aufreibend, für beide. Außerdem fing Gunda an, sich vor dem Einnehmen der Pille zu ekeln, vor diesem kleinen Ding, nicht einmal fünf Millimeter groß, und sie machte mir auch Vorwürfe, dass sie gezwungen war, sie einzunehmen, als ob ich etwas dafür könnte. Ständig musste ich mir ihre lautstarken negativen Äußerungen anhören. Sie wollte mir wohl ein schlechtes Gewissen einreden.

»Und, hat sie es geschafft?«

Was glaubst du wohl? So sensibel, wie ich bin ... Natürlich hat sie es geschafft. Es gab mir jedes Mal einen Stich ins Herz, wenn sie sich beklagte. Jedes Mal stellte ich unser Liebesleben für ein paar Millisekunden infrage. Weiter dachte ich nicht.

Ihr Ekel ging so weit, dass sie sich beim Einnehmen fast übergab. Das führte dazu, dass sie sie eines Tages nicht mehr nehmen konnte. Sie wollte überhaupt keinen Fremdkörper an und in sich lassen, sogar das Kondom erschien ihr als solcher, ein Plastikstück in ihrem Körper. So entschied sie sich für eine natürliche Verhütungsmethode, das Messen der Temperatur.

Im Jänner 1998 war meine Firma wieder auf der Messe in Graz vertreten und wie schon in den Jahren zuvor kam Gunda mich besuchen, doch diesmal war es nicht so schön wie in unserer Anfangszeit. Wir befanden uns mitten in einer Krise und wir wollten uns an diesem Samstag bei ihr aussprechen. Die Aussprache dauerte nur kurz, aber sie war einschneidend, ich war einfach damit überfordert. Ich wollte so weitermachen wie bisher, es schien doch alles gut zu laufen. Sicher hatten wir diese Gefühle, dass sich an unserem jetzigen Status etwas ändern musste, aber jetzt noch nicht, war ich der Meinung, ich wollte noch warten, bis ich gewisse Ziele erreicht hatte: endlich einen Job, der mir Freude bereiten sollte, nicht diese stumpfe Routine in der Firma, die Kunden anlügen, falsche Preise verrechnen, von den Chefs angeschnauzt werden, obwohl man sich bis aufs Äußerste bemühte. Wie oft hatte ich mir auch noch zu Hause Gedanken für die Firma gemacht, wie man das eine oder andere verbessern kann, ohne dafür den Lohn zu kassieren. Kein »Gut gemacht, Herr D.« oder »Das gefällt mir, was Sie da machen«. Es hieß immer nur: mehr, mehr, mehr. Oder: Prima, den Jahresumsatz haben wir erreicht, aber im nächsten Jahr sollen es bitteschön zehn Prozent mehr sein.

Das entsprach alles nicht meiner Natur. Aber gab es einen Ausweg? Meine Kunstprojekte brachten mich nicht weiter, oft hatte ich viel zu wenig Zeit dafür. Und jetzt Gundas Vorhaltungen. Ich musste einfach raus aus ihrer Wohnung, einfach weg von unserer Insel, die nicht mehr das zu sein schien, was sie vorher war, ein Rückzugsgebiet, eine eigene Welt ohne den Einfluss der Eltern, ein Paradies, unser Liebesnest. Ich musste hinaus ins Freie, ein paar Schritte gehen, zur Ruhe kommen. Sicher, wir hatten nicht gestritten, wir hatten ganz ruhig geredet oder besser gesagt Gunda hatte geredet, aber nicht viel, nicht über das Eigentliche, was sie tatsächlich wollte. Sie sagte nur, sie wolle dieses Leben so nicht weiterführen. Es klang fast so, als wollte sie jetzt Schluss machen, einfach einen Strich unter unsere Beziehung ziehen.

War das das Ende? Ich ging zwar einige Runden, zerbrach mir den Kopf, aber ich verstand an der ganzen Sache einfach nicht, was Gunda wollte. Wollte sie, dass wir zusammenziehen, uns jeden Tag sehen? Ob das gut gehen konnte?

An diesem Abend überkam mich wieder diese Angst, so wie beim ersten Mal, dass Gunda ungewollt schwanger werden könnte. Aber sie beruhigte mich auch diesmal: »Es kann nichts passieren, ich kenne mich mit dieser Methode aus.«

Ich vertraute ihr wieder, so wie damals beim ersten Mal, und wir schliefen miteinander. Alles schien in Ordnung, alles wie früher, alles friedlich, alles schön. Ein paar Wochen später gab es aber Gewissheit: Sie war schwanger. Sie weinte verzweifelt am Telefon. Was sollte sie nun tun? Ich habe damals sehr seltsam reagiert. Ich hatte plötzlich keine Angst mehr, dachte gar nicht daran, was das in der Gesamtheit für uns bedeutet. Ich wollte sie nur trösten, sie beruhigen.

»Es wird alles gut«, flüsterte ich ins Telefon.

»Ich zwinge dich zu nichts«, sagte sie. »Ich ziehe es auch alleine groß, du brauchst keine Angst vor irgendetwas zu haben.«

Und nach dem Telefonat warst DU dann wieder da.

Ich fuhr mit dem Auto in der Gegend herum, ich musste hinaus, musste meine Gedanken ordnen. Ich passierte einen Wald, bis ich an eine Wiese kam, wo ich parkte. Weit und breit kein Mensch, nur Weite und Natur. Nur ab und zu fuhr ein Auto vorbei, aber ich entfernte mich immer weiter von der Straße. Ich ging und ging. Ich wollte Klarheit in meine Gedanken bringen. Irgendwie gelang es mir nicht.

»Du musst sie heiraten. Du weißt, wie die Leute über alleinstehende Mütter reden, die Nachbarn, die Verwandten und Bekannten!«

Ich erinnerte mich an das Gespräch meiner Großmutter mit dem Briefträger, wie sie damals, als ich Kind war, auf mich zeigte und sagte: »Hast du schon gehört, die hat ein lediges Kind. So etwas darf nicht sein! Wenn man ein Kind hat, gehört es sich zu heiraten!«

Ich verschwendete keinen Gedanken darauf, was heiraten überhaupt bedeutet. Zusammenziehen, zusammenleben, ja, das war für mich heiraten. Das Kind war noch nicht Realität. Irgendwie glaubte ich, dass alles so blieb wie bisher, bis auf die Tatsache, dass wir die meiste Zeit zusammen sind. Ich könnte weiterhin meinen Hobbys nachgehen beziehungsweise meiner Bestimmung. Wer bin ich? Was bin ich? Was kann ich? Wo gehe ich hin? Wohin führt mich mein Berufsleben? Schaffe ich es, mich als Künstler zu etablieren?

»Und was sagte Gunda, als du vorschlugst zu heiraten?«
Sie sagte ja. Wir machten Pläne. Wir wollten nach der Hochzeit zu meinen Eltern ziehen, schließlich besaßen die ein großes Haus, das reichlich Platz für zwei Familien bot. Wir brauchten für unsere Wohnung in der ersten Etage nur noch eine Küche zu kaufen, denn getrennt zu wirtschaften, das war ein Muss für Gunda. Zusammen mit meiner Mutter wollte sie auf gar keinen Fall eine Küche benutzen. Wir sollten unser eigenes Zuhause haben, unsere eigene kleine neue Insel. So machten wir es wahr und zogen um, bestellten eine Küche und richteten unser neues Reich ein. Es war für mich sehr anstrengend, denn eine so große Verantwortung hatte ich bisher noch nie getragen, aber ich zog mit. Zwar bereiteten mir das eine oder andere Mal die großen plötzlichen Geldausgaben starke Kopfschmerzen, aber in all der Aufregung realisierte ich das ganze Ausmaß dieses Umbruchs noch gar nicht. Unsere Zukunft schien klar vor uns zu liegen – sie sollte wunderbar werden.

Doch vor der Hochzeit wollten wir zunächst unseren Sommerurlaub am Meer verbringen. Eine Woche Italien, mit Sandstrand, Gelati, Trip nach Venedig, la Dolce Vita eben. Es wurde ein Traumurlaub, wir zwei alleine in einer herrlichen Umgebung. Es war der erste Urlaub, der uns aus Österreich heraus führte, bislang hatten wir immer unser eigenes Land von Ost nach West bereist. Jetzt endlich blickten wir auf das weite Meer, faulenzten am Strand, ließen unsere Seelen baumeln, tankten Kraft. Wir empfanden jeden Tag als Geschenk, dabei waren wir an einem dieser von Deutschen und Österreichern überfluteten Touristenorte, an dem man fast seine Nachbarn treffen konnte, aber das war egal. Wir hatten zu essen, zu trinken, ein weiches Bett, eine Dusche und einen herrlichen Sommer. Wir spielten Karten, gingen spazieren und genossen unsere Verliebtheit. Vor allem Venedig beflügelte uns, der Ort, an dem viele ihre Flitterwochen verbrachten, begeisterte uns schon vor der Hochzeit und wir wollten dort auch unsere Silberhochzeit in fünfundzwanzig Jahren feiern und dann wie beim ersten Besuch auch mit einer Gondel fahren.

Zurück zu Hause sprach mich kurz nach dem Urlaub meine Mutter zwischen Tür und Angel an: »Wegen des Kindes brauchtet ihr nicht zu heiraten.«

Ich sah sie verdutzt an und verwies auf den vereinbarten Termin für unsere Trauung. Das, was ich versprach, hielt ich auch. Am 22. August 1998 haben wir geheiratet. Im Nachhinein betrachtet war es eine seltsame Feier. Es kam mir vor wie eine inszenierte Show. Es ging alles nach Drehbuch, wie im Film. Zunächst die Zeremonie beim Standesbeamten: Neben Gunda und mir waren beide Elternpaare, unsere Geschwister, die Gäste, so zwanzig Leute insgesamt, als Statisten anwesend. Es sollte eine kleine Feier werden, nichts Großes oder Pompöses.

Standesbeamter: »Kraft des mir verliehenen Amtes erkläre ich euch hiermit zu Mann und Frau. Sie dürfen die Braut jetzt küssen.«

Sind diese Worte wirklich gesprochen worden, so wie in einem Liebesfilm? Ich kann mich nicht mehr erinnern. Ringtausch und Kuss. Aber nur ein kurzer, schließlich waren ja Leute anwesend. Jubel der Gäste. Ich wartete auf den Cut, doch den gab es nicht. Durch einen Regen von Reis gingen wir zum nahegelegenen Gasthof. Nur die engsten Verwandten waren geladen, nur zu Essen, Trinken, ohne Musik und Tanz.

»Keine Musik, kein Tanz? War es ein Begräbnis? Ja, denn deine Freiheit und deine Träume wurden zu Grabe getragen. Es war eine Heirat wegen des Kindes.«

Während der Feier hatte ich das sichere Gefühl, dass irgendetwas fehlte bei dem Ganzen. Auch behagte mir nicht, dass ich im Mittelpunkt stand. Wie jetzt? Soll ich eine Rede halten? Esst und trinkt nur, dachte ich mir. Mein Schwiegervater bemerkte meine Hilflosigkeit und übernahm die

Regie. Liebe Gäste hört, ein Trinkspruch, na dann prost. Wenn ich heute über diese Feier nachdenke, schien mir Trauer darüber zu liegen, eine Tragik, als wäre jemand oder etwas gestorben. Nach der Hochzeitsfeier saßen wir noch ein bisschen zusammen und gingen dann nach Hause. Ich mochte solche Feiern überhaupt nicht. Sie gingen mir auf die Nerven. Ich hatte doch Besseres zu tun, ich musste mein Leben in Ordnung bringen.

Doch zunächst hieß es erst einmal die vielen Geschenke auspacken. Hier und da war Geld dabei, das wir gut gebrauchen konnten, schließlich hatte mich die Einrichtung unserer Wohnung ein Vermögen gekostet.

Ich war es nicht gewohnt, so viel Geld auf einmal auszugeben. Die Kosten für die Möbel waren enorm. Gut, eine Küche hat nun einmal ihren Preis, sollte sie doch etwas länger halten. Dabei wählten wir nicht einmal die teuerste Variante, sondern wogen genau ab zwischen Qualität und Preis. Doch damit nicht genug. Auch Dekorationsartikel, Vorhänge, Bilder, Orchideen und andere Blumen, Pflanzen hier und dort, eine Gläsersammlung, neue Teppiche, eine Stoffverkleidung für das Geländer waren einzukaufen. Und die drei Katzen sollten es schließlich auch gemütlich haben. Ein neuer Kratzbaum, ein kuscheliger Ruheplatz und neue Futterschalen mussten her. Ich konnte mir das eine oder andere »Es reicht!« nicht verkneifen. Unsere unterschiedlichen Auffassungen über den Umgang mit Geld wurden unser erstes Problem. Außerdem war alles so vollgeräumt mit Dingen, die zu nichts gut waren. Alle Fenster waren vollgestellt mit Blumentöpfen. Ich konnte sie nur schwer öffnen. Ich musste die Blumen zuerst wegräumen. Dann die vielen Dekorationsartikel, die Maskensammlung an der Wand, die mir überflüssig erschien. Mir kam es so vor, als würde der Raum dadurch enger werden, als würden mich die ganzen Teile erdrücken, abgesehen von ihrem Preis. Hinzu kamen die neu angeschafften Babysachen: ein Kinderwagen, ein Kinderbett, Windeln, Teddys und so weiter und so fort. So viel Geld verdienten wir beide nun auch wieder nicht.

Und dann erst der Kredit für das neue Bad! Ich hatte zuvor noch nie einen Kredit aufnehmen müssen. Ich hatte mir einfach nicht gestattet, mir etwas zu leisten, mit Ausnahme meines Autos, das ich aber bar bezahlt habe.

Die Äußerung des Bankangestellten war doppelsinnig, als er zu mir sagte: »Alles Gute zur Vermählung. Jetzt ist der Schilling nur mehr die Hälfte wert.«

Ich fragte mich nur: Was faselt der da? Wie meint er denn das?

Was hatte das Geld mit der Heirat zu tun? Ich dachte nicht weiter darüber nach und wir schlossen den Kreditvertrag ab, mit dessen Hilfe wir uns ein neues Bad leisten konnten. Ich hätte ja gerne noch das alte benutzt, aber leider gab es einen Rohrbruch, und da wir schon beim Einreißen von Mauern waren, richteten wir gleich das Bad mit her.

Es kam, wie es kommen musste, unser erster großer Streit drehte sich um das Geld. So konnte es nicht funktionieren, war meine Meinung, wir mussten sparen. Ich hatte zwar kein konkretes Ziel, für das ich Geld zurücklegen wollte, aber das änderte nichts an der Tatsache, dass wir unser Geld besser zusammenhalten mussten. Vielleicht hatte sich in meinem Hinterkopf die Idee geformt, einmal ein eigenes Zuhause zu besitzen, weit weg von den Eltern, aber ich ließ es unausgesprochen. Wie so vieles, leider. Der Streit war so heftig, dass ich auf die kirchliche Hochzeit verzichten wollte. Ich drohte ihr, sie abzusagen, sollte sie künftig nicht mehr Sparsamkeit an den Tag legen. Ich war halt so erzogen worden, bereits meine Großmutter sagte: »Spare, mein Kind, spare, nur so kommst du zu etwas im Leben.«

Spare, spare, spare hatte mein Umfeld mir suggeriert, und heirate, wenn du ein Kind hast, damit dich die Nachbarn und Verwandten nicht schlechtmachen konnten. Gunda aber sah gar keinen Anlass zu sparen. Wozu? Es ist unser erstes Kind, es soll alles bekommen, was es sich wünscht. Das Seltsame an ihrer Argumentation war, dass es ja noch gar nicht auf der Welt war und sich noch gar nichts wünschen konnte.

Die Zeit der Schwangerschaft war trotzdem schön, irgendwie. Wir machten Liebe, so viel wir wollten. Der »Unfall« war ja schon passiert. Wir schienen auch glücklich zu sein, oder verhielt es sich doch nicht so, war das alles nur Täuschung? Eine Täuschung, die von der Natur so eingerichtet war, damit man nicht durchdrehte? Mach Liebe und der Konflikt ist entschärft, die Aggressivität verflogen. Im Tierreich verhalten sich die Affenweibchen genauso. Streiten die Männchen zu viel, ergreifen die Weibchen die Initiative. Das ist ein Schachzug von Mutter Natur, und da es vom Affen zum Menschen entwicklungsgeschichtlich nicht so weit ist, verhält es sich bei uns Menschen ähnlich. Wie viele Paare gehen wohl nach einem Streit ins Bett miteinander und danach ist alles wieder in Ordnung?

Die kirchliche Hochzeit sagte ich ab, aus Trotz. Ich wollte nicht, dass sie Recht behielt. Für sie als sehr gläubige Christin, die fast an jedem Sonntag und an jedem kirchlichen Feiertag in die Kirche lief, war das nicht einfach zu verkraften. Ich stellte später fest, dass es gar nicht Trotz war, der mich zu diesem Schritt veranlasst hatte. Es war vielmehr Glaube. Ein Glaube an eine höhere Macht, an Gott, und ich durfte ihn nicht belügen. Nein, das durfte ich nicht. Einfach ja zu sagen vor dem Priester, ja ich will, das konnte und wollte ich vor meinem Gewissen nicht verantworten. Ich wollte ja gar nicht. Es war ja alles nicht echt, oder doch? Ich vermeinte zu sehen, wie der Priester am anderen Ende der Telefonleitung mit den Händen rang, als ich ihn anrief: »Warum wollen Sie denn die Hochzeit absagen?«

»Es sind andere Umstände eingetreten«, erklärte ich, »ich kann nicht anders.«

Ich hatte es also wahrgemacht, die kirchliche Hochzeit war abgesagt. Doch keiner machte mir Vorwürfe, weder Gunda noch die Verwandten. Seltsam. Waren doch vor allem die Schwiegereltern sehr gläubige Katholiken. Sicher handelten sie wegen des Kindes so. Nur jetzt keine Aufregung mehr verursachen in den letzten Monaten vor der Geburt. Einfach ruhig bleiben. Der werdenden Mutter und jungen Familie Zeit zum Kraft schöpfen gönnen, bevor der kleine Schreihals kommt. Auch Gunda und ich versöhnten uns.

»Es war halt nicht der richtige Zeitpunkt für die kirchliche Trauung«, meinte sie. »Das können wir immer noch nachholen, wenn wir endlich unsere Beziehung gefestigt haben.«

Diese Zeit war sehr belastend für mich, zuerst die standesamtliche Trauung, dann die Phase der Schwangerschaft, der Umzug, das Einrichten, wir waren beide so viele Verpflichtungen nicht gewohnt. Aber es fühlte sich auch großartig an, nach einem harten Arbeitstag nach Hause zu kommen und sich in die Arme der Ehefrau fallen zu lassen. Gut zu essen und am Abend Zärtlichkeiten auszutauschen. Zu zweit zu sein. Zu zweit auf unserer neuen Insel. Unsere Liebesbezeigungen blieben auch von meinen Eltern, die im Untergeschoss wohnten, nicht unbemerkt. Meine Mutter meinte eines Morgens, sie hätte gestern in der Nacht im ersten Stock gewisse Geräusche gehört. Was sollte sie gehört haben? Und ging es sie etwas an, was sie gehört hatte? Ich war über ihre Indiskretion empört. »Kümmert euch doch um eure eigenen Angelegenheiten«, meinte ich. »Ihr zwei seid auch nicht gerade leise.« Damit meinte ich ausschließlich das Streiten. Denn körperliche Liebe gab es sicher nicht mehr zwischen ihnen, und sollte es sich anders verhalten, wollte ich es nicht wissen. Umgekehrt ging es sie auch nichts an, was bei Gunda und mir vor sich ging. Es war allein unsere Sache, was wir im ersten Stock taten und ob wir vielleicht einmal etwas zu laut waren oder nicht.

Weihnachten kam, es gab vor allem Geschenke für das Baby. Kleidung, Spielzeug, ein Mobile, eine Kuscheldecke, ein Vornamenbuch und so weiter. Einen Namen auszusuchen, ja, das war so eine Sache. Wir wussten ja nicht, ob wir ein Mädchen oder einen Jungen bekamen, und wir wollten es auch nicht wissen. Einen Mädchennamen hatten wir bereits … aber für einen für Jungen? Bitte nicht Kevin oder Elias oder so ähnlich. Der Einfall für einen Jungennamen kam uns, als wir noch einmal zur Basilika von Mariazell zur Wallfahrt fuhren. Simon wollten wir ihn nennen, falls Gunda einen Sohn zur Welt brachte. Wir wollten um den Segen bitten, für eine glückliche Geburt und ein gesundes Kind. Das Warten begann, Mitte Januar sollte es so weit sein.

Ich schlief in diesen Nächten sehr unruhig, es konnte ja jeden Moment losgehen. Die Tasche war schon gepackt, der Autoschlüssel lag bereit. Ich war gerüstet, jederzeit zu starten, ob mitten in der Nacht oder zeitig in der Früh, auch in der Firma hatte ich schon Bescheid gegeben, dass ich, wenn es losgeht, mir freinehme. Ich wollte bei der Geburt dabei sein. Ich wusste selbst nicht recht warum. Irgendwie ist das Ganze doch auch abstoßend, oder? Man denke nur an das viele Blut und die anderen Flüssigkeiten, das Wehgeschrei der Frau beim Gebären. So sieht man es jedenfalls in einschlägigen Filmszenen, wie sehr sich die werdende Mutter anstrengen muss, und man glaubt, sie stirbt gleich vor lauter Schmerzen.

Der 17. Jänner 1999 war angebrochen. Gunda verspürte die ersten Wehen. O Gott, nur schnell los ins nahe Krankenhaus. Zum Glück hatten wir es nicht weit, gerade einmal fünf Kilometer, und außerdem verfügte die Klinik über die beste Geburtenstation der Steiermark. Schwangere von überall her, sogar aus Graz, wollten hier ihr Kind zur Welt bringen, da es die beste Versorgung für Mutter und Kind bot. Fehlalarm, wie sich herausstellte. Es handelte sich nur um Vorwehen.

»Kommen Sie morgen wieder, dann wird es so weit sein«, sagte der Arzt. Und so war es auch.

Am nächsten Vormittag fuhren wir ganz ruhig in die Klinik. Nach einer eingehenden Untersuchung meinten die Ärzte, dass die Geburt kurz bevorstand.

»Nehmen Sie ein warmes Entspannungsbad«, trugen sie Gunda auf und mir sagten sie: »Gehen Sie mit Ihrer Frau ein paar Schritte, das beschleunigt die Geburt wesentlich und auf natürliche Weise.«

Ich weiß nicht, wie viele Treppenstufen wir hinauf- und hinabgestiegen sind und vor allem worüber wir dabei gesprochen haben. Es war für uns beide beruhigend, beieinander zu sein. Sicher, wir hatten beide auch Angst. Die ist immer dabei. Sie hatte sicher auch Furcht vor den bevorstehenden Schmerzen. Doch ich war bei ihr und uns verband das Gefühl, dass wir nun zusammengehörten, dass wir uns gegenseitig Kraft geben konnten und dass wir füreinander da waren. Die Wehen setzten ein, heftiger als zuvor, es war so weit. Wir durften in den Kreißsaal. Mit OP-Mantel und Maske ausgestattet, hielt ich Gundas Hand, als es begann. Schnell nahmen die Schmerzen zu, das konnte ich am Druck ihrer Hand spüren. Kurz vor der Geburt bangte ich, dass sie meine Hand brechen würde. Ich war so mit dem Aushalten dieses starken Schmerzes in meiner Hand beschäftigt, dass ich mich nur mühsam auf die Geburt konzentrieren konnte. War schon der Kopf zu sehen? Ich glaubte es … Unglaublich, wie das große Köpfchen sich seinen Weg durch eine solche Enge bahnen konnte! Kein Wunder, dass meine Frau schrie wie am Spieß. Die Ärzte beruhigten sie. An die Aufforderung »pressen«, die man aus Filmen kennt, kann ich mich nicht erinnern. War das gar nicht nötig? Purzelte das Baby von alleine heraus, oder hatte ich die Anweisung der Hebamme aus lauter Angst vor einer gebrochenen Hand einfach überhört? Folgte dem Köpfchen schon der Körper? War es schon da? Ja, es war da – er war da!

»Ein strammer Junge«, meinte eine Schwester. »Gratuliere zum Stammhalter.«

Die Nabelschnur durfte ich durchschneiden.

»Vorsicht, Schwester, dass ich Ihnen nicht in den Finger schneide.«

Ich scheute mich überhaupt nicht davor, war gar nicht angeekelt von dem Schleim und dem Blut. Ich hatte wirklich nur Angst, aus Ungeschicklichkeit die Hebamme zu verletzen, schließlich war es beim Durchschneiden von Schnüren, mit denen die Rosen angebunden werden sollten, bereits einmal passiert, dass ich Gunda in den Finger schnitt. Keine Ahnung, wie blöd ich das anging. Sie blutete stark und seit damals war ich etwas vorsichtiger. Aber die Finger der Schwester blieben heil. Ganz blau war der kleine Kerl und so groß, unglaublich. Die Schwester legte ihn zuerst auf die Brust der Mutter, die ihn ganz zart an sich drückte. Ein unbeschreiblicher Moment.

Dann sagte sie zur Mutter: »Keine Sorge, ich nehme ihn nur kurz weg zum Wiegen und Untersuchen, ob alles in Ordnung ist. Ich bringe ihn gleich wieder.«

Ich stand daneben, als eine Ärztin den Mutterkuchen auf irgendwelche

Auffälligkeiten untersuchte. Ich fühlte mich ein wenig deplatziert. Die Ärztin bemerkte das und schickte mich zu meinem Sohn. Ich sollte mich um ihn kümmern. Was sollte ich mit ihm machen? Da lag er, in der kalten Schale der Waage, ganz blau. War das normal? Aber ich hatte keine Angst um ihn. Es gab keine negativen Gedanken. Keinen einzigen. Die Ärzte werden schon alles richtig machen, war ich überzeugt. Ich legte meinen kleinen Finger in seine Hand, worauf er diesen mit voller Kraft drückte. Erstaunlich, über welche Kräfte so ein Neugeborenes verfügt. Gern hätte ich ihn dann doch mit einer Decke zugedeckt, dieses kleine Bündel neuen Lebens. Erst viel später dachte ich noch einmal an diesen Anblick zurück und ich hatte Angst, dass er erfrieren könnte. Dann kam eine Schwester und wickelte ihn in ein Tuch und brachte ihn der Mutter zurück, damit sie ihn an ihre Brust legte. Ich empfand das alles als so normal, als hätte ich bis jetzt nichts anderes gemacht als zuzusehen, wie Kinder auf die Welt kommen. Es war eine überwältigende Situation. Nach zehn Tagen Krankenhausaufenthalt durfte ich Gunda und den Kleinen nach Hause holen. Bei dieser Gelegenheit erledigten wir gleich die Formalitäten bei den Ämtern wie das Ansuchen um Kinderbeihilfe beim Finanzamt und die Eintragung beim Gemeindeamt.

Zu Hause warteten bereits die Großeltern ungeduldig. Sie herzten unseren kleinen Star. Er stand nun im Mittelpunkt, und ich? Er wurde gebadet, gewickelt, gefüttert, gehätschelt und spie nach den Mahlzeiten oft. Er bildete den Mittelpunkt unseres Lebens, am Tag und in den Nächten. Letztere blieben meistens unruhig. Doch ich musste in der Früh raus und in die Schei… firma zur Arbeit fahren, für nichts und wieder nichts. Die Situation spitzte sich zu, beruflich und privat. Der Firma ging es nicht gut, und zwischen meinen Eltern und meiner Frau brachen Konflikte auf. Meine Mutter und mein Vater beklagten sich über ihre böse Schwiegertochter, die so gar nicht gehorchen wollte. Und meine Frau erhob Vorwürfe gegen meine Eltern.
»Worum ging es bei diesen Vorwürfen?«
Ach, um alles und nichts. Eigentlich um Kleinigkeiten. Ob es das Saugen und Putzen war, das zu viel Lärm verursachte, oder das Schließen von

Türen und Fenstern oder alleine das Gehen, das zu geräuschvoll passierte. Ob meine Eltern die Tür zur Toilette offen ließen, um zu lüften, und nicht stattdessen das Fenster aufsperrten, und so der üble Geruch zu uns nach oben drang, oder ob es das Lüften der Wohnung im Winter war, denn das verursachte ja höhere Heizkosten. Meinen Eltern machte es nichts aus, die Zimmertemperatur im Haus auf fünfundzwanzig Grad bei der Heizung einzustellen, denn wir zahlten ja sowieso die Hälfte der Betriebskosten. Lieber im stinkenden, schimmelnden Zimmer sitzen und es gemütlich und warm haben als frieren, das war ihre Vorstellung.

»Jung und Alt im selben Haus passen nur selten zusammen. Aber im Gegensatz zu dir wehrte sich Gunda gegen die Zumutungen deiner Eltern und sie war damit alleine. Du hast nicht Partei für sie ergriffen, sondern sie bei diesem Problem im Stich gelassen.«

Was hätte ich tun sollen? Ich lebte schon zu lange in diesem Haus, hatte das Verhalten meiner Eltern stets hingenommen. Ich hatte mich an die Situation mehr oder weniger gewöhnt.

»Deine Mutter hat sich auch in die Erziehung des Kindes eingemischt.«

Ja, sie wollte, wie sie einmal sagte, alle Fehler, die sie bei mir gemacht hatte, bei meinem Sohn wiedergutmachen. Da spielte aber Gunda nicht mit und wehrte sich mit Händen und Füßen dagegen. Aber genug ist genug. Je stärker sich die Lage zuspitzte, desto mehr sann ich nach einem Ausweg. Ich wollte flüchten, einfach weglaufen von hier, ich wollte Zeit für mich haben, jetzt noch alles bisher Versäumte nachholen, bevor ich zu alt dafür war. Schließlich wurde ich bald dreißig, und dann ist ja bekanntlich das Leben vorbei. Meine Unzufriedenheit wuchs von Tag zu Tag. Als Stress pur empfand ich die nächsten Wochen und Monate. Ich schlief schlecht und zu allem Überdruss fing Gunda auch noch zu schnarchen an. Das war einfach zu viel, das Schreien des Babys die ganze Nacht, das Schnarchen der Angebeteten, der Zank in der Firma, die Vorwürfe aus dem Parterre, die in den ersten Stock schallten.

Außerdem kam ich mit dem Wort »Vater« nicht zurecht. Es machte mich so alt, dabei fühlte ich mich doch noch jung. Auch das Wort Ehemann gab mir zu denken. Wurden nicht die meisten Ehemänner im Lauf der Ehe fett und träge?

»Die denken bald nur noch ans üppige Essen und einen guten Tropfen. Das scheint ihr Hauptlebenszweck zu sein.«

Auf jeden Fall wollte ich das alles nicht. Mich beherrschte die Angst, etwas zu versäumen, Chancen zu verpassen, die das Leben bot. Panik ergriff mich, das Leben sei nun vorbei. Ich musste etwas unternehmen. Was interessierte mich wirklich? War es das Videofilmen, die Fotografie? Bereits vor Jahren hatte ich meine Liebe zur Fotografie entdeckt. Diese Fähigkeit wollte ich vervollkommnen, meiner künstlerischen Ader endlich freien Lauf lassen. Also meldete ich mich bei der Volkshochschule für einen Fotokurs an. Endlich bot sich mir ein Ausweg vor den Problemen im Beruf und zu Hause. Beim Fotografieren konnte ich abtauchen, zu mir kommen, einen eigenen Weg beschreiten. Ich fotografierte, was das Zeug hielt, schließlich hatte ich Talent dazu, glaubte ich.

»Glaubst du das wirklich?«

Manch anderer Teilnehmer des Kurses brachte Bilder zustande, über die ich nur staunen konnte. Wie erzielte er diese Wirkung? Die richtige Blende, die passende Verschlusszeit, das optimalste Licht auszusuchen, das war mir oft einfach zu anstrengend. Das dauerte mir zu lange und stresste mich zusätzlich. Andererseits würde ich ohne Sorgfalt wieder nur die zweite Wahl sein, wieder nur den zweiten oder dritten Platz im Wettbewerb belegen. Das sollte mir nicht passieren. Ich war doch kreativ! Oder war ich es doch nicht in dem Maße, wie ich es mir einbildete? War ich zu arrogant, zu egozentrisch, wie man es Einzelkindern nachsagt? Nach dem Motto – nur ich allein bin der Beste, nur mir steht der Sieg zu? Ja, ich allein wollte das Lob für meine Fotos vom Kursleiter bekommen. Doch andere bekamen die Anerkennung, wie schon so oft. Ob in der Schule, im Beruf, zu Hause oder nun im Kurs – es war überall dasselbe. Ich war nicht arrogant, ich war kein Egoist – ich wollte es zumindest nicht sein. Ich wollte auch für andere da sein, ihnen helfen – aber ich begehrte auch etwas von dem Kuchen abzuhaben. Was war denn so schwierig daran, Erfolg zu haben? Wo lagen sie denn nun, meine Talente, die mir eine glückliche, erfüllte Zukunft bescherten? Ich hatte gedacht, die Fotografie sei meine Zukunft, mit der ich Geld verdienen könnte, wie es mir bereits zweimal bei einem Wettbewerb gelungen war. Ja, zweimal ging ich als Sieger ins Ziel, beim jährlichen großen Fotowettbewerb einer Tageszeitung. Ich wurde mit Geld und viel Lob überhäuft, aber das war bereits fünf, sechs Jahre her. Und wie standen die Dinge jetzt? Waren das die einzigen Erfolge in meinem Leben, mit denen ich mich begnügen musste, oder sollten mir noch weitere beschieden sein? Hatte ich überhaupt genug Zeit, um meine schlummernden Talente zu entfalten? Wenn nicht beim Fotografieren, konnte ich dann am Computer, als Programmierer, kreativ werden? Lag hier meine Stärke? Diese verhexte, stupide Büroarbeit. Sie war ein Hindernis auf dem Weg zum Erreichen meiner Ziele. Dabei waren diese so nah, zum Greifen nah, und doch nicht greifbar. Ich musste den Durchbruch schaffen, komme, was da wolle, ich musste weiterkommen. Fotografiere endlich ein gutes Motiv! Warum suchst du nicht danach? Warum springt es mich nicht von selbst an? Blende, Verschlusszeit? Ach was, mit Automatik klappt es doch auch ganz gut. Ich wollte mich nicht mit zu viel technischem Kram befassen, sondern ohne viel Plackerei einfach nur Lob kassieren, schließlich schien mir die Zeit davon zu rinnen.

Warum kriegten immer nur die anderen das Beste im Leben ab? In der Firma war es dasselbe. Da schuftest du den ganzen Tag, merzt die Fehler der Kollegen aus und dann bekommst du eine drüber, weil du nicht schnell genug warst. Du hättest den Fehler bereits, bevor er entstanden war, bemerken sollen. Du hast dem Kunden zu viele Prozente gegeben, zu viele Geschenke gemacht, dem Vertreter zu viel Rückendeckung gegeben. Immer wieder hatten die Chefs etwas an meiner Arbeit auszusetzen. So hatte ich eines Tages so viele Aufträge zu bearbeiten, dass ich auf meinen Schreibtisch keinen Platz mehr hatte. So legte ich die Akten auf den Boden. Prompt kam die Bemerkung der Chefs, dass ich das nur mache, damit es so aussieht als hätte ich viel zu tun.

»Du machst alles, tust alles und trotzdem wird deine Leistung nicht anerkannt. Oft hast du dich auf der Toilette eingeschlossen und geweint.

Und wenn dich jemand nach deinen roten Augen gefragt hat, hast du eine Augenentzündung vorgetäuscht. Das Arbeitspensum war viel zu hoch für dich.«

Jeder wollte etwas von mir in der Firma. Alle wollten meine Energie, jeder zapfte sie an, als wäre ich eine Batterie, die mit dem Laden gar nicht nachkam. Hinzu kam eine Softwareumstellung, in deren Folge dauernd Fehler an den Rechnern auftraten. Mit zusätzlichem Aufwand mussten wir alle Lieferscheine und Rechnungen händisch schreiben, damit das Rad überhaupt weiterlief und wir die Kunden beliefern konnten. Kein Wunder, dass das Personal ständig wechselte. Keiner wollte in der Firma bleiben.

»Aber du bist geblieben …«

Ja, es war eine Verpflichtung für mich, keine Schwäche zu zeigen, es nicht schaffen zu können. Ständig wurden neue Leute eingestellt, die immer neu geschult werden mussten. Zu dem schon vorhandenen Druck brachte das zusätzliche Belastungen für mich mit sich – und eines Tages sagten mein Körper und meine Seele deshalb stopp.

Eine plötzliche Starre befiel mich in der Firma. Ich saß wie angewurzelt da, erstarrt, unfähig, etwas zu machen. Ich war kaum fähig zu reagieren. Ich befand mich in meinem Büro, das ich erhalten hatte, um den ständigen Streitereien mit meinem Kollegen Klemens zu entgehen. Nun saß ich an meinem Schreibtisch, festgetackert auf meinem Stuhl.

Die zur Hilfe herbeigeeilte Chefin sprach mich an: »Geht es Ihnen nicht gut?«

Ich zeigte kaum eine Reaktion, murmelte nur irgendetwas. Keine Ahnung, dachte ich, keine Ahnung, wie es mir ging. Ich registrierte nur diese Starre, Teilnahmslosigkeit, das Gefühl, dass alles egal war, es kümmerte mich nichts. Meine Augen waren weit offen, der Blick fixierte einen unsichtbaren Punkt an der Wand. Zu einer Erwiderung auf das Gesagte, das Gefragte war ich nicht imstande. Was meine Kollegen, der Chef, die Chefin von mir wollten, ließ mich unberührt. Es war klar, ich musste zum Arzt.

Der Krankenwagen kam. Der Notarzt führte seine Routineuntersuchung durch. Puls fühlen, Herz abhorchen, Reflexe prüfen, mir in die Augen leuchten, und doch blieb er ratlos. Ich hörte zwar alles nur wie durch Watte, aber er konnte sich meinen Zustand nicht erklären. Er verpasste mir eine Injektion und die Leute vom Krankentransport brachten mich ins nächstgelegene Krankenhaus. Nur zur Beobachtung, wie man mir sagte, für ein oder zwei Nächte. Ich war irgendwie bei Bewusstsein, hatte aber gleichzeitig das Gefühl, dass sich von diesem Tag an einige Schranken schlossen. Ähnlich wie bei einer Eisenbahnschranke. Der Verkehr stoppte und der Zug – in meinem Fall das Leben – brauste ungehindert vorbei. Selbst im Krankenhaus war ich kaum ansprechbar. Kopfschütteln bei den Ärzten. Es wurde mir noch eine Spritze verabreicht. Vielleicht ein Beruhigungsmittel? Aber ich war ja sowieso ruhig. Am nächsten Tag konnte ich das Krankenhaus wieder verlassen – ohne Diagnose. Meine Frau holte mich ab. Doch die Ärzte schrieben mich für die nächsten Wochen krank und empfahlen mir viel, viel Ruhe.

Den Fotokurs brach ich ab und ich stellte auch alle anderen künstlerischen Aktivitäten ein. Ich wollte nur mehr schlafen, brauchte unendlich viel Ruhe. Die nächsten Wochen sollten eine Zeit der Entspannung und Muße sein. Doch nach einer Woche hatte ich bereits den Wunsch, wieder in die Firma zu gehen. Zu Hause konnte von Frieden und Ruhe keine Rede sein. Das Kind schrie unentwegt, die Ehefrau war angespannt und genervt und meine Eltern, vor allem meine Mutter, verursachten ebenfalls Stress mit ihren Vorschlägen, wie das Kind zu erziehen sei. Ihre Einmischung in unsere Angelegenheiten störte den familiären Frieden.

Wenigstens in der Firma verliefen die Tage nun ruhiger. Vermutlich wollten mich meine Kollegen, Kolleginnen und Chefs nach meinem Anfall nicht gleich wieder zu stark belasten. Es gelang mir auch, mich nicht mehr sofort über irgendwelche unwichtigen Dinge aufzuregen, sondern mehr Gelassenheit an den Tag zu legen. Es war hier nun viel angenehmer als zu Hause. Ich ließ mir auch mehr Zeit für die Arbeit und niemanden schien es zu stören. Auch die Überstunden, die ich machte, stellten kein Problem dar. Ich genoss diese neue Arbeitsweise sogar. Ich wollte am Abend einfach nicht nach Hause gehen. Gründe dafür gab es ja genug. So kam es, dass ich Tag für Tag immer länger in der Firma blieb, erst spätabends nach Hause kam und mit meiner Frau allenfalls ein paar Worte wechselte. Die Eltern saßen um diese Zeit bereits vor dem Fernseher und Störungen ihrerseits waren nicht zu befürchten und das Kind schlief auch schon ruhig und sanft. So schien es, dass eine gewisse Ruhe in mein Leben einzog. Das späte Nachhausekommen brachte also Vorteile, auch wenn in der Firma nicht so viel zu tun war, blieb ich länger. Die Überstunden fielen zwar nach einiger Zeit auf und die Chefs verstanden nicht, dass ich, auch wenn nicht so viel zu tun war, trotzdem Überstunden machte. So stempelte ich fortan immer früher aus und blieb dennoch länger, damit reduzierte ich die Zahl der Stunden offiziell. Der Nachteil war, dass ich diese Stunden, in denen ich meine Arbeit erledigte – zwar langsam, aber ich erledigte sie –, dass diese Stunden unbezahlt waren. Doch ich fand endlich genügend Ruhe, um meine Aufgaben zu bewältigen.

Jetzt galt es nur noch, die Probleme mit meiner Frau zu lösen. Erstens stieß mich schon seit einiger Zeit ab, dass sie immer dicker wurde. Sie achtete nicht auf ihr Gewicht, richtete ihre Aufmerksamkeit ausschließlich auf das Kind. Als ich sie ganz vorsichtig auf die Gewichtszunahme ansprach, konterte sie, dass wir nun verheiratet sind und ich sie nun so nehmen müsse, wie sie sei. Und zweitens bewirkte das Übergewicht, dass sie stark schnarchte, was mir fast Nacht für Nacht den Schlaf raubte. Meist nahm ich mein Bettzeug und legte mich im Wohnzimmer auf die Couch, um endlich Ruhe zu haben. Hier fand ich sie tatsächlich, die Ruhe. Weit weg vom Geschrei des Kindes und vom Schnarchen der Frau. Und mir war mein Schlaf sehr wichtig, ich brauchte ihn, um am nächsten Tag wieder voll Energie für die Aufgaben in der Firma zu sein und überhaupt, um dieses Leben, das ich nun führte, durchzuhalten. So fasste ich den Entschluss, zum Schlafen komplett ins Wohnzimmer zu ziehen. Meine Frau verstand das wenigstens. Nur wenn wir zusammen sein wollten, blieb ich im Ehebett, und das mit der Verhütung wurde auch endlich gelöst, durch eine Hormonspirale. So ersparte sie sich den Brechreiz bei Einnahme der Pille. Es schien nun endlich Frieden einzukehren in mein Leben, und auch in meinem Inneren stellte sich eine gewisse Ausgeglichenheit ein. Ab und zu das Kind im Arm halten, die Verwandten besuchen – viel mehr erwartete man von mir nicht. Oft unternahm ich lange Waldspaziergänge. Alleine. Hinaus in die Natur, ach, wie genoss ich das, diese wunderbare Welt der Wiesen und Wälder, diese fast vollkommene Stille, diesen natürlichen Wohlklang der Natur. Da fühlte ich mich wie ein Wilder, der jenseits der Zivilisation durch die Wälder streifte.

Inzwischen war es Sommer geworden. Die Hitze verführte zum Baden. Mir fiel der Schotterteich wieder ein, ein Badesee, zu dem ich damals manchmal mit meinem Nachbarn gefahren war. Ob es den wohl noch gab und ob ich den noch wiederfinden konnte? Meine Gedanken wanderten in jene Zeit zurück. Ich erinnerte mich an meine verstohlenen Blicke auf nackte Frauenkörper. Oh Mann, die Vorstellung von den schönen, schlanken, braun gebrannten Frauen mit schönen Brüsten und heißen Schenkeln, die in der heißen Sonne lagen, ließ auch jetzt wieder die Erregung in mir aufsteigen. Diese steigerte sich noch bei dem Gedanken, selbst dort nackt in der Sonne zu liegen, so wie Gott mich schuf. Junge, Junge, das war schon verwirrend, schließlich war Freikörperkultur für mich keine Selbstverständlichkeit. Es gab da eine gewisse Scham, doch andererseits ließ mich der Gedanke nicht mehr los. Ganz aufgeregt packte ich schließlich meine Badesachen zusammen und startete in Richtung Schotterteich. Der lag fast fünfundzwanzig Kilometer entfernt. Diese Distanz zu meinem Heimatort erschien mir beruhigend, denn von meinem Abstecher in die Welt der Nackten sollte zu Hause niemand etwas mitbekommen. Mein Wagemut, mich auf dieses Abenteuer einzulassen, stieg. Tatsächlich fand ich den Teich nach so vielen Jahren wieder. Ich parkte das Auto in einiger Entfernung und zählte noch circa zwanzig weitere Wagen. Es musste eine Menge los sein am Badeteich. Ich orientierte mich an den anderen Leuten, die eine schmale Anrainerstraße entlanggingen und dann rechts hinter einer hochgewachsenen, langen Gebüschreihe verschwanden. Neben der Straße verliefen Eisenbahngleise, auf denen gerade ein Schnellzug die kilometerlange gerade Strecke entlangraste. Landwirtschaftliche Felder zogen sich bis zum Horizont. In der Ferne sah man ein paar Wälder. Ich folgte der Gruppe vor mir, die hinter dem Gebüsch einbog. Dann stand ich endlich vor einem kurzen, schmalen Weg, der ein paar Meter hinab zum Schotterteich führte. Durch eine kleine Öffnung im Gebüsch führte dieser Pfad, aber man konnte ihn von der Anhöhe nicht erkennen, nur Buschwerk, Gestrüpp und ein paar kleine Bäume. So versteckt lag dieser Durchgang, dass man, wenn man schnell vorbeiging, ihn gar nicht bemerkte. Ich wagte nun den Schritt hinab durch das Gebüschtor und stand plötzlich in einer anderen Welt. Im Paradies.

Der weitläufige Schotterteich, auf dem sich an diesem Tag die Wellen im Wind kräuselten, war ein Überbleibsel des einst hier betriebenen Schotterabbaus. Nach der Stilllegung wurde das Gebiet aufgelassen und nach und nach füllte das Grundwasser das riesige Loch mit klarem dunkelblauem Wasser. Ein recht breiter Weg schien um den Teich herum zu verlaufen. Da hätte ein Auto entlangfahren können, wären da nicht die unzähligen Gebüsche, Bäume und Sträucher gewesen, die natürliche Hindernisse bildeten. Der Teich lag wie ein riesiges Rechteck in der Landschaft. An den beiden schmalen Seiten erhoben sich noch breitere Gebüschstreifen, die wie kleine Wälder wirkten. Ich versuchte, mich zu orientieren, vor allem um später wieder zurückzufinden, denn hinter mir war der Durchgang fast nicht mehr zu erkennen, so gelungen konnte die Natur Verstecken spielen. Ich folgte den anderen Leuten, beobachtete sie, wie sie einen Platz am Wasser suchten, was gar nicht so einfach war, denn zum Teich hin brach die Böschung manchmal steil ab. Man hätte ein paar Meter hinabrutschen müssen, um in das Wasser zu gelangen. Teilweise gab es Flecken, die näher am Wasser lagen, aber schon besetzt waren von den vielen sonnenhungrigen Nackten. Hier waren alle splitternackt, ob Frauen oder Männer. Aber viel Zeit zum Schauen hatte ich im Moment nicht, wollte ich doch auch einen günstigen Platz finden, um mich in die Sonne zu legen.

»Nackt?«

Warum nicht, ich hatte doch nichts zu verbergen, aber etwas abgeschottet von den Blicken der anderen sollte mein Ruheplatz schon sein. Ich wollte mich doch ein wenig verstecken vor den anderen Schaulustigen. Bald fand ich einen Platz, etwas schräg abfallend zum Wasser, aber mit der untergelegten Matte aus Schaumstoff ergab das eine gute Liegefläche. Ich zog mich aus, zumindest bis auf die Unterhose. Ich war doch etwas gehemmt, hatte mich noch nie in der Öffentlichkeit vollständig entblößt. Wenn ich mich zu Hause auf dem Balkon manchmal nackt gesonnt hatte, hatte ich stets zuvor die Blumen so zurechtgerückt, dass mich niemand sah, und die Balkontür zugesperrt. Weder meine Eltern noch meine Frau sollten mich so sehen. Meine Bedenken gingen so weit, dass ich dann jedes Mal sogar zum Himmel spähte, ob nicht gerade ein Flieger unser Haus überquerte, dessen Passagiere mich sehen könnten.

»Das grenzt ja an Paranoia.«

Zumindest lag ich aber jetzt am Schotterstrand, an der Schotter d'Azur. In der Nähe lagerte ein Pärchen, ganz nackt. Ich traute mich kaum, zu den beiden hinüberzuschauen. Doch ich hoffte, dass sie meine Blicke durch die extrem dunkle Sonnenbrille nicht bemerkten. Ich war aufgewühlt. Warum hatte ich das nicht viel früher gemacht? Nun, Gunda hatte Scheu davor, sich vor anderen auszuziehen, da sie mit ihrem Körper nie ganz zufrieden war. Hatte doch die starke Abmagerungskur in ihrer Jugend die zu ausgedehnte Haut herunterhängen lassen, was sie als nicht sehr schön empfand, darum mied sie das öffentliche Baden, so gut es ging, und nackt baden war für sie sowieso undenkbar. Und ich? Ich wagte nach einiger Zeit den Schritt und zog auch meine Unterhose aus. Das kam mir ganz schön luftig unten herum vor, aber die starke Hitze der Sonne bestrahlte meinen ganzen Körper, wärmte ihn, erhitzte ihn und bald empfand ich die ganze Situation als hoch erotisch. Zu wissen, dass das nackte Pärchen in einiger Entfernung lag und ich nun ebenfalls ganz nackt war, machte mir schon nach kurzer Zeit nichts mehr aus, es wurde normal. Ich wagte nun meinen Blick in die Umgebung schweifen zu lassen, beobachtete die anderen Leute beim Baden, beim Eincremen, beim Essen, beim Schlafen und so weiter. Ich dachte an nichts Bestimmtes, mein Kopf war leer, ich wollte einfach nur die Sonne auf meinem nackten Körper genießen. Vom Stress, vom Alltag wegkommen. Ich cremte mich ein, denn ich wollte ja braun werden. Und den Kopf mit neuen Eindrücken füttern. Wie lange lag ich dort? Ich wusste es nicht, ich hatte extra die Uhr im Auto gelassen, es war egal, ich hatte Zeit, es war hell und warm. Als die Sonne sich später langsam neigte, gingen einige Leute schon nach Hause. Es war Sonntag, und morgen war für diejenigen, die keinen Urlaub hatten, wieder ein Arbeitstag, auch für mich. Doch ich wollte noch nicht gehen, wollte mich noch etwas umsehen, bevor ich nach Hause fuhr. So packte ich meine Sachen, zog gerade noch die Badehose an und begab mich auf die Seite des Teiches, neben der sich ein großes Areal mit vielen Büschen befand.

Hier und da sah man hinter den Büschen viel nackte Haut hervorblitzen. Doch ich war so neugierig, wo dieser Weg weiterging, dass ich das kaum wahrnahm. Ich wollte den Teich umrunden, um dann wieder beim Durchgang anzukommen. Ich war so vertieft darin, den richtigen Weg zu finden, dass ich es zuerst gar nicht bemerkte, dass mir jemand folgte. Erst nach einiger Zeit gewahrte ich aus dem Augenwinkel eine Person hinter mir. Ein Mann mittleren Alters, schlank, braun gebrannt, gut aussehend, folgte mir. Als ich mich umdrehte, trafen sich unsere Blicke und ein seltsames Gefühl durchströmte meinen Körper, das ich vorher so noch nie gespürt hatte. Es musste wohl eine Ewigkeit gedauert haben, dass wir uns ansahen. Er hatte nur Badeshorts an und eine Sonnenbrille auf, sonst nichts. Der leichte Griff in seinen Schritt war eine Geste, mit der ich nichts anzufangen wusste, und doch geschah etwas mit mir. Es erregte mich. Doch ich ging ein paar Meter weiter, bevor ich mich wieder vorsichtig umdrehte und zu ihm hinsah. Er entfernte sich ein paar Schritte vom Weg und ging ins dichte Gebüsch hinein. Kein Mensch außer uns war zu sehen, keine Geräusche drangen hierher. Die Stelle war abgeschirmt von der Außenwelt, überall Büsche, Sträucher, Bäume, sie standen so dicht, dass sie ein schier undurchdringliches Dickicht bildeten. Was machte er dort drinnen? Musste er mal? Ich war so elektrisiert, dass ich mich wie ferngesteuert in seine Richtung bewegte. Es kam mir vor wie in Zeitlupe, so vorsichtig folgte ich ihm, schließlich wollte ich ihn nicht bei seiner Notdurft stören. Doch er musste nicht austreten, sondern tat etwas anderes, das ich vorher noch niemals in der Öffentlichkeit sah. Er onanierte. Das zog mich magisch an. Unglaublich, dass wir uns wenig später gegenseitig befriedigten und wir uns dann liebten, als würden wir uns schon ewig kennen, als wären wir schon sehr lange zusammen und wüssten alles über den anderen. Dabei hatten wir bisher kein einziges Wort gesprochen. Es ist schon seltsam, wie das Leben so spielt und sich alles ergibt. Danach stellten wir uns vor, er hieß Raphael. Wir wollten uns wiedersehen. Ich sollte zu ihm kommen. Er besaß einen großen Bauernhof, auf dem er allein wohnte. Er gab mir seine Adresse und beschrieb den Weg. Wir verabschiedeten uns und jeder ging seiner Wege. Und ich? Ich war wie ausgewechselt. Was war das eben? Sex? Liebe? Ich war so erregt, dass ich in der Nacht auch noch mit Gunda schlief.

Die Begegnung am Badesee war gleichsam ein Erweckungserlebnis für mich. Sicher hatte ich vorher schon solche Erfahrungen gemacht, aber ich konnte sie immer gut ignorieren, es als etwas ganz Privates abtun. Ich bezeichnete das nicht einmal als ein Geheimnis. Doch eine so starke sexuelle Begierde, wie diese, hatte ich vorher noch nie gespürt. Von nun an schien mein Weg vorgezeichnet zu sein, das Leben war wunderbar. Ich war wieder begehrt. Ich spürte mich wieder. Ich fühlte mich wieder jung und attraktiv. Mein Hunger nach mehr war geweckt, und mir schien, als hätte ich in meinem bisherigen Leben so viel verpasst, was ich nun unbedingt nachholen wollte. Von da an konnte mich nichts mehr aufhalten. Ich fuhr zu Raphael. Dort redeten wir zunächst über dies und das. Er zeigte mir seinen Bauernhof und die Ländereien, die nicht mehr von ihm bewirtschaftet wurden, da er sie verpachtet hatte. Dann gingen wir in sein Schlafzimmer, wo er eine romantische CD einlegte und mit mir tanzte. Danach liebten wir uns wieder.

Doch er zeigte mir noch mehr, viel mehr. Er erklärte mir die Regeln an diesem so besonderen Ort, dem Schottersee, wo es an einem bestimmten Seeabschnitt so zuging, wie ich es bisher nur aus diversen Filmen kannte. Es war ein Treffpunkt für die freie Liebe. Jeder bändelte mit jedem an, keine Eifersuchtsszenen störten die Begegnungen unter Männern, wie man sie aus heterosexuellen Beziehungen kennt. Wer hier herkam, suchte ausschließlich das Abenteuer. Und was noch dazu kam, es gab kein Klammern, keinen Beziehungsstress und die Männer bekamen keine Kinder. Alle Verpflichtungen, vor denen ich ein Leben lang floh, zuerst das Klammern meiner Mutter und dann Gundas Umklammerung, waren hier gegenstandslos.

»Suchtest du am Schottersee nur Sex allein?«

Nein. Ich bezeichnete es als Liebe, was ich dort finden wollte. Zwar war das in der Öffentlichkeit verboten, was am Schottersee vor sich ging, doch hier im Paradies war alles erlaubt. Freizügig wie manche Ureinwohner durchstreiften wir als nackte Menschen das Gebüsch auf der Suche nach einem Abenteuer. Ich lernte die verschiedensten Männer kennen. In manche verliebte ich mich sogar, aber es sollte nie einer erfahren. Es tat zwar weh, wenn ich ihn mit einem Anderen sah, aber das oberste Gebot war Unverbindlichkeit. Weiter sollten die Gefühle nicht gehen. Leb deine Fantasien aus, ja, aber sag nie einem, dass du ihn sehr gern hast. Doch vorerst sollten mich diese unausgesprochenen Regeln nicht stören. Ich war wie eine Jungfrau, die nun endlich die Lust entdeckt hatte und sie auslebte, und es war wunderbar. Nach Durchschreiten des Durchgangs ins Paradies erlebte ich jedes Mal Abenteuer pur, begab mich auf Entdeckungsreise, so aufregend und erregend, dass ich das nächste Mal kaum abwarten konnte. Selbst wenn ich das Auto nicht zur Verfügung hatte, suchte ich Wege, an den Schottersee zu kommen, nahm den Zug und fuhr mit dem Fahrrad den Rest der Strecke, um die Lust zu erleben. Männer lernte ich in dieser Zeit genug kennen und immer wieder konnte ich Gemeinsamkeiten zwischen einigen von ihnen und mir entdecken. Die wenigsten lebten in einer Männerbeziehung. Viele waren so wie ich vor ihren Frauen geflüchtet oder hatten Beziehungen hinter sich, ließen sich scheiden, hatten Kinder und hatten nun diese Art zu leben und zu lieben entdeckt. Für mich war das Zusammenleben mit einem Mann undenkbar. Was würden die Leute, die Nachbarn, die Verwandten denken, wenn ich das machte?

»So mancher hat sich auch in dich verliebt.«

Ja, einige himmelten mich geradezu an und fragten mich: »Wo warst du all die Jahre?«

Aber sie waren nicht mein Typ und eine Beziehung interessierte mich nicht, meine zu Gunda war anstrengend genug, denn meine langen Abwesenheiten zu Hause blieben nicht unbemerkt und ich musste mir immer neue Ausflüchte einfallen lassen. Noch schlimmer wurde die Situation, als ich dreißig wurde. Hier erlitt ich einen richtigen Schock. Jetzt glaubte ich wirklich, dass mein Leben vorbei wäre und ich noch alles schnell nachholen müsste. Ich entfernte mich immer mehr von zu Hause, von meinen Eltern, von meiner Familie, von meinen Problemen und es gab ständig diese Angst, etwas zu versäumen.

»Das Ausleben deiner Lust wäre dir nicht davongelaufen, aber die Zeit schon.«

Ich musste mir oft selbst Zurückhaltung auferlegen und mich zwingen, heute einmal nicht zum Teich zu fahren. Mein Leben ging weiter, unspektakulär. Den Alltag bewältigen, funktionieren, den Familienvater spielen, bei Festen und Anlässen mitfeiern, mit meiner Frau schlafen und jedes Mal die Freude erleben, wieder in diesen paradiesischen Ort einzutauchen, weit weg vom Alltag, von der lästigen Pflicht, von Schranken, von Hemmungen, von Zwängen, von Benehmen und Moral. Doch nicht nur Männer tummelten sich dort beim Liebesspiel. Auch so manches Heteropärchen ließ an diesem Ort alle Hemmungen fallen. Ich sah Szenen, wie ich sie bisher nur aus einschlägigen Filmen kannte. Dass ein Dritter dabei zusah, war von den Paaren oft durchaus erwünscht, doch mitmachen meist tabu, anfassen nur ganz selten gestattet. Und doch gab es ein Pärchen, bei dem er es gerne gesehen hätte, dass ich dazukam. Oh, Mann. Sie war etwa vierzig, aber sie hatte einen tollen, sportlichen, braun gebrannten Körper. Er war ein altes Semester, klein, dick, graue Haare und in der Lendengegend tat sich auch nicht mehr viel. Sie standen vor mir im Gebüsch und sie blies ihm einen. Ganz augenscheinlich waren sie sich meiner Anwesenheit bewusst. Vor den wenigen Leuten, die sich noch am Teich aufhielten, waren sie durch das dichte Gebüsch abgeschirmt. Ich war gebannt von dem Anblick der beiden, so dass ich mein Umfeld ohnehin kaum wahrnahm. Ich konnte mit der Situation im Moment nichts anfangen. Was sollte das denn werden? Wollten die mich einfach nur aufreizen und sich dann davonmachen, oder war es tatsächlich eine Aufforderung zum Mitmachen? Keiner sprach ein Wort, das machte das Ganze noch schwieriger. Doch ich näherte mich ihr langsam und tastend. Es muss eine kleine Ewigkeit gedauert haben, bis ich sie erreichte, auch schien sie irrational weit entfernt zu sein. Doch dann berührte ich sie. Ihr Körper war schön, so weich und hatte doch eine gewisse Festigkeit, sportlich eben. Ich berührte ihre Brüste. Phantastisch, die waren so fest.

»Nun hattest du das, wovon du immer geträumt hast. Den Körper einer sportlichen, schlanken, tollen Frau in deinen Armen. Ein Traum, den jeder Mann träumt. Ein Liebesspiel ohne Verpflichtung. Du konntest dich frei fühlen, ihr zeigen, dass du ein Mann bist.«

Ich konnte es nicht. Was Frauen betraf, war ich eben nicht der Typ für diese Art Freizügigkeit. Ich brauchte eine gewisse stilvolle Atmosphäre. Essen gehen, sich gut unterhalten, das Gefühl zu haben, dass alles passt, Harmonie und Romantik, und ich wollte alleine mit der Auserwählten sein und nicht in der Öffentlichkeit Intimstes ausleben oder gar mit einem weiteren Mann. Außerdem stieg da wieder diese alte Angst vor dem ersten Mal in mir auf, die mich nie losließ. Diesmal sagte mir niemand, dass ich keine Angst haben müsste. Ich war total überfordert. Ich war nicht in der Lage »meinen Mann zu stehen«. Die Angst war zu groß. Das bemerkte auch die Frau. Sie flüsterte ihrem Begleiter etwas zu, dann gingen sie ihrer Wege. Ich sah sie dann später noch einmal. Diesmal war ich entschlossen, aber nun passte der Ort einfach nicht. Es waren zu viele Menschen anwesend. So fiel auch dieser Versuch ins Wasser.

»Dass der Ort nicht passte, war wohl eher eine Ausrede, um deine Furcht zu vertuschen.«

Wenn du meinst … Die Jahre vergingen. Die Sommer am Schottersee gingen zu Ende. Immer weniger Menschen kamen ins Paradies, bis niemand mehr da war, nur ich alleine.

Mit der Zeit wurden die Tage kürzer und kühler. Die Badezeit war vorbei. Doch ich musste mir keine Sorgen machen. Für die kälteren Jahreszeiten gab es immer noch die Sexkinos. Einschlägige Adressen hatte ich von meinen Bekanntschaften am Schottersee erhalten. So auch die des Six in Graz. Das Kino befand sich in einer Seitenstraße, es lag gut versteckt, hier herrschte kaum Fußgängerverkehr. Zunächst war es ungewöhnlich für mich, dieses Kino am helllichten Tag zu betreten. Es könnte mich ja jemand sehen, beobachten, erkennen und was dann? Würde man dann mit dem Finger auf mich zeigen oder machte ich mir wieder zu viele Gedanken über etwas, das gar nicht eintreten konnte? Das Kino war ja fast zu übersehen, kenntlich war es nur durch ein kleines Werbeschild, auf dem »Erotikshop« stand. Man musste erst einen Tordurchgang passieren, um die Eingangstüre zu erreichen. Erst in diesem Durchgang befanden sich Schaufenster, in denen Bilder und Zettel mit eindeutigem Wortlaut hingen. Angepriesen wurden Einzelkabinen, täglich neue Filme, alles, was das Herz und ein gewisser anderer Körperteil so begehrten, dachte ich bei mir. Ich ging am Anfang absichtlich immer zunächst vorbei. Irgendwie schämte ich mich dafür, diese Räume zu betreten, schließlich befand ich mich in einer großen Stadt und es könnte mich ja jemand aus den Fenstern der angrenzenden Wohnungen beobachten. Erst nachdem ich ein paar Mal auf und ab gegangen war, gab ich mir dann endlich einen Ruck. Es dauerte Jahre, bis ich den direkten Weg nahm. Ich betrat das Lokal durch die Doppeltüre. Gleich am Eingang war der Empfang, wo ein Mann um die fünfundvierzig am Computer saß. Musik aus der Stereoanlage war zu hören. Unzählige Porno-DVDs standen in Regalen, die an den Wänden entlangliefen. Für jeden Geschmack und jede Art Fetischismus war etwas dabei, vom einfachen Akt bis zur schmutzigsten sexuellen Praktik. Ich zahlte zehn Euro und ging dann durch einen Fadenvorhang, bestehend aus dicken Fäden, wie Seilen, in einen Gang. Die Wände aus Holzplatten waren schwarz gestrichen, der Boden bestand aus hellen Fliesen. Es war sehr dunkel. Nur eine rote Lampe bildete die Beleuchtung. Mein erster

Weg führte mich nach rechts zu den sechs Videokabinen. Von dort hallte mir bereits vielfältigstes Gestöhne und Geschrei entgegen, die aus den Lautsprechern der Fernseher drangen.

»Du wusstest dann, dass an diesem Tag wieder einmal reger Betrieb in dem Laden herrschte. Jedes Mal warst du gespannt, wem du begegnen würdest.«

Die sechs vorhandenen Kabinen lagen nebeneinander. Hier konnte man die Filme als Einzelner genießen. Man konnte zusperren und sich durch ein rundes großes Loch in der Wand Befriedigung verschaffen lassen.

»Vom bulgarischen Gastarbeiter über den Chefredakteur einer großen Zeitung bis zum Politiker oder Richter reichten die Besucher. Alle Schichten und Altersgruppen waren vertreten. Die Sujets der Filme reichten vom Sex mit Jungs im erlaubten Alter über Gangbangs, SM-Spiele, wo er sie oder sie ihn mit der Peitsche verprügelte, bis hin zu Pissorgien, Bi-Pärchen-Spielen und Spielchen mit Gummihandschuhen und Ledersachen. Es war alles dabei. Alles gesetzlich erlaubt und doch wurde es dir schon beim schnellen Hinsehen etwas flau im Magen.«

Eine Kabine war offen. Ich ging hinein und sah durch das Loch in der Wand. Ein älterer Mann mit Bierbauch mit dem Aussehen eines Beamten oder Hofrats saß mit verschränkten Armen und Beinen vor dem TV-Gerät und sah sich gelangweilt einen Film an. Neben sich hatte er eine offensichtlich mit Papieren vollgestopfte braune Aktentasche abgestellt.

»Der hatte wohl zu Hause auch nichts zu lachen und suchte bei dem Streifen Entspannung in der sicheren Kabine.«

Ich verließ an jenem Tag die Kabine wieder und ging zurück, am Fadenvorhang vorbei auf eine gut beleuchtete Stiege zu, die ein paar Stufen hinunterführte, um wieder in der Dunkelheit zu verschwinden. Auch hier waren die Wände schwarz, der Fußboden gefliest, doch die holzverkleidete Decke diesmal hell. Der große Raum war in kleinere Separees unterteilt, deren Eingänge Fadenvorhänge abtrennten. Ein paar rote Lampen beleuchteten die Szene. Einige Räume besaßen TV-Geräte, in denen Pornos mit der einschlägigen Geräuschkulisse liefen, doch die Abteile waren leer.

»Es war wohl doch nicht so viel los an diesem Tag, wie du zuerst gedacht hattest.«

Das stimmt. Ich ging deshalb weiter in den einzigen Raum mit verschließbarer Tür, legte mich auf eine Couch und sah mir einen Hetero-Porno an. Meine Hände rieben in meinem Schoß. Ich war allein. Vertieft in meine Fantasien bemerkte ich plötzlich eine Person in der Tür. Es war ein schöner Mann mit Anzug. Wir sahen uns an und es zog mich förmlich zu ihm hin. Leidenschaft durchströmte uns beide, aber keiner traute sich so recht den ersten Schritt zu machen. Ich stand auf und ging langsam auf ihn zu und nahm ihn bei der Hand. Dann zog ich ihn sanft in den Raum und verschloss die Tür. Ich berührte ihn zärtlich, küsste ihn. Wir küssten uns. Unsere Berührungen waren zärtlich und voll Liebe. Wir zogen uns langsam aus und liebten uns. Danach stand der Fremde auf und kleidete sich wieder an. Ich sah ihm dabei lächelnd zu. Noch immer war ich nackt. Ich beobachtete jede seiner Bewegungen, wie er die Hose hochzog, das Hemd zuknöpfte und das Sakko und die Schuhe anzog. Ich fand das faszinierend. Es war mir alles so vertraut und ich spürte den Wunsch, ihn bald wiederzusehen.

Der Fremde, leise, sich schämend: »Ciao.«

Ich winkte und lächelte ihm zu: »Ciao.«

»Und du hast dabei gedacht, dass du ihn sicher nie wiedersehen wirst.«

Dann war ich wieder alleine, noch immer lag ich nackt auf der Couch. Aus den Lautsprechern im Empfangsbereich klang ein langsames Liebeslied. Ich hörte es und brach in Tränen aus.

»Du fühltest dich allein und verlassen. Dabei warst du doch gerade noch so glücklich gewesen. Aber trotz der Kabinen, der Filme, der unterschiedlichsten Besucher, der vielen Schicksale, die sich hier kreuzten, war dies ein Ort der Einsamkeit. Ein Sammelbecken verwundeter Seelen und gebrochener Herzen. Ein Treffpunkt für Menschen, die der große Wunsch nach Liebe beseelte und die hofften, wenigstens für ein paar Minuten hier Glück zu finden.«

»Gab es auch Frauen dort?«

Ja, manchmal verirrte sich ein Bi-Pärchen dorthin, selten eine Frau ganz alleine. Diese zog dann aber sofort so viele Männer an, dass man kaum zum Zuge kam. Außerdem wäre es mir genauso gegangen wie mit der Frau am Schottersee. Doch das Abenteuer Lust führte mich weiter. Immer mehr Tipps zu Orten bekam ich, an denen man seine Begierden ausleben konnte.

So ein magischer Ort war der Wald der Lust, ein sehr großes Waldgebiet circa vierzig Kilometer von meinem Heimatort entfernt.
»Keusch ging es dort nicht zu und auch du gehörtest nicht zu den Bravsten.«
Dort suchten viele nach dem Kick, dem Glück, der falschen Liebe. Getrieben von dem Drang, dem tristen Alltag und der Verantwortung zu entkommen.
»Waren sie alle krank, sexsüchtig oder was führte sie hierher?«
Die unterschiedlichsten Bedürfnisse trieben sie hierher. Manchem genügte es, sich auszuziehen, die Wärme der Sonne auf bloßer Haut zu spüren. Manche spannten nur. Da und dort scheuchte jemand ein Pärchen im Gebüsch auf, das gerade beschäftigt war. Sogar ein alter Mann Mitte achtzig mit Krückstock lief dort herum. Das fand ich aber abstoßend. Es war so einfach, einen Mann dazu zu überreden. Du musstest nicht vorher ewig mit ihm ausgehen, Geschenke und Komplimente machen, so wie es Frauen voraussetzten. Wie oft hörte ich diese Klagen in Bezug auf ihre Ehefrauen von den anderen Männern? Hundertmal, tausendmal? Zuerst musste man Blickkontakt suchen. War Sympathie vorhanden, machte man eindeutige Handbewegungen im Schritt, um dem anderen sein Interesse zu signalisieren. Wenn es passte, zog man sich gemeinsam ins Dickicht zurück, wenn nicht, war es meist kein Problem, denn man ging zum Nächsten, es gab ja schließlich genug Anwärter. Oft war es aber viel mehr als das bloße Abenteuer. Man fühlte sich von der Aura, die von dem anderen ausging, angezogen und das Erlebte war umso intensiver. Und Plätze für das freie Ausleben der Lust gab es genug: im Sommer die Schotterteiche oder der Wald, und wenn es kalt und regnerisch war, eines der Kinos oder eine spezielle Sauna, wo man sich austoben konnte,

und alles ohne irgendeine Verpflichtung, ohne Vorurteile, ohne Diskussionen, ohne Rechtfertigung, ohne Kontrolle durch den anderen, man durfte einfach frei sein, die Lust erleben, sich spüren, das Gefühl haben, geliebt zu werden.

»Eine schöne Illusion ...«

»Und Gunda? Warum hast du noch mit ihr geschlafen? Fühltest du dich dazu verpflichtet?«

Nein, nichts von alledem. Das Wort »Pflicht« in diesem Zusammenhang ist völlig unangemessen. Man mag es mir glauben oder nicht, aber ich liebte sie noch immer, obwohl sie mich hintergangen hatte, indem sie mir ein Kind unterschob. Mir war aber auch bewusst, ich brauchte sie. Nur sie gab mir das Gefühl, noch ein Mann zu sein, was ich bei den Männern nicht fand. Unsere Beziehung war etwas völlig anderes. Die heterosexuelle Partnerschaft war das in der Gesellschaft Erlaubte. Sie bot mir Schutz. Ich konnte allen zeigen, dass ich eine Frau hatte, eine Beziehung führte, das war für meinen gesellschaftlichen Status wichtig. Eine Partnerschaft mit einem Mann hätte mich zum Außenseiter gestempelt. Dennoch gestalteten sich die Beziehungen zu Männern einfacher, freier, sorgloser, ohne Angst, dass mir einer ein Kind andrehte. Vor allem ging es vorurteilslos zu. Ich kannte von keinem die Vorgeschichte, außer wir sprachen danach darüber, aber es war keiner dabei, der mir wehgetan, mich betrogen, mich reingelegt hätte.

»Warum hast du dich dann um Gottes willen nicht scheiden lassen, ihr nicht gesagt, dass sie dein Leben zerrüttet? Warum hast du zugelassen, dass sie dich beherrscht? Warum?«

Die ewige Frage nach dem Warum ... Ich wollte sie nicht verlassen, weil ich sie liebte. Ich dachte, es bliebe alles beim Alten.

Ich hatte ja ein Kind gewollt. Aber eben nicht in der damaligen Situation. Nicht ein Kind, das uns mal eben so »passiert« war. Genauso war es bei meinen Eltern gewesen. Auch ich war ja ein ungewolltes Kind. Und hinzukam, dass ich ein Sohn war und keine Tochter. Vor allem mein Vater hätte ein Mädchen einem Jungen vorgezogen. Meine Mutter hat mich

deshalb auch mädchenhaft angezogen. Rosa Pullover. Statt Jungensfrisur trug ich lange Haare. Furchtbar.
»Mich wundert nichts mehr.«

Ich arrangierte mich auch mit der Ehe, weil ich mir Raum für meine Abenteuer verschaffte. Das war manchmal schwierig. Aus Kostengründen besaßen wir nur ein Auto und wenn Gunda an Wochentagen damit zur Arbeit fuhr, hatte ich keine Gelegenheit zu meinen außerehelichen Abstechern. Erst am Abend, wenn ich nach Hause kam und mich dann schnell noch davonschlich, fand ich die rasche Befriedigung auf einem Parkplatz oder im Wald. Nur an Wochenenden, wenn einmal keine Besuche bei Gundas Verwandten stattfanden, kam eine harmonische Atmosphäre auf.
»Aber was sagte denn Gunda zu deinen Abstechern, merkte sie nichts?«
Natürlich blieb mein Verhalten nicht unbemerkt und als Ausrede gab ich immer an, einfach raus zu müssen, Ruhe finden zu wollen, vor dem Geschrei des Kindes und vor dem Schnarchen Gundas. Letzterem wich ich endgültig aus, indem ich mir in meinem Hobbyraum ein Stockbett hinstellte. Somit hatte ich fast eine eigene kleine Wohnung, meine eigene Welt. Hier schlief ich, zog mich für den Tag an, aß, betrank mich, sah fern und arbeitete am Computer. Ich ging niemandem auf die Nerven, wenn ich wieder einmal zu spät nach Hause kam. Nur das Knarren der Metallleiter des Stockbetts verriet meine Ankunft, denn daneben lag gleich das Schlafzimmer, und tatsächlich bekam Gunda mein Eintreffen jedes Mal mit. Doch das Leben ging seinen Gang. Wir beide hatten viele Verpflichtungen, stürzten uns in die Arbeit, die Jahre flogen dahin. Alles war selbstverständlich geworden: Haushalt, Familie, Firma, Urlaub, die übers Jahr verteilten Feiern, wie Ostern, Weihnachten, Geburtstage, Grillfeste, und meine geheimen Ausflüge.

Auch dem Leben mit Kind gewann ich mit der Zeit neue, positive Seiten ab. Der Junge wurde älter und verständiger. Wenn ich mit ihm spielte, wurde ich selbst wieder zum Kind und erinnerte mich an meine eigene Kindheit zurück. Wie schön es damals war, im Wald zu spielen und an den kleinsten Dingen Freude zu haben. Das machte natürlich auch meinem Sohn Spaß, denn auf dem Spielplatz teilte ich seine kindlichen Vergnügungen. Seltsamerweise genierte ich mich damals nicht für mein Verhalten. Oder war es normal, wenn ein Vater auf der Affenschaukel mit rutschte, das Klettergerüst mit überwand, um schließlich an einem Holzhaus anzukommen? Oder im Sommer, im Freibad, da probierte ich mit ihm gemeinsam alle möglichen Posen aus, um die Wasserrutsche herunterzurutschen. Beim Minigolf ließ ich ihn gewinnen und danach gönnten wir uns beide oft eine Portion Pommes und Eis. Das war wohl die schönste Zeit unseres Lebens und vieles wurde festgebannt auf Videokassette. Ich entdeckte diese Leidenschaft wieder und wollte so viel wie möglich von den schönen Seiten unseres Familienlebens festhalten. Irgendwie hatte ich das Gefühl, es sei wichtig, die schöne Erinnerung zu konservieren. Oft bekam ich Angst, dass diese Zeit so schnell verging, und ich wollte später einmal einen Beweis dafür in Händen halten, dass dies alles tatsächlich passiert war. Sicher waren Gunda und Simon nicht gerade davon begeistert, bei jedem Ausflug vor meiner Kamera zu agieren. Gunda machte sich so unsichtbar wie möglich, da sie mit ihrer Figur absolut nicht im Reinen war. Und bei meinem Jungen musste ich mich jedes Mal etwas am Riemen reißen, dass ich ihm nicht fast wie ein Regisseur Anweisungen gab. War eine Szene nicht gelungen, musste sie nach meiner Regie wiederholt werden. Aber da spielten meine »Schauspieler« oft nicht mit und ich musste mich bescheiden.

»Wie hast du denn die Zeit, als Simon noch ein Baby war, erlebt?«
Einmal war ich mit ihm alleine zu Hause. Gunda war weggefahren. Doch es war kein guter Tag. Die Arbeit in der Firma bereitete mir wieder einmal Kopfzerbrechen, die Eltern hatten einmal mehr etwas an uns auszusetzen gehabt, Gunda hatte zynische Bemerkungen über mein Leben gemacht, womit sie mich auf die Palme gebracht hatte, und jetzt schrie das Kind zu allem Überfluss auch noch wie am Spieß. Dabei hatte sie ihn vor ihrer Abfahrt noch gewickelt und gefüttert. Was hatte das Kind denn? Ich war von der ganzen Situation so überfordert, dass ich das Baby nur anschrie.

»Stieg da nicht eine Kindheitserinnerung in dir hoch? – ‚Ist das alles, was du kannst, weinen?'«

Meine Mutter kam dann dazu und beruhigte ihn. Ich hätte es einfach nicht geschafft. Ich fühlte mich gefesselt, wie gelähmt. Als ich mich beruhigt hatte, tat mir die ganze Sache sehr leid, es tat richtig weh. Es ist auch nie wieder vorgekommen.

»Hast du dich nach diesem Vorfall mehr um ihn gekümmert?«

So gut ich konnte. Das war oft ein Kampf, wenn er krank war und die Medizin um keinen Preis nehmen wollte, so viel wir ihn auch zu überreden versuchten. Ihn plagte immer die Angst, sich übergeben zu müssen. Das erinnerte mich an meine eigenen Nöte als Kind. Gewickelt und gefüttert habe ich ihn wohl nur ein einziges Mal. Ich war zu sensibel, meine Empfindlichkeit gegenüber Gerüchen ließ das nicht zu. Doch nachts, wenn er schlummerte, habe ich im Kinderzimmer oft nach ihm in seinem Gitterbett gesehen. Spätabends, wenn Gunda schon schlief. Da lag mein Sohn, ganz ruhig und doch so verletzlich.

Ich faltete manchmal die Hände und betete: »Lieber Gott, beschütze ihn. Begleite seinen Weg ins Leben. Ich werde ihm nicht helfen können, zumindest jetzt noch nicht, aber vielleicht kannst du etwas für ihn tun.«

»Hast du ihn gern?«

Natürlich hab ich ihn gern. Zu dem Gebet veranlasste mich die Hoffnungslosigkeit, mein Kummer, nichts erreicht zu haben, ihm nichts zeigen, nichts bieten zu können, kein erfolgreiches Vorbild zu sein, ihm nicht mehr Zeit zu widmen. Das nennt man wohl mit beiden Beinen im Leben stehen. Ich empfand aber, dass das nicht der Fall war. Gunda sah das anders. Einmal sagte sie mir, dass ich so viel erreicht hätte, so viel geschafft hätte, eine Familie hatte, dass das alles so einfach nicht stimmt, doch ich glaubte ihr nicht, nicht mehr. Vielleicht war ich ein schlechter Vater, aber ich wollte eines Tages wenigstens ein guter Freund für ihn sein.

»Glaubst du an Gott?«

Ich glaube, dass es eine höhere Macht gibt, die unser Handeln beeinflusst, wenn auch manchmal auf eigentümliche Art und Weise. Oft gibt es nicht den direkten Weg, sondern meistens den indirekten, der zu einem bestimmten Ziel führt. Ich habe meinen Glauben, aber ich brauche keine heiligen Messen, so wie Gunda. Oft habe ich gedacht, dass sie den Sinn des Glaubens einfach nicht verstanden hat. Es geht ja nicht darum, jeden Sonntag und Feiertag in die Kirche zu laufen und mit einer Gemeinschaft zu feiern. Es geht vielmehr darum, was man in seinem Innersten fühlt, aber diesbezüglich vertraten Gunda und ich sowieso zwei verschiedene Welten. Ich liebe die Stille in einer leeren Kirche, wenn ich mit dem Schöpfer da oben alleine bin. Selbst wenn nur eine einzige andere fremde Person anwesend ist, bin ich abgelenkt. Dann verlasse ich die Kirche meistens sofort. Ich habe ihn oft angerufen und von meinen Problemen erzählt. Manchmal war es mir peinlich, was er sich wieder alles von mir anhören musste. Aber die Zwiesprache mit ihm hat mir Kraft gegeben weiterzumachen, auch wenn ich meinen Lebenssinn nicht verstanden habe.

»Du hattest zweimal in deinem Leben den Eindruck, dass er seine schützende Hand über dich gelegt hatte.«

Ja, wenn ich als Kind bei meiner Großmutter im Wald spielte und auf Bäume kletterte, waren diese oft einige Meter hoch. Oben habe ich es mir dann manchmal in einer Astgabel bequem gemacht. Ich liebte das Schaukeln der Äste im Wind. Und einige Male bin ich eingeschlafen. Das Seltsame an der ganzen Sache war, dass ich zwei Mal am Boden wieder aufgewacht bin. Da hatte ich wohl eine ganze Reihe von Schutzengeln gehabt.

»Bei Familienfesten spieltest du gern mit Simon und seinen Cousins und Cousinen. Darüber bemerkte keiner, wie sehr du leidest.«

Es machte mir Freude, die Kinder zum Lachen zu bringen. Ihre Fröhlichkeit war ansteckend. Einmal gingen wir im Sommer mit Gundas

Schwestern, deren Männern und Kindern sowie den Schwiegereltern in ein Gasthaus zur Jause. Während die anderen Männer am Tisch ihr Bier tranken, tobte ich als Lieblingsonkel mit den Kindern auf dem Spielplatz herum.

Edina: »Es ist eine Freude, John zuzusehen, wie er mit unseren Kindern spielt. Nur wenige Erwachsene können mit Kindern auf Augenhöhe umgehen, wieder selbst zum Kind werden. Welch ein Glück für Simon.«

Gunda: »Ja, das macht Simon viel Freude. Die beiden unternehmen viel miteinander, streifen durch den Wald, erforschen Burgen oder schauen Kindersendungen gemeinsam an.«

Edina zu ihrem Mann: »Da kannst du etwas lernen.«

Ihr Mann: »Hm.«

Eleonore: »Doch manchmal kommt mir John etwas traurig vor.«

Gunda: »Ja, es gibt ein paar Probleme in der Firma. Die Wirtschaftskrise beeinträchtigt das Geschäft, aber es wird schon wieder aufwärtsgehen.«

Galina: »Aber sicher …«

Ein andermal veranstalteten wir ein großes Grillfest mit den Verwandten meiner Frau. Es fand bei uns zu Hause statt. Da wir viele Kinder erwarteten, hatte ich mir etwas Besonderes einfallen lassen. Ich besorgte sehr große Pappkartons, in denen normalerweise Möbel eingepackt wurden. So um die fünfzig Stück, die ich mit viel Klebeband zu einem großen Tunnellabyrinth aneinanderreihte. Das war ein Spaß für die Kinder beim Hindurchkriechen. Leider mussten wir das Pappbauwerk wieder abbauen, aber zum Glück hielt ich alles auf Videokassette fest.

»Und im Urlaub hatte dein Sohn auch jede Menge von dir …«

Ich war für jedes Kinderspiel zu haben, außer bei den Dingen, bei denen mir schwindlig werden konnte. Das passierte zum Beispiel einmal in einem Vergnügungspark, als ich mich in einer mannshohen Kugel plötzlich vornüber bewegte, aber meinem Sohn machte das Rollen mit der Kugel auch alleine viel Spaß. Ich glaubte ihm durch meinen »Ausstieg« sogar die Gewissheit zu geben, dass er vieles auch alleine schaffen kann und keine Angst vor Herausforderungen zu haben braucht. Doch auf einer Riesenrutsche mit einem Teppich oder Boot hinabzurasen, da war ich mit dabei, wenn auch am

Anfang mit etwas Bauchweh. Oder hoch über den Baumwipfeln mit einer Art Seilbahn mit Fahrradantrieb entlangzugleiten war für mich auch kein Problem. In einsamen Burgruinen spielten wir Ritter und Geist, machten Schiffstouren und fütterten die Möwen. Auch zeigte er mir zu Hause am Bahndamm, wie Skifahren geht. Als er in die Schule kam, änderte sich unser Verhältnis allerdings. Er entwickelte eigene Interessen, bei denen ich nicht mehr mithalten konnte. Mit dem Thema Schule war ich total überfordert. Ich hatte nicht einmal meine eigene Schulzeit seelisch aufgearbeitet, da kamen schon seine Probleme dazu. Also klinkte ich mich aus den Schulangelegenheiten komplett aus und überließ sie meiner Frau. Vielleicht konnte ich es auch nicht akzeptieren, dass er jetzt mehr zu wissen schien als ich. Ich hatte oft das Gefühl, mit der neuen Technik nicht mehr mitzukommen.

»Du hast überdies das Gefühl gehabt, dass Gunda dich vernachlässigt hat, weil sie sich nun zu viel um das Kind kümmerte. Du wurdest eifersüchtig, die Überforderung durch neue Technik war wohl eher nicht dein Problem. Im Gegenteil: Gehörte nicht das Verfolgen der neuen Entwicklungen des Internets, der Weltraumforschung, der Robotertechnik, der Medizin und anderer Wissenschaften zu deinen Lieblingsbeschäftigungen? Bei Gesprächen über diese Themen hattest du jedenfalls eine andächtige Zuhörerin. Aber nicht nur das gefiel dir an ihr …«

Ja, Gundas Schwester Galina hing bei solchen Themen förmlich an meinen Lippen. Sie war viel jünger als Gunda, brünett. Sie war klein und zierlich und anders als Gunda wunderbar schlank. Wegen meines umfangreichen Wissens schaute sie zu mir auf. Meine Kenntnisse bezog ich aus den wissenschaftlichen Fernsehdokumentationen, von denen ich jede Menge auf Videokassette aufgezeichnet, beschriftet und gut archiviert hatte, um sie jederzeit wiederfinden und immer wieder ansehen zu können. Der bewundernde Blick aus ihren strahlenden Augen bei diesen Gesprächen tat mir gut. Ihr ganzes Gesicht schien mich dabei wie die Sonne anzuleuchten. Einmal sprach sie über ihren alten Professor in der Schule, der auch so viel wusste, nicht nur in seinem Fachgebiet, sondern über ein universales Wissen verfügte.

Sie meinte: »Was für ein toller Mann. Er weiß so viel. Wenn er nur etwas jünger wäre, dann wäre das ein Mann für mich.«

Oh, Mann. In diesem Augenblick durchströmte mich ein sonderbares Gefühl. Schon viel früher hatte ich mich von ihr angezogen gefühlt. Sie war so anders als Gunda. Viel wärmer, herzlicher, zärtlicher. Immer wenn wir Volleyball spielten, fielen mir alle ihre Vorzüge besonders auf. Eine Frau, die zu mir aufsah, wie sehr sehnte ich mich danach.

»Mit Gunda hast du nie über wissenschaftliche Themen gesprochen?«

Manchmal, aber ihr Interesse war nicht so stark ausgeprägt, außer es ging um Blumen und Pflanzen. Sie war nicht so verständig wie Galina, nicht so wissbegierig wie sie. Sie musste immer das letzte Wort haben, war ständig auf ein Streitgespräch aus. In der Wortwahl war sie nicht zimperlich, sogar wenn es um sensible Dinge ging. Selbst wenn wir nach dem Liebemachen nebeneinanderlagen, konnte es passieren, dass sie anfing über Gelddinge zu sprechen. Das war sehr schmerzlich für mich. In solchen Augenblicken ist man besonders weich gestimmt und verletzlich und da fängt sie von Geld zu reden an. Ich empfand das als unsensibel von ihr. Später musste ich mir oft anhören, dass Frauen viel stärker seien als Männer und nicht so wehleidig. Wenn dir so etwas, gefühlt, täglich gesagt wird, weißt du bald zwangsläufig nicht mehr, ob du als Mann noch einen Wert besitzt. Wenn ich krank war oder ich mich unwohl fühlte, hatte das zur Folge, dass ich meine Medikamentendosis steigerte. Ich wollte kein schwacher Mann sein. Galina besaß ein anderes Wesen. Wir fühlten ähnlich und das machte sie so ungemein anziehend für mich. Ein weiterer Auslöser, dass ich mich zu ihr hingezogen fühlte, waren die Umarmungen, die wir tauschten, wenn wir uns begrüßten. Umarmungen gehörten zum Begrüßungsritual in der Familie meiner Schwiegereltern. Das hatte ich erstens bisher überhaupt nicht gekannt und mochte es zweitens auch nicht so sehr. In unserer Familie umarmte mich nur einer meiner Brüder und rieb mir dabei oft seinen Bart ins Gesicht. Das war, als würde jemand mein Gesicht mit Schleifpapier bearbeiten. Ich hasste es und versuchte ihm immer auszuweichen. So auch bei meinen Schwiegereltern. Anders verhielt es sich bei Frauen. Ihre Umarmung empfand ich als angenehm.

Doch Galinas Umarmung hatte ich am liebsten und verweilte in ihr auch etwas länger.

Erst recht fing ich Feuer, als Galina eines Tages die fast unlösbaren Knoten in meinen Schuhbändern mit ihren blendend weißen Zähnen löste. Ich glaubte, jetzt müsste ich über sie herfallen. Es war total erotisch. Ich konnte mich zum Glück beherrschen, obwohl wir allein waren, aber mein Puls und mein Atem gingen wie nach einem Hundertmeterlauf.

»Hat Gunda dein Faible für Galina bemerkt?«

Na, welche Frau bemerkt nicht, wenn ihr Mann Interesse an einer anderen zeigt? Das hat sie ganz schön in Rage gebracht, wenn auch zunächst nur innerlich. Sie zeigte ihren Unwillen nur manchmal mit scharfen Äußerungen in meine Richtung.

»Kein Wunder, denn einmal hast du es etwas zu weit getrieben!«

Da habe ich Galina spontan ins Kino eingeladen, zu einer Komödie im Jahr 2001. Ich rief sie an und fragte, ob sie mit mir jetzt sofort und auf der Stelle ins Kino gehen würde. Es war ein schöner Sommerabend. Sie sagte gleich zu, was mich total überraschte, da sie sich doch sicher erst noch frisch machen und schminken musste. Da Gunda im Haus war, musste ich Galina heimlich anrufen. Auch war unsicher, ob es überhaupt klappen würde, denn unser Auto konnte ich nicht nehmen, da Gunda es später noch brauchte. Das war schon eine verzwickte, stressige Situation, in die ich mich da selbst gebracht hatte. Irgendwie hatte ich auch das Gefühl, dass Gunda mir durch die Wohnung folgte, als ich mit Galina telefonierte. Zum Glück hatten wir ein Schurlostelefon, mit dem ich mich in mein Zimmer zurückzog, aber ich bemerkte, dass Gunda an der Tür horchte. So stellte ich mich mit dem Rücken zur Tür in die entfernteste Ecke des Raumes und versuchte sehr leise zu sprechen. Ich hatte dennoch das beklemmende Gefühl, dass Gunda jeden Moment in den Raum stürzen könnte, aber das passierte nicht.

»Wie wolltet ihr denn ohne Auto zum Kino nach Graz kommen?«

Galina konnte das Auto ihrer Eltern nehmen. Sie musste aber erst fünfundzwanzig Kilometer von ihrem Elternhaus zu meinem Heimatort fahren. Wir vereinbarten als Treffpunkt den Bahnhof, wo sie auf mich warten sollte.

»Erinnerst du dich? Dort hat schon einmal eine Frau in ihrem Auto auf dich gewartet.«

Ich war so aufgeregt, musste es aber verbergen, damit Gunda es nicht bemerkte.

Ich sagte zu ihr nur: »Ich muss nochmal weg. Ich treffe mich mit einem Freund.«

Gunda antwortete mit eigentümlicher Stimme: »So, so. Na, dann viel Spaß.«

»Da hattest du es noch nicht begriffen, dass sie dich längst durchschaute, nicht wahr?«

Nein. Ich war viel zu aufgelöst und mit den Gedanken bei Galina und dem schönen Abend, der uns bevorstand, und bei dem, was ich ihr sagen wollte.

Ich rannte zum Bahnhof, ich nahm nicht den Umweg, sondern lief gleich über die Geleise und traf Galina. Wir fuhren ins Kino, dort kauften wir Popcorn und Getränke und sahen uns eine Komödie an, die seinerzeit in aller Munde war. Ich konnte mich aber gar nicht auf den Film konzentrieren. Die ganze Zeit dachte ich, dass heute der Tag wäre, ihr meine Gefühle zu gestehen, und obwohl ich davor Angst hatte, fühlte ich doch, dass sie es verstehen würde. Der Film war zu Ende und wir fuhren wieder nach Hause. Ich weiß nicht mehr, was wir auf der Rückfahrt alles redeten. Es herrschte jedenfalls kein verlegenes Schweigen zwischen uns. Dann kamen wir wieder am Bahnhof an und ich zögerte mit meiner Offenbarung, doch dann nahm ich meinen ganzen Mut zusammen und begann: »Galina, ich muss dir etwas sagen.«

Galina unterbrach mich sanft: »Bitte sage es mir nicht. Du musst wissen, ich respektiere meine große Schwester Gunda. Ich verehre sie sogar, da sie so viel für die Familie und uns Geschwister getan hat. Sie ist die Älteste und war immer für uns da und ihr Vertrauen zu missbrauchen ist einfach nicht möglich, verstehst du?«

»Sie hat dir also eine Abfuhr erteilt.«

Das kann man so nicht sagen. Durch die Art, wie sie es sagte, was sie sagte, taten ihre Worte nicht weh. Sie haben mir die Augen geöffnet. Sicher empfand ich auch Enttäuschung, es wäre gelogen zu sagen, dass das nicht der Fall gewesen wäre, aber es war zu verkraften. Ich verabschiedete mich von ihr, dann fuhr sie fort. Ich sah ihr noch lange nach.

»Dabei hättest du dir deine Eröffnung ersparen können. Ihr Bruder erkannte deine Gefühle für sie schon lange zuvor und warnte dich: Es ist nicht so, wie es scheint, erklärte er dir. Wie hat Gunda auf deinen Kinobesuch mit Galina reagiert?«

Sie war total eifersüchtig. Sie hatte ja bereits bemerkt, dass ich mich zu Galina hingezogen fühlte. Und dann bekam sie heraus, dass wir gemeinsam im Kino waren. Sie war so enttäuscht.

Gunda: »Mit mir wolltest du diesen Film nicht ansehen, aber mit ihr schon. Was soll ich denn davon halten?«

Ich: »Was willst du denn? Wir waren doch nur im Kino.«

Gunda: »Aber heimlich, hinter meinem Rücken!«

Ich: »Hättest du es verstanden, wenn ich es dir gesagt hätte? Da wärst du ausgeflippt. Ich weiß ja, wie ungehalten du reagierst, wenn ich mit Galina Zeit verbringe.«

Gunda: »Du hättest es einfach versuchen sollen.«

Ich: »Kein Problem, ich sehe mir den Film gern noch einmal mit dir an. Ich wusste ja nicht, dass er dich auch interessiert. Eigentlich magst du doch solche Filme nicht.«

Gunda: »Das kannst du vergessen. Ich sehe ihn mir alleine an.«

Ich: »Wenn du meinst …«

»Hat sie ihn sich wirklich alleine angesehen?«

Jedenfalls ohne mich. Sie ging mit ihren Schwestern und deren Kindern ins Kino. Auch Galina war dabei. Zwischen ihr und Gunda gab es keine Probleme. Sie hatten sich ausgesprochen und die Sache war zumindest für Galina erledigt. Wenn der Filmtitel später hin und wieder erwähnt wurde, brachte das die Wogen immer wieder zum Kochen.

Galina beschritt bald danach neue Wege. Sie begann zu studieren, das war ihr wichtiger als die Liebe. Sie ließ ihre Verehrer reihenweise abblitzen.

»Sie hat sich nicht in ihren Gefühlen verstrickt und ihr Studium durchgezogen. Anschließend hat sie den Doktortitel erworben und heute verdient sie das Dreifache deines Gehalts. Sie hat ihren Professor gefunden und fliegt nun zu wissenschaftlichen Kongressen rund um die Welt.«

Auch in meiner Firma gab es Veränderungen. Der Chef wurde schwer krank und musste sich aus dem leitenden Geschäft zurückziehen. Die Konzernzentrale suchte einen neuen Filialleiter und ich wurde vom alten Chef für diese Position vorgeschlagen. Bei einer Firmenfeier mit der Firmenleitung und den Mitarbeitern beider Geschäftsstellen wurde mir von der Belegschaft und den Vorgesetzten Hilfe und Rückhalt angeboten, sollte ich mich dafür entscheiden, was mich dazu bewegte, die Filialleitung anzunehmen. Dieser verantwortungsvolle Posten wurde nicht nur besser bezahlt, sondern steigerte auch mein Ansehen, so glaubte ich zumindest. Aber der Druck der Konzernzentrale wurde immer größer, immer höhere Umsätze waren gefordert. In der Filiale gab es intern schon länger Reibereien und Mobbing. Ich musste aus diesem Grund sogar zwei langjährige Mitarbeiter entlassen, was nicht nur diese, sondern auch mich sehr niederdrückte.

Der oberste Boss meinte nur: »So läuft das Geschäft nun mal.«

Das Pensum meiner Arbeit vervielfachte sich, die Verantwortung war immens und zu den vorhandenen Problemen kamen noch die Auswirkungen der Wirtschaftskrise hinzu. Der Druck steigerte sich in einem Maße, dass mein Körper von selbst eine Art Notprogramm startete. Ich ging nur mehr wie ferngesteuert in die Firma, machte so gut wie möglich meine Arbeit, blieb viele Stunden länger, um dann im Schutze der Nacht Entspannung zu suchen und meinem geheimen Verlangen nachzugehen. Für meine Touren konnte ich nun mein Firmenauto nutzen, wenn es auch nicht gerade unauffällig war. Es war rundum mit dem Firmenlogo bedruckt. Ich sagte gerne Zirkuswagen dazu, so bunt war er, aber ich war jetzt unabhängig vom Auto meiner Frau. Ich musste zwar ein Fahrtenbuch schreiben, was mich zwar zusätzlich stresste, denn etwas zu erfinden fiel mir schwer, aber die Anforderung eines neutralen Firmenwagens hätte mein Gehalt geschmälert und das wollte ich unbedingt vermeiden. Insgeheim hatte ich das Gefühl, dass diese Position in der Firma nicht auf

Dauer gut gehen konnte und dass ich darauf achten müsste, so viel Geld wie möglich zurückzulegen, wer weiß, was danach kam. Meine nächtlichen Touren halfen mir meinen Stress abzubauen und erzeugten doch gleichzeitig neuen Stress, einfach paradox.

»Doch deine nächtlichen Abenteuer bargen auch Gefahren in sich.«

Ja, nicht immer kam ich heil davon. Es gab einen Vorfall auf einem Autobahnparkplatz, bei dem ich um mein Leben fürchtete. Der Parkplatz war menschenleer und auf der Straßenseite gut beleuchtet. Einige Lkws und Pkws standen dort. Ein weiterer Pkw bog gerade auf den Parkplatz ein und zwei Männer stiegen aus. Den Parkplatz umgrenzten weiter weg von der Straße Gebüsch und Bäume. Dort standen vereinzelt Tische und Bänke zum Rasten, einige fast völlig im Dunkeln. Das Licht der Straße drang dort kaum noch hin. Auf einem der Tische verwöhnte mich ein Fremder zärtlich von hinten.

Ich genoss den Sex. Wir rochen am Poppers, das uns fast betäubte. Unser unterdrücktes Stöhnen war wohl auch noch in einiger Entfernung zu hören.

Der Fremde: »Na, gefällt dir das?«

»Ja, ja, bitte, mach's mir«, bat ich ihn.

Unterdessen streiften die beiden Männer durch das Gebüsch. Sie waren auf der Suche nach einer schnellen Nummer. Sie kamen schließlich auch zu der Stelle, wo ich mich mit dem Fremden befand. Der Fremde verließ gerade die Szene. Die beiden Männer erkannten die Situation und nutzten die Gelegenheit. Noch immer betäubt von der Lust und vom Schnüffelstoff, lag ich auf dem Tisch. Die zwei Männer fackelten nicht lange und demütigten, schlugen und vergewaltigten mich.

Ich versuchte mich zu wehren und zu schreien. Doch einer der Männer drückte mich nieder, hielt mir den Mund zu und würgte mich. Ich gab auf und ließ es über mich ergehen.

Danach fuhren die Männer mit dem Auto fort. Ich blieb regungslos auf dem Tisch liegen. Ich weinte leise, wimmerte vor Schmerzen.

Später richtete ich mich langsam auf, zog wackelig meine Hose hoch und ging zum Auto. Es war bereits drei Uhr früh, als ich zu Hause ankam. Ich machte kein Licht an, als ich das Haus betrat, lief im Dunkeln zur Garderobe und legte die Autoschlüssel ab, dann ging ich ins Bad.

Das heiße Wasser prasselte auf meinen Körper. Ich rubbelte mir die Haut so stark, als würde ich verzweifelt etwas abwaschen wollen.

Der Spiegel, das Fenster und die gläserne Duschwand beschlugen durch das extrem heiße Wasser und den Dampf. In dem künstlichen Licht stiegen leichte Dampfschwaden auf. Ich sank zu Boden und saß zusammengekauert und wimmernd in der Dusche.

Wieder auf den Bahngleisen geht das starke Rubbeln über in ein sanftes Streicheln.

»Komm, zieh dein Shirt aus. Ich mach‹s dir. Ich fahre dir mit meinen Händen zärtlich über deinen Körper, deinen Kopf, dein Gesicht, deinen Hals. Ich weiß, dass du das genießt, dass dich das erregt. Ja, schließe deine Augen und lege dich zurück um es noch besser zu fühlen, noch besser zu erleben.«

Das Gewitter ist nun über den beiden. Donner und Blitze erhellen die Nacht. Es regnet in Strömen, doch die beiden hören nicht auf. Mehr noch. Sein Gegenüber kniet über den Oberkörper des anderen und fasst ihn mit beiden Händen an den Hals und drückt langsam zu. Er röchelt.

»Na, macht dich das an? Willst du mehr? Brauchst du das?«

Bitte bringe es zu Ende. Nimm mich, töte mich.

Sein Gegenüber wartet noch einen Augenblick und sagt: »Nein, so einfach kommst du mir nicht davon«, und lässt los.

Er greift sich an den Hals, röchelt und hustet. Das Gewitter ist weitergezogen und der Regen hat aufgehört. Er fängt sich wieder und richtet sich auf.

»Woher kommt deine Todessehnsucht? Die Suche nach Erlösung vor der bösen, kalten und gefühllosen Welt?«

Schon als Kind wurde ich einmal mit dem Tod konfrontiert, wenn es auch nur das Sterben meiner Lieblingskatze war. Vor meinen Augen wurde sie überfahren. Ich hörte einen Knall und sah, wie sie durch die Luft geschleudert wurde. Der Autofahrer warf mir vor, ich hätte besser auf mein Tier aufpassen sollen. Ich war damals sechs Jahre alt und stand unter Schock. Die Katze gab aber noch Lebenszeichen von sich. Schnell fuhren wir zum Tierarzt, um sie noch zu retten, aber der Arzt schüttelte nur den Kopf. Mit einer Injektion ins Herz des Tieres wurde sie getötet und vom Leiden erlöst.

»Hast du auch Menschen sterben sehen?«

Ja, meine Großmutter, wenn auch nur aus der Entfernung. Das war dieser nebelige Novembertag, als ich in der kleinen Stube saß. Sie lag im Bett und meine Tante pflegte sie. Der ganze Raum war so düster. Als meine Tante kurz den Raum verließ, fragte meine Großmutter ganz schwach, welcher Tag heute ist. Verdutzt sagte ich es ihr. Meine Tante kam zurück und schickte mich ins Nebenzimmer. Die Tür war nur angelehnt und durch einen Spalt konnte ich das Geschehen verfolgen. Der Arzt war gekommen. Er horchte die Kranke ab, dann packte er seine medizinischen Geräte wieder in die Tasche und meine Tante deckte den ganzen Körper meiner Großmutter zu. Sicher, damals war ich vierzehn Jahre alt, aber ich habe das alles nicht richtig realisiert. Viel später, wenn ich vom Tod eines Bekannten hörte, ergriff mich neben Trauer auch immer ein anderer Gedanke: Dieser Mensch ist erlöst, er hat keine Probleme mehr, er ist jetzt endlich glücklich.

»Hast du jemals versucht, deinem Leben ein Ende zu setzen?«

Einen Versuch gab es. In einem scheinbar harmlosen Gespräch habe ich mit Galina erörtert, ob man sich auch in einem Dieselfahrzeug umbringen könnte, indem man die Gase ins Auto leitet.

»Wie ironisch: Für deinen Selbstmordversuch wähltest du den Parkplatz vor einem Friedhof aus.«

Ich fand den Platz passend, schließlich war ich immer gerne auf Friedhöfen unterwegs und genoss dort die Ruhe. Und es war mein Bestimmungsort nach meinem Tode. Es war Nacht und die Fahrzeugbeleuchtung meines Autos war eingeschaltet, damit ich gut sehen konnte, ob ich den Schlauch beim Auspuff auch fest anbringen konnte. Ich bemerkte zuerst gar nicht das Fahrzeug, das sich mir langsam näherte. Als es bereits zu spät war, zuckte ich zusammen. Ein Polizeiwagen stoppte. Eine Polizistin mit blonden langen Haaren fuhr das Fenster des Einsatzfahrzeugs herunter, bemerkte dabei aber den Schlauch nicht.

Polizistin: »Ist alles in Ordnung? Können wir Ihnen helfen?«

Ich war zwar innerlich aufgewühlt, aber gefasst: »Nein danke, alles in Ordnung. Ich habe nur etwas gesucht.«

Polizistin: »Die Ersatzbirne?«

»Die was?«

Polizistin: »Die Ersatzbirne. Ihr hinteres rechtes Rücklicht ist defekt.«

Ich, etwas stotternd: »Ach ja. Ich habe aber keine gefunden. Ich werde wohl zur nächsten Tankstelle fahren und eine kaufen.«

Polizistin: »Tun Sie das. Da vorne ist ja eine. Schönen Abend noch.«

»Danke. Schönen Abend.«

Die Polizistin kurbelte das Fenster wieder hoch und fuhr davon. Ich war geschockt, aber auch erleichtert. Irgendwie hatte das Ganze etwas von einer seelischen Ohrfeige, und nachdem ich mich wieder gefasst hatte, räumte ich den Schlauch in den Kofferraum und fuhr nach Hause.

»Hast du noch einen weiteren Suizidversuch unternommen?«

Nein, denn ein Ereignis trat in mein Leben, mit dem ich nie gerechnet hätte. Es war der Selbstmord eines Verwandten. Er war hoch verschuldet, dem Alkohol verfallen und hatte eine Geliebte. Doch als auch die ihn aufgrund seiner Trunksucht verstieß und er ein letztes Mal vor ihrer Türe bettelte, dass er sie brauchte, sie ihm aber nicht aufmachte, beschloss er seinem Leben ein Ende zu setzen und warf sich vor einen Güterzug, der mit hoher Geschwindigkeit heranraste. Er ließ fünf Kinder und seine Ehefrau mit den Schulden zurück.

»Das war sicher ein Schock für dich und deine Verwandten. Zufällig hast du auch von dem Selbstmord eines anderen Mannes erfahren, der sich in der Nähe deines Heimatortes vor einen fahrenden Zug warf. Dieses Geschehnis ließ dich lange nicht los.«

Ich fuhr gerade mit dem Zug von der Arbeit nach Hause. Ich hatte am Vortag zu viel getrunken, also wollte ich nicht den Firmenwagen nehmen. Im Abteil saßen noch ein paar andere Mitreisende und ich belauschte aus der Entfernung das Gespräch des Zugbegleiters mit einem Fahrgast, den er kannte.

Zugbegleiter: »Da hat sich schon wieder so ein Idiot auf die Schienen gelegt. Seinetwegen haben wir jetzt Verspätung. Der Triebfahrzeugführer ist ein armer Teufel. Er hat nicht nur einen Schock erlitten, sondern auch noch die Polizei und den Staatsanwalt am Hals.«

Fahrgast: »Glaubst du, dass er schnell tot war?«

Zugbegleiter: »Das ist sicher. Bei so einem Stahlkoloss …«

Müde und leer fuhr ich jeden Tag zur Arbeit, machte diese, so gut ich konnte. Zu alledem kamen die Manager der Konzernzentrale nun auf die Idee, die Filiale umzubauen. Das Foyer wurde weggerissen und erneuert, die Büroräume umgestaltet. Überall wurde gehämmert, gebohrt, geschraubt und gesägt. Staub und Lärm begleiteten meine tägliche Arbeit. Oft konnte ich nicht einmal telefonieren, so laut war es. Außerdem musste ich für die Professionisten immer ansprechbar sein, wenn es zum Beispiel um die Auswahl der Fliesen ging oder die Farbe für die Wände, das Anbringen der Trennwände, die Anschaffung neuer Möbel und anderer Innenausstattungsgegenstände, die Verlegung der PC-Kabel und Leitungen. So kamen zu meinen privaten und beruflichen Problemen noch weitere dazu.

»Bekamst du Hilfe von der Zentrale?«

Die blieb vorerst aus, schließlich wurde ich ja gut genug bezahlt, um diese Situation zu meistern, wie man in der Chefetage meinte. Doch so ging es nicht mehr weiter, das war selbst mir zu viel, obwohl ich ein besessener Arbeiter war. In einer E-Mail an den Konzernchef erklärte ich die

Umstände und bat um Unterstützung. Ab diesem Zeitpunkt trafen wir die notwendigen Entscheidungen gemeinsam telefonisch. Erst als Ratschläge am Telefon nicht mehr ausreichten, um gewisse Dinge zu regeln, besahen sich nach einiger Zeit Vertreter des Konzerns die Probleme vor Ort. Aber da war das Meiste bereits erledigt. Andreas aus der Konzernzentrale regelte von nun an den gesamten Umbau, zumindest was noch übrig war an Maßnahmen, und er kümmerte sich ab sofort auch um Teile des Geschäftslebens. An drei Tagen in der Woche fuhr er von Salzburg nach Graz, um in meiner Filiale nach dem Rechten zu sehen. Ich konnte mich wieder meiner Arbeit widmen und diese zur Zufriedenheit erledigen. Grundsätzlich pflegten wir aber wenig Kontakt zueinander. Ich verweilte noch immer und zum Ärgernis der Zentralleitung in meinem alten Büro im ersten Stock und Andreas war in das Büro des alten Chefs gezogen, das natürlich auch neu eingerichtet wurde. Er überredete mich mit sanftem Druck, das Büro zu wechseln und wieder mit meinem alten Arbeitskollegen Klemens das Büro zu teilen. So war ich nicht mehr allein im Büro. Ich war das gar nicht mehr gewohnt, dass mir jemand gegenübersaß. Es brauchte eine gewisse Zeit, um mit dem neuen Umfeld, den Geräuschen und den Störungen durch andere Mitarbeiter klarzukommen. Doch es funktionierte, wenn auch nur sehr mühsam. Klemens war noch immer so schusselig wie eh und je und versprach dieses und jenes, um dann am Ende händeringend nach Hilfe zu rufen, alles Schiefgelaufene wieder in Ordnung zu bringen, wobei ich versuchte bereits am Anfang aufkommende Probleme zu erkennen und aus dem Weg zu räumen, ob es nun technische oder terminologische waren.

Damit war ich in den letzten Jahren immer sehr gut gefahren, sehr viel Aufwand am Anfang zu investieren, um dafür einen reibungslosen Ablauf bis zum Schluss oder ein schnelles Eingreifen bei unerwarteten Ereignissen zu gewährleisten. Doch schien diese Vorgehensweise nun nicht mehr zu funktionieren. Ich hatte das Gefühl, dass, so viel ich die maßgeblichen Größen, Maße und Konstruktionen auch kontrollierte, es nicht mehr ausreichte, um einen reibungslosen Ablauf sicherzustellen. Immer öfter schlichen sich unerwartete Fehler und Umstände ein, die einen Mehraufwand an Energie und Kraft benötigten, um das Schlimmste zu verhindern. Hinzu kam noch der Umstand, dass die Konzernleitung mich für zwei Wochen nach Salzburg in die Zentrale versetzte, um dort mitzuarbeiten. Das machte mich zusätzlich nervös, da ich es nicht gewohnt war, so weit weg von zu Hause zu sein. Ich war nicht der Reisetyp, den es in neue Gegenden, gar fremde Länder zog. Ich hasste das Kofferpacken, die Ungewissheit, welche Umstände ich am Bestimmungsort antreffen würde, wo ich die Nacht verbringe. Ich bin ein Gewohnheitsmensch, der seine vertraute Umgebung braucht. Das war sicher auch ein Grund dafür, warum es mir nie möglich war, mein Elternhaus zu verlassen, obwohl ich es immer vorhatte. Außerdem hatte ich immer Angst davor, so viel Geld dafür zu investieren, um am Ende keines mehr zu haben. Doch es half alles nichts, ich musste nach Salzburg fahren. Andreas meinte, es täte mir gut. Da sei ich dann einmal weg von zu Hause, von meinen Problemen, und könne etwas Neues erfahren.

Salzburg mit seinem Dom und den Barockbauten und seiner wunderschönen Umgebung gefiel mir, die Arbeit in der Konzernzentrale weniger. Es war Ende August 2008. Der große Urlauberstrom war schon abgeebbt. Ich schlief in meinem Hotelzimmer sogar in einem Himmelbett. Das musste ich unbedingt meiner Frau am Telefon erzählen, dass ich gut angekommen war, komfortabel wohnte und sie jetzt schon vermisste.

An einem dieser Tage zog es mich hinaus an den nahegelegenen Mondsee. Nur mehr wenige Badegäste waren dort. Das Wetter wurde schon merklich kühler. Zu den Erholungsuchenden zählten ein paar Liebespärchen, die sich unter dem großen Badetuch zusammenkuschelten, sich zärtlich ansahen, ins Gespräch vertieft waren oder sich küssten. Ich spürte die Einsamkeit, die mich ummantelte, trotz all der Leute hier. Ich erinnerte mich zurück an die Zeit, als Liebe auch in meinem Leben existierte. An Gundas und meine Verliebtheit, als wir uns kennenlernten. Wie schön war diese Zeit, wie romantisch, und wie glücklich waren wir miteinander. Wir waren uns ebenso nah wie diese Pärchen hier. Was war bloß passiert, dass dies alles der Vergangenheit angehörte? War es meinen Fehlern und Versäumnissen geschuldet? Hatte ich zu oft ja gesagt, in allen Bereichen, obwohl ich nein meinte? Ob zu Hause gegenüber den Eltern, in der Liebe, in der Firma, vor dem Standesbeamten? Wurde ich bestraft, weil ich alles zu genau nahm, mich zu sehr engagierte, mich zu sehr hineinsteigerte in jedwede Sache, um alles richtig zu machen, um keine Fehler zu begehen? Was war falsch gelaufen in meinem Leben? So viele Fragen, so viele Gedanken, so große Kopfschmerzen quälten mich. Ich kaufte eine Flasche Kräuterbitter bei einer Tankstelle, um den Schmerz zu dämpfen. In einem Waldstück konnte ich meine Tränen nicht mehr unterdrücken. Ich brach zusammen und wand mich am Boden. Ich wusste nicht mehr, was ich denken, fühlen, glauben sollte. Ich hielt dieses Leben nicht mehr aus. Ich war allein, einsam und verzweifelt. Es tat unendlich weh.

»Wenn dir etwas wehtut, heißt das, dass du noch nicht abgestumpft bist. Aber nimmst du nicht die Liebe viel zu ernst?«

Sollte man das nicht? Ist die Liebe nicht das höchste der Gefühle, das größte, das die Menschheit kennt? Liebe bedeutet für mich, dass ich meine Partnerin ein Stück auf ihrem Lebensweg begleiten darf. Ich will ihre Verbundenheit und Energie spüren und ich hoffe, dass sie das auch für mich will. Ich zweifle allerdings daran, dass man Verträge braucht, sie zu besiegeln. Nach dem Genuss des Alkohols ging es mir besser und ich gewann meine Fassung wieder, um die nächsten Tage in der neuen Umgebung durchzustehen.

Wieder zu Hause angekommen ging alles wieder seinen gewohnten Gang. Die Arbeit in der Firma, das Familienleben, die nächtlichen Touren. Diese nahmen exzessive Ausmaße an und schienen mir mehr Schaden als Nutzen zu bringen. Ich fühlte mich leer und schlapp. Ich nahm diverse Nahrungsergänzungsmittel ein, von denen ich mir Stärkung erhoffte, hinzu kamen Beruhigungsmittel, Schmerztabletten und dazu der Alkohol. Nicht in rauen Mengen, sondern gerade so viel, um mich wohler zu fühlen.

»Da war ja deine Mutter das beste Vorbild. Sie hatte sich doch auch gerne aus ihrer kleinen Apotheke mit diversen Pillen versorgt, um durchzuhalten. Warst du damals noch intim mit Gunda?«

Ja, aber unser Liebesleben hatte sich stark verändert. Vorher war ein gewisser Rhythmus zu beobachten. Wir schliefen miteinander und das Zusammenleben in den nächsten drei Wochen verlief perfekt. Wir hatten gute Laune und genossen das Leben, und wenn es in der dritten Woche wieder etwas zu kriseln begann, schliefen wir wieder miteinander, womit die nächsten drei Wochen gerettet waren. Das hat die Natur wohl so eingerichtet, dass ein erfülltes Liebesleben jungen Eltern hilft, nicht zu verzweifeln. Zumindest funktionierte es bei uns über ein Jahrzehnt lang so. Es überbrückte die schwierige Zeit der hohen Belastungen beim Aufziehen des Kindes. Von anderen Männern hörte ich immer wieder Klagen, dass ihre Frauen nach der Geburt von Kindern nur noch selten bis gar keine Intimitäten mehr wollten. Die suchten dann woanders nach Sex. Ich hatte also Glück, aber ich brauchte trotzdem zusätzliche amouröse Abenteuer, die meinen Gemütszustand über die drei Wochen im Gleichgewicht hielten. Doch nun schien alles nicht mehr zu fruchten. Auch schlief ich weniger mit Gunda, weil diese fast gar nicht mehr auf ihre Hygiene achtete. Eines Tages nahm ich sie von hinten, als ich während des Akts üblen Geruch wahrnahm, der mir plötzlich alle Lust nahm. Ich ließ von ihr ab und sagte ihr auch weshalb, was sie überhaupt nicht verstand.

»Na und?«, meinte sie nur, ohne auch nur den geringsten Hauch von Scham. »Wir sind verheiratet. Da musst du mich so nehmen, wie ich bin.«

Ich sah Frauen immer als makellose, reine Wesen. In Bezug auf Gunda musste ich meine Auffassung revidieren. Manchmal legte sie ihre Schmutzwäsche im Bad nicht in die Wäschetonne, sondern auf deren Deckel, und nicht selten lugte die gebrauchte Damenbinde noch aus der Unterwäsche hervor, wie ein Dekorationsartikel, als wollte sie mir damit etwas sagen. Das war das letzte Mal, dass ich sie berührte. Die Ausflüge wurden noch unverzichtbarer, ein Ritual, das, wenn ich darauf verzichtete, mir fehlte. Gleichzeitig brauchte ich trotz der Ruhephasen, die ich mir nahm, auch die Gesellschaft der Familie, das Reden über Alltägliches, die Ablenkung von den mich quälenden Problemen, das Spielen mit den Kindern, das gemeinsame Feiern, Essen und Trinken.

»Hat Gunda nie deine Neigung bemerkt?«

Vor allem als ich nicht mehr mit ihr schlief, begann sie sich darüber Gedanken zu machen. Eines Tages stürmte sie in mein Zimmer und fragte mich geradeheraus, ob ich schwul sei. Da ich es nicht bin, sagte ich nein.

Mein berufliches Ende entschied sich im Oktober 2008. Ich wurde mit einer hohen Abfertigung und drei Monaten Urlaub in die Kündigung geschickt. Ich hatte keine Vorstellung, was das für mich bedeutete, schließlich erledigte ich in der letzten Woche noch ganz normal meine Arbeit, so wie immer, und ich wog mich in dem Glauben, ich ginge die nächsten Wochen einfach nur auf Urlaub. Ich wollte es nicht wahrhaben, konnte es nicht glauben, dass man mich fortschickte, wollte es irgendwie nicht akzeptieren. Ich spürte aber plötzlich nicht mehr, zu den anderen zu gehören, sondern ich war ein Fremder. Fast siebzehn Jahre lang hatte ich der Firma mit ganzer Kraft gedient und nun ereilte mich das Aus, nun sah man in mir einen Fremden. Eine kurze Abschiedsfeier, ein paar Geschenke und Händedrücken, dann hieß es auf Wiedersehen. Meine Eltern und meine Familie waren geschockt. Ich selbst begriff erst langsam, dass ich nicht mehr zur Firma gehörte, schließlich hatte ich bis auf Weiteres offiziell Urlaub und kassierte monatlich mein Gehalt, so wie früher. Die erste Woche verging, die zweite, und immer noch war ich in dem Gefühl gefangen, nur Urlaub zu haben und in der nächsten Woche schon wieder an meinem Schreibtisch zu sitzen. Die Gedanken kreisten noch immer um die Firma und meine Arbeit. Gut, mir stand nun kein Firmenauto mehr zur Verfügung und es wurde schwieriger, meine Ausflüge einzufädeln, da Gunda das Auto brauchte, um zur Arbeit zu fahren, und erst am Abend heimkam. Doch wenigstens einer freute sich über meine Anwesenheit – mein Sohn. Endlich war der Papa zu Hause und hatte mehr Zeit für ihn. Nach ein paar Wochen empfand ich auch eine gewisse Aufbruchsstimmung. Endlich konnte ich das machen, was ich schon immer wollte, endlich künstlerisch tätig sein. Auch eine neue

Idee beflügelte mich. Ich wollte mit Waren aus zweiter Hand das große Geld machen, diese Geschäftsidee hatte mich schon immer interessiert.

Aber bevor ich meine Pläne verwirklichen konnte, musste ich investieren, in ein neues Computersystem, in neue Hardware und Software für Videoschnitt und Musik sowie Bücher, Lernvideos und Sprachkurse, um mir das ganze Wissen anzueignen. Geld für diese Investitionen war durch die hohe Abfertigung ja genug vorhanden, und das Internet machte es mir sehr leicht, auch um zwei Uhr früh noch das eine oder andere zu bestellen. Die Pakete kamen fast täglich an. Ich entwickelte eine richtige Kaufsucht. Da, ein Schachcomputer! Na vielleicht lerne ich irgendwann einmal Schach. Ein Solar-Ladegerät für das Handy, man muss auch Strom sparen, und diese Filme und diese Dokumentationen, die wollte ich schon immer einmal sehen. Hier ein Klick und da einer und dieses oder jenes konnte ich auch noch gebrauchen.
»Hast du diese Dinge jemals richtig genutzt?«
Nein. Vieles lagerte noch lange originalverpackt in den Regalen. Doch langsam stapelten sich die Kartons und ich wollte nun auch den umgekehrten Weg beschreiten und etwas verkaufen. Schließlich hatten sich im Laufe der Jahre genug Dinge am Dachboden angesammelt. Ich war wie besessen, alles Technische anzuhäufen. Alles konnte ich gebrauchen. Sogar die alten Computer der Firma, immerhin an die zwanzig Stück mit allem Zubehör, hatte ich mir vor meinem Ausscheiden noch unter den Nagel gerissen. Das Internet erwies sich als tolle Plattform. Doch es war um einiges mühseliger, etwas zu verkaufen, als es zu kaufen, wie sich bald herausstellte. Die Artikel mussten einzeln auf Fehler, Beschädigungen, Sauberkeit und Vollständigkeit geprüft werden, Fotos und Beschreibungen mussten gemacht und das Ganze online gestellt werden. Hinzu kamen noch die vielen Anfragen der Käufer, die, wenn sie nicht in Kürze beantwortet wurden, sehr ungehalten waren. Im Großen und Ganzen blieb nichts übrig von dem großen Umsatz, und wenn, dann fraßen die hohen Kosten und Gebühren den Gewinn auf. Des Öfteren nahmen die Kunden überdies ihr Recht auf Geld-zurück-Garantie in Anspruch, ob-

wohl ich alles einwandfrei bearbeitet hatte. Meine alte Genauigkeit und Überexaktheit, die mir zu Anfang das Arbeiten in der Firma erschwert hatten, kamen wieder zum Vorschein und hemmten mich auch bei meinem neuen Vorhaben. Doch wenn man alles alleine machen muss, dann erfordern die vielen Vorgänge naturgemäß jede Menge Zeit. Hinzu kam noch der Umstand, dass ich eigentlich als arbeitslos gemeldet war und dass meine Aktivitäten möglicherweise nicht erlaubt waren, was mich zusätzlich psychisch belastete. Außerdem hatte ich das starke Gefühl, dass mir die Zeit davonlief. Das erhöhte weiter den Druck auf mich. Ich musste aber einsehen, dass viele der Dinge schon zu alt waren, um noch einen Wert zu haben, wie es eben bei den zwanzig Computern der Firma war. Sie waren nur mehr Elektronikschrott, die ich dann mit Müh und Not herschenkte. Doch ich wollte nicht aufgeben und versuchte es nun mit der Musik, schließlich hatte ich in meiner Kaufwut ja alles dafür eingekauft und eine Menge Geld dafür ausgegeben. Doch auch das schien nicht meine Berufung zu sein. Die Programme waren schwierig zu bedienen, meine Notenkenntnisse sehr beschränkt und vor allem mangelte es mir an der Geduld, die ich anscheinend aufbringen musste, um etwas zu schaffen.

Doch die hatte ich nicht. Nicht mehr. Sie war aufgebraucht, da sie über die vielen Jahre zu sehr beansprucht wurde. In jedem Jahr, das verging, war es dasselbe, halte durch, sagte ich mir, das nächste Jahr wird besser und leichter. Wie ein Mantra wiederholte ich diese Formel immer aufs Neue, es musste doch weitergehen, irgendwann musste mir doch Glück beschieden sein. Wiederholt suchte ich die Schuld an meinem Scheitern in meinem Umfeld. Alle anderen waren daran schuld, an meiner Misere. Meine Eltern, die mich nie losgelassen hatten, und meine Frau, die mich reingelegt hatte. Letzteres wurde immer stärker zu einer fixen Idee. Hinzu kamen die fast täglichen Vorwürfe meiner Eltern und meiner Frau, von den Verwandten und Bekannten, ich würde mich nicht intensiv genug um einen neuen Job bemühen. Ich sollte einmal im Leben kämpfen. Doch wer war wirklich schuld? Ich wusste es nicht mehr. Alles und alle schienen sich gegen mich verschworen zu haben, selbst wenn ich wieder einmal im Wald spazieren ging, empfand ich manchmal die Natur als meinen Feind, der es auf mich abgesehen hatte. Ihre Schönheit dünkte mich nur ein Trugbild. Und doch versuchte ich diese Auszeiten im Freien zu genießen. Es gelang mir nicht mehr in dem Maße wie früher. Es war aber die einzige Möglichkeit, das zu tun, was ich schon als Jugendlicher machte, wenn sich Probleme auftaten. Flüchten. Ich sog von dem Gefühl der Freiheit, das ich draußen empfand, ein so viel wie möglich und versuchte es festzuhalten, ganz fest. Am liebsten hätte ich es in einer Blechdose eingefangen und gut verschlossen, um es bei Bedarf wieder herauszuholen, wie bei einer Konserve. Doch nach ein paar unbeschwerten Stunden im Wald kam jedes Mal die Erkenntnis, wieder nach Hause zu müssen. Nach Hause … Wo war das denn? Dort, wo meine Eltern stritten, dort, wo meine Frau auf mir herumhackte, dort, wo die ganzen Probleme wohnten? Ich verlor in dieser Zeit den Halt, denn ich hatte niemanden, dem ich mich anvertrauen konnte. Es hatte den Anschein, dass jeder gegen mich war, selbst meine Frau.

Einmal umarmten wir uns intensiv, so innig, und ich fing bitterlich an zu weinen, ich heulte meine Not heraus und wünschte mir inständig, dass sie mich verstand, dass sie mir sagte, dass sie mich liebte und dass ich gebraucht werde. Doch es kam keine Reaktion. Sie hielt mich zwar, aber mehr war es nicht. Keine tröstenden Worte, kein Streicheln über den Kopf. Und die Liebe, die gab es längst nicht mehr. Ich habe mich damals sehr geschämt dafür, dass ich weinte.

»Du hast dich vor deiner Partnerin geschämt, obwohl sie dich doch verstehen müsste?«

Ja. Ich habe mich damals schweigend von ihr gelöst und ging in mein Zimmer. Ich habe es abgeschlossen und im Dunkeln weitergeheult. Vielleicht war das damals bereits das Ende unserer Beziehung, ich weiß es nicht. Von nun an führten wir nur mehr ein Leben nebeneinander. Eine Pro-Forma-Ehe, wegen des Kindes und wegen des Anscheins in der Gesellschaft. Jeder ging seiner Wege und hatte den anderen vergessen. Nur das Nötigste wurde zusammen unternommen. Als Familie traten wir nur nach außen auf und versuchten Einigkeit zu zeigen. In Wahrheit war alles zu Ende. Es war vorbei, die Situation verfahren.

Auch Gunda spürte das und verstieg sich des Öfteren sogar zu dem grausamen Satz: »Ich wünschte, du wärst nicht mehr hier, du wärst tot, dann käme ich wieder zur Ruhe.«

»Hat Gunda jemals zugegeben, dass sie absichtlich schwanger wurde?«
Das hat sie, und es war ihr egal, denn sie war auf der sicheren Seite. Bei einer Scheidung hätte nur sie gewonnen.

»War das der Schlusspunkt in eurer Beziehung?«
Ja, aber nun wollte ich aus Trotz mit einem Knall untergehen, wollte endlich alles nachholen, was ich lange Jahre versäumt hatte. Ich bin nie eine Beziehung mit einer anderen Frau eingegangen, vielleicht auch deshalb, weil es mir sehr schwerfiel, Kontakte zu knüpfen. Die Bekanntschaft zu Gunda hatte sich ja durch viel Glück ergeben. Doch wenn ich an meine Schulzeit zurückdachte und die vielen missglückten Anläufe, ein Mädchen kennenzulernen, während andere ihre Freundinnen wechselten wie ihr Hemd, da kam ich mir ganz schön blöd vor. Warum war ich so schüchtern damals? Warum hatte ich meine Ängste nicht überwunden? Warum ging ich seinerzeit nicht wie die anderen auf jede Party oder zu dieser Disco? Ich lebte damals wirklich hinter dem Mond. Das Außenseitergefühl aus jenen Tagen stieg wieder in mir auf, das Empfinden, nicht dazuzugehören, nicht das erlebt zu haben, was die anderen erlebten. Auch nicht die heißen Abenteuer damals auf der Maturareise auf Mallorca, bei dem Wet-T-Shirt-Contest oder in der Nacht am Sandstrand, wo es hoch herging. Da war ich nicht dabei, sondern schlenderte alleine irgendwo herum, um dann früh schlafen zu gehen. Genau diese Zeit, alles Versäumte, wollte ich nun nachholen, aber ich wollte nicht ewig auf eine Frau warten müssen, so mit Ansprechen, Einladen, ewig Ausgehen usw., um dann vielleicht zum Zug zu kommen. Diese Zeit hatte ich nicht. So wurden Bordelle, Swingerclubs und Laufhäuser zu meiner zweiten Heimat. In den Bordellen und Laufhäusern musste ich nicht auf die Frauen zugehen, die kamen von selbst. Ein Glas Sekt, etwas plaudern, trotz mancher Sprachschwierigkeit, dann den Preis aushandeln und ab in das Zimmer für eine

halbe Stunde, damit ich endlich mit den anderen Männern gleichziehen und sagen konnte: Ja, ich, ich hatte auch viele Frauen.

»Hast du diese Abenteuer genossen?«

Leider nicht, ich bin eben anders. Die Anbahnung der Bekanntschaften funktionierte ganz gut, aber wenn es auf dem Zimmer ernst wurde, war das manchmal eher eine Qual. Mir fehlte manches bei der ganzen Sache. Erstens die Zeit. Ich fühlte mich ständig unter Druck, die bezahlte halbe Stunde nicht zu überschreiten. Zweitens vermisste ich das Küssen, die Zärtlichkeit, die liebevollen Gefühle. Das war alles nicht echt, auch wenn ich versucht war, es mir bei mancher Frau einzureden. Rein, raus, anziehen und weg, wenn es überhaupt funktionierte, denn so manchen Akt musste ich abbrechen, sosehr sich die Frau auch bemühte, mich zu animieren. Die männliche Lust war eben nicht so einfach auf Kommando zu steuern. Natürlich hatten diese Abstecher den Reiz des Abenteuers, wenn auch eines bezahlten. Doch am Ende stand ich wieder allein da. Musste nach Hause, wo meine Probleme auf mich warteten, daran änderten auch ein paar Minuten fadenscheinigen Glücks nichts. Es blieb alles beim Alten, außer dass sich der Stress noch vergrößerte, da ich meine Aktivitäten verstecken musste. Nicht dass mich am Ende noch jemand erkannte vor dem Lokal. Schließlich kam ich zu der Erkenntnis, dass mich diese Eskapaden nicht weiterbrachten, und auch das Geld war im Nu weg.

Ich suchte nach etwas anderem, das mir Befriedigung verschaffte. Und ich erkannte, dass ein Ausbruch aus meiner deprimierenden Lage nur mit viel Geld möglich war. Um diesem Käfig, in dem ich gefangen war, dem Gefängnis meines Elternhauses und meiner Ehe, der lästigen Ehegatten-Vater-Pflicht, zu entfliehen, brauchte ich Kapital. Ich verfiel auf die Idee, mit Glücksspielen zu Reichtum zu gelangen. Pech in der Liebe, Glück im Spiel, so wie es in dem alten Sprichwort heißt. Wenn es danach ging, winkten mir Unsummen. Lotterie, Gewinnlose, Roulette und Spielautomaten bestimmten fortan mein Leben.

»Du hast dich in diese Traumwelt gestürzt, um der Realität zu entkommen. Die unsinnige Hoffnung trieb dich an, du könntest noch einmal so viel Glück haben wie damals, als du sechs warst.«

Das war im Jahre 1976 in einer Tabaktrafik. Damals erlaubte mir meine Mutter, ein Gewinnlos aus dem Behälter zu ziehen, die Mutter bezahlte. Ich gewann fünfzig Schillinge. Alle in der Trafik waren erstaunt und gratulierten mir. Vielleicht hat sich damals der Gedanke in mir festgesetzt, immer Glück im Spiel zu haben.

»Noch ein zweites Mal kamst du als Kind unverhofft zu Geld.«

Ja, das war im örtlichen Kino. Da gab es ein Foyer mit Tresen, an dem Süßes und Knabbergebäck an die Kinobesucher verkauft wurde. Ein paar Filmplakate hingen an der Wand. Gegenüber vom Tresen stand ein Zigarettenautomat. Die Bedienung, ein Gast, mein Vater und ich waren anwesend. Während mein Vater mit der Bedienung flirtete, ging ich zum Zigarettenautomaten. Eine Weile starrte ich ihn an, dann drückte ich den Knopf für die Geldrückgabe. Plötzlich prasselte jede Menge Kleingeld aus dem Automaten, als hätte ich bei einem einarmigen Banditen im Casino gewonnen. Die Anwesenden starrten mich erstaunt an. Ich war vor lauter Schreck zurückgewichen. Da nahm mein Vater ein paar Münzen und gab sie mir, den Rest nahm die herbeigeeilte Bedienung.

»Und dieses Glück hast du nun als Erwachsener auf die Probe gestellt?«

Es war wie eine Sucht. Einmal kaufte ich Hunderte von Losen zu einem ungeheuren Preis und schloss mich damit in mein Zimmer ein. Die Lose aufzureißen oder aufzurubbeln dauerte längere Zeit und war ganz schön anstrengend.

»Du gingst auch ins Casino und fühltest dich wie ein berühmter Geheimagent.«

Stimmt. Das Flair des Casinos erinnerte mich an Agentenfilme. Eigentlich störte mich ja das Tragen von Abendkleidung. In Anzug, Hemd und Krawatte fühlte ich mich stets unwohl. Das hatte ich in der Firma immer gehasst, wenn ich als Betreuer unseres Messestands tätig war. Damals beneidete ich oft die Frauen in der Ausstellungshalle, die kein enges Hemd tragen mussten und Krawatte dazu. Aber zur Atmosphäre des Casinos passte die Abendrobe. Wie furchtbar wäre es, wenn da Jeans und Poloshirts Einzug halten würden. So war alles perfekt. Ja, so wie in den Agentenfilmen. Mein Name ist D., John D. Der, der immer gewinnt, der immer jede Frau kriegt. Gefesselt beobachtete ich die Menschen, wie sie gebannt auf das Rouletterad starrten, ob denn nun die Kugel bei der von ihnen gesetzten Zahl einlochte. Die anderen, die mit kleinen Taschenbüchern bewaffnet jede Zahl mitschrieben, um irgendwie zu errechnen, welche Zahl nun logischerweise folgen müsste. Dann die Leute bei den Automaten, bei denen, wenn das Glück ihnen hold war, das Geld aus dem Münzauswurf nur so prasselte. Dieses Geräusch erinnerte an die einschlägigen Filme über Las Vegas. Ebenso die gut betuchten Männer, die Frauen auf ein Glas Sekt oder sogar Champagner oder zu einem guten Essen einluden inmitten des ganzen Treibens.

»Doch bald folgte die bittere Erkenntnis. – Rien ne va plus.«

Ich setzte viel Geld ein, um noch mehr zu verlieren.

»Aber da hat sich noch eine ganz andere Geschichte im Casino ereignet, nicht wahr?«

Sie hat sich mir bis in alle Einzelheiten eingeprägt. Ich hatte damals wirklich etwas gewonnen. Kaum zu glauben, aber ich gewann einen Gratiseintritt für zwei Personen ins Casino mit der großen Chance, ein Cabrio im Wert von sechzigtausend Euro zu gewinnen. Endlich ein eigenes Auto, hoffte ich, endlich unabhängig von meiner Frau meiner Wege gehen zu können. Ich hatte vor, im Falle meines Gewinnes das teure Cabrio zu veräußern, um mir einen günstigeren Wagen zu kaufen, und dann wäre vielleicht noch etwas Bargeld übrig geblieben. Es war ein Donnerstag und Gunda konnte nicht mitkommen, da sie in der Firma lange arbeiten musste. Somit hatte ich auch kein Auto, um ins Casino fahren zu können, und lud deshalb meinen Arbeitskollegen Klemens dazu ein. Erstens ging er gerne ins Casino und zweitens wurde ich von ihm ohne Stress dorthin chauffiert. Nach der Anmeldung beim Eintreten und zum großen Gewinnspiel betraten wir den Spielsalon. Auf mich warteten verschiedene Aufgaben, die ich lösen musste, um im Gewinnspiel um das Auto weiterzukommen. Ich musste beim Poker eine höhere Karte haben als der Croupier und beim Glücksrad auf das richtige Symbol setzen. Dann bei einem Autorennen auf der riesigen Modellrennbahn unter die besten Zehn kommen. Das alles schaffte ich wie durch ein Wunder. Auch die nächste Aufgabe bewältigte ich. Es wurden zwei Zahlen aus einem Trichter gezogen und wenn diese mit den Endzahlen auf der Einladung übereinstimmten, kam man eine Runde weiter. Zwischendurch gab es immer längere Pausen, in denen man sich frisch machen oder etwas trinken konnte. Da ich ständig auf das Gewinnspiel achten musste und Klemens nicht zumuten wollte, ständig neben mir zu bleiben, ging er seiner Wege im Casino, spielte Roulette oder sah mir gelegentlich bei meinen Versuchen zu, eine Runde weiterzukommen. Und in diesem ganzen Trubel, in dieser großen Menschenmenge, sah ich plötzlich sie. Wie aus dem Boden gewachsen stand sie unverhofft vor mir. Da ich mich so auf das Spiel konzentriert hatte, hatte ich ihre Gegenwart bisher gar nicht bemerkt. Sie meldete sich zu Wort, als es zu Unstimmigkeiten bei einem Spiel kam und nicht ganz ersichtlich war, ob ich weiterkam oder nicht. Ich diskutierte mit dem Spielleiter, beharrte auf meinem Standpunkt. Da trat sie als Zeugin hinzu, gab mir Recht und bestätigte, alles gesehen zu haben.

»Du hast auf dein Recht gepocht und dich endlich einmal zur Wehr gesetzt? Das war ein Fortschritt.«

Ja, ich habe es gewagt. Als sie sich meldete, drehte ich mich um und sah sie an. Ein schlankes Mädchen, klein, hübsch, mit blonden Haaren und strahlendem Gesicht, so hell wie alle Lüster im Casino zusammen. Als ich sie ansah, ging ein regelrechter Ruck durch mich. Irgendetwas rührte sie in mir an. Doch das geschah unbewusst. Ich konnte kaum einen klaren Gedanken fassen.

»Hey, was war denn los mit dir?«

Ich weiß nicht. Ich stand wie angewurzelt vor ihr, gefühlt schienen es Stunden zu sein, die ich sie anstarrte. Doch dann versuchte ich mich wieder zu fangen. Irgendwie fühlte ich mich wie ein Vollidiot, der anscheinend noch nie eine hübsche Frau gesehen hatte. Das konnte ich nicht so stehen lassen. Ich lächelte sie an, doch zu mehr kam es nicht, denn das nächste Spiel startete und ich musste zur Spielstation gehen. So verloren wir uns aus den Augen. Auf dem Weg zur nächsten Station ging sie mir nicht aus dem Kopf, doch ich musste mich nun auf das Spiel konzentrieren. Ich wollte ja gewinnen.

»Um jeden Preis?«

Das Cabrio winkte ja, und mit ihm meine Unabhängigkeit. Dann gab es wieder eine längere Pause und ich wollte zu den Spielautomaten gehen, um dort mein Glück zu versuchen. So oder so wollte ich unbedingt als Gewinner an diesem Abend aussteigen. Auf dem Weg dorthin traf ich sie wieder. War es nur reiner Zufall, dass wir uns über den Weg liefen, oder hatte ich das Gefühl, dass sie mir folgte? Ich wusste es nicht. Es war auch egal. Wir kamen ins Gespräch. Sie war mit ihrer Schwester hier, die auch eine Einladung ins Casino gewonnen hatte, aber bereits ausgeschieden war. Sie stammte auch aus der Steiermark und war zweiundzwanzig Jahre alt. Es war schon lange her, dass ich mich in der Nähe einer Frau so gut gefühlt hatte. Wir unterhielten uns so vertraut, als würden wir uns schon länger kennen und alles wissen vom anderen. Uns umgab so ein Kraftfeld, eine besondere Energie. Die Leute um uns, der ganze Raum schien zu verschwimmen, die Geräusche schienen leiser zu werden, sodass wir jedes Wort des anderen deutlich hören konnten. Das nächste Spiel wurde eingeläutet und ich musste wieder zu einer anderen Spielstation.

Ich fragte sie noch erwartungsvoll: »Bist du noch länger hier?«

Sie bejahte und sagte: »Ich warte auf dich.«

»Doch diese letzten Worte gingen leider beim Aufruf zum nächsten Spiel unter, du hörtest sie nicht, nicht wahr?«

Ja, so war es und ich musste zum nächsten Spiel. Aber wir trafen uns tatsächlich noch ein drittes Mal. Wir begegneten uns vor den Stufen, die abwärts zu einer Lounge führten. Ich war hin- und hergerissen von der Situation. Einerseits wollte ich mich auf das Spiel konzentrieren, auf den Gewinn hinarbeiten, um endlich wieder frei und unabhängig zu sein, aber andererseits strömten intensive, bisher so nicht gekannte Gefühle durch meinen Körper. Ich wollte ihr einfach etwas bieten.

Darum fragte ich sie: »Willst du etwas trinken?«

Sie antwortete mit leicht gesenktem Kopf und schüchterner Stimme: »Nein.«

»Möchtest du Roulette spielen?«

Sie hob den Kopf und sah mir in die Augen und antwortete wieder schüchtern: »Nein.«

Ich wusste, was sie wollte.

»Nur dich.«

Ohne ein Wort zu sagen, nahm ich ihre Hand und wir gingen die Stufen zur Lounge hinab. Wieder war alles so vertraut und dennoch geheimnisvoll. Wärme hüllte uns ein. Wir versuchten ein ruhiges Plätzchen zu finden. Wir fanden auch eines, wenn auch nicht ganz ungestört, denn manchmal huschten Personen an dem Raum vorbei. Unsere Körper berührten sich. Wir sprachen kein Wort. Wir wollten uns nur fühlen. Nur unsere Hände waren in Bewegung und strichen sanft über den Körper des jeweils anderen. Ich streichelte ihr durchs Haar, atmete ihren Duft.

»Habt ihr euch geküsst?«

Nein. Seltsamerweise wollte ich nicht mehr von ihr haben. Es war schon so eine Fülle, die ich jetzt fühlte. Das war ein großes Geschenk. Vielleicht war ich aber trotz des berauschenden Gefühls mit der ganzen Situation überfordert. Mir spukte im Hinterkopf noch immer das Gewinnspiel herum. Irgendwie sah ich mich schon im Cabrio dahinbrausen – mit ihr. Gemeinsam fuhren wir ins Grüne, wo wir an einem einsamen Seeufer ein Picknick genossen. Und daneben bedrängten mich tausend andere Gedanken, die die Überschrift »Gunda« trugen. Wie sollte das, was hier so zart begann, weitergehen? Wäre ich in der Lage, neben meiner Beziehung zu Gunda eine Liebe mit einer anderen Frau zu beginnen? Sicher, unsere Zeit war bereits abgelaufen, aber noch waren wir verheiratet. Nur eine Scheidung hätte einen Schlussstrich ziehen können.

»Hattest du Angst vor einer Scheidung?«

Ja, enorme Angst. Für mich stand alles auf dem Spiel. Ich konnte alles verlieren. Alles, was ich im Laufe unserer Ehe angeschafft hatte, mein ganzes restliches Geld. Meine Zukunft nach einer etwaigen Scheidung sah ich düster: Ich würde auf der Straße landen und um Almosen betteln und auf meiner Stirn würde jeder den Stempel »Geschieden« wahrnehmen. Ich befürchtete als Versager, als Ausgestoßener behandelt zu werden. Auch wehrte sich alles in mir bei dem Gedanken, wie ein Verbrecher vor dem Richter zu stehen und bestraft zu werden, abgestraft für die Liebe zu einem anderen Menschen. Scheidung war deshalb ein Horrorszenario für mich.

»In einem Scheidungsprozess zieht einer immer den Kürzeren. Da heißt es: Alles, was Sie sagen oder tun, kann vor Gericht gegen Sie verwendet werden. Aber damit, dass du in der Ehe unglücklich warst, hast du trotzdem in der Öffentlichkeit nicht hinter dem Berg gehalten.«

Stimmt. Als Eleonore, eine Schwester Gundas, einige Zeit nach uns geheiratet hat, habe ich ihrem Mann mein Beileid ausgesprochen.

»Wie hat er reagiert?«

Er brachte kein Wort heraus, so verdutzt war er.

»Wie ging es im Casino weiter? Was habt ihr ausgemacht?«

Wir haben nichts ausgemacht. Schweigend, wie wir die Stiegen runtergingen, gingen wir sie wieder empor. Oben angekommen wollte ich sie noch fragen, wie wir in Kontakt bleiben könnten, doch da störte uns ihre Schwester. Allein deren Blick sprach Bände. Nach dem Motto, was will denn meine junge Schwester mit diesem alten Typen mit Brille und Halbglatze? Ich bemerkte ihre unausgesprochene Abwehr und ließ das Mädchen meiner Träume los. Ihre Schwester drängte sie, endlich nach Hause zu fahren, und tänzelte ungeduldig auf ihren glänzenden schwarzen High Heels herum. Sie gingen fort, aber meine Fürsprecherin drehte sich noch einmal zu mir um. Ihr Blick war traurig, oder drückte er Enttäuschung aus? Vielleicht nahm sie irrtümlich an, dass sie nicht die Richtige für mich wäre, dass ich kein Interesse an ihr hätte? Wenn sie nur die Wahrheit gekannt hätte …

»Du hättest wenigstens nach ihrer Telefonnummer fragen sollen. Deine Ehe mit Gunda war doch längst vorbei. Kein Wunder, dass du dich zu dieser jungen Frau hingezogen fühltest, bei der du Geborgenheit spürtest und von der du dich angenommen fühltest.«

Ja, das hätte ich machen sollen, wie so vieles, was ich damals hätte tun sollen, aber unterlassen habe. Meine Ehe war nicht mehr zu kitten. Ich hätte Gunda verlassen sollen. Unsere Situation war ohnehin verfahren und wir beide blieben nur wegen des Kindes zusammen. Ein Fehler, denn die Probleme machten auch vor dem Kind nicht Halt. Dann ist dieses Mädchen gegangen und ich habe sie nie mehr wiedergesehen. Ich Idiot hatte sie nicht einmal nach ihrem Namen gefragt. Eine zweite Chance habe ich nicht bekommen.

»Und das Gewinnspiel?«

Ich ging leider leer aus. Das Auto gewann ein anderer. Ich zehrte noch lange von diesem Abend, von den unglaublichen Gefühlen, die er in mir geweckt hatte. Die Erinnerung hat bis heute nichts von ihrer Kraft verloren. Am Samstag bin ich dann alleine noch einmal ins Casino gefahren. Ich hoffte sie noch einmal zu treffen, aber sie war nicht da. Ich verspielte all mein Geld, das ich mithatte. Dann fuhr ich zum nahen Autobahnparkplatz, wo ich mich umzog und ein Abenteuer suchte. Ich suchte Trost in dem Gedanken, dass die Zeit alle Wunden heilt.

»Was für ein Irrtum. Die Zeit heilt viele Wunden, aber sie fügt auch neue zu.«

Ich fühlte mich am Ende. Keine Hoffnung auf einen neuen Job, denn die Angebote des Arbeitsamtes hatte ich alle abgelehnt, um endlich meine Träume erfüllen zu können und als Selbstständiger das machen zu können, was ich wollte, endlich zeigen zu können, was ich konnte. Endlich wollte ich mir nicht mehr von einem Vorgesetzten oder von Kollegen sagen lassen, dies und jenes machte ich schlecht, ich sei ein Streber und alle meine Anstrengungen seien vergeblich. Mir schwebte vor, eine Arbeit zu finden, die mich erfüllte und glücklich machte. Es gibt sie doch, solche Tätigkeiten, oder etwa nicht? Viele Schauspieler sagen gerne in Interviews, dass sie sich auf die nächste Rolle irrsinnig freuen. War es zu viel verlangt, dass ich auch diesen Anspruch hatte?

»Deine Spielsucht konntest du nach diesem Vorfall unterdrücken. Du hast eingesehen, dass dich das nicht weiterbrachte. Anderen Verführungen hast du jedoch nicht widerstanden.«

Ich ersetzte die Spielsucht durch die Fresssucht. Tabletten- und Alkoholabhängigkeit kamen hinzu. Wenn ich eine Tour mit dem Auto plante, war Alkohol allerdings tabu und es gelang mir darauf zu verzichten.

»Ja, ein S hast du immer gebraucht: Spiel, Süßes, Sex, Schnaps und Stoff. Sogar zum Frühstück gab es schon Kuchen, Schokolade und Tabletten. Wozu dienten deine Süchte?«

Es war der Versuch, mich an irgendetwas festzuhalten. Dabei war es in Wahrheit eine Flucht aus der Realität. Sie entwurzelten mich immer mehr. Manche Tage verbrachte ich betrunken in meinem Zimmer. Ich saß am Boden, angelehnt an der Wand. Überall lagen Unmengen von Verpackungen von Schokolade und anderen Süßigkeiten herum. Leere Kräuterbitter- und Eierlikörflaschen rollten zu meinen Füßen. Aber meinen Kräuterbitter brauchte ich, um das ganze Zeug irgendwie zu verdauen und meine Koliken zu lindern. Am liebsten hätte ich mir den Finger in den Mund gesteckt, um mich meines Mageninhalts zu entleeren, aber beim Brechen litt ich meist starke Schmerzen und mein Kreislauf sackte so weit ab, dass ich Angst davor hatte.

»Nicht selten bist du nach einem Schluck zur Seite gekippt und es hat dich gewürgt. Das Wimmern half dir auch nicht weiter, aber wenigstens bist du regungslos liegen geblieben und gabst Ruhe.«

»Von der einen Sucht konntest du dich aber nicht trennen.«

Diese Sucht ist in mir, ich brauche keinen Alkohol, keine Zigaretten, keine Drogen, ich bin selbst die Droge, sie ist in mir, von Geburt an.

»Sucht ist Suche. Du versuchst das Glück da zu finden, wo es nicht ist.«

»Warum hast du keinen neuen Job angenommen, mit dem du dir deinen Lebensunterhalt verdienen konntest?«

Um nicht meinen Anspruch auf mein monatliches Notgeld vom Arbeitsamt zu verlieren, musste ich mich ja auf neue Jobs bewerben. Aber es waren eher Alibibewerbungen. In der Hoffnung abgeschickt, als Bewerber nicht genommen zu werden. Und wenn ich doch einmal zu einem Vorstellungsgespräch eingeladen wurde, erzählte ich dort gleich meine Lebensgeschichte, was natürlich nicht gut ankam, denn so einen Versager brauchte keiner in seiner Firma, wird sich der eine oder andere Personalchef gedacht haben. In Wahrheit wollte ich aber auf eigenen Füßen stehen. Ich wollte etwas Eigenständiges schaffen, selbst einmal etwas zustande bringen, aus eigener Kraft. Vielleicht war es das Problem, dass ich die mir vorschwebenden Projekte ganz alleine verwirklichen wollte, weil ich keinem anderen vertraute, weil ich meinte, dass ein eventueller Mitstreiter das Vorhaben nicht aus so vollem Herzen verfolgen würde wie ich, oder auch weil ich Angst hatte, dass er mich mit seiner Leistung einmal überflügeln würde. Ich weiß es selbst nicht genau.

Monate vergingen und der Druck auf mich stieg. Zwischendurch musste ich vom Arbeitsamt organisierte Schulungen absolvieren. Sie zwangen mich, eine Zeit lang einen geregelten Lebensrhythmus aufzunehmen, und verhalfen mir zu einem Kraftschub. Frühes Aufstehen, feste Arbeitszeiten, regelmäßiger Feierabend, dieser künstliche Büroalltag verlieh meinem Leben vorübergehend Halt. Immer wieder nahm ich mir vor: So, jetzt suchst du dir endlich eine sichere Arbeitsstelle.

Doch dann siegte erneut die Begeisterung für ein künstlerisches Projekt. Versuche es doch noch einmal mit der Fotografie, sagte ich mir, damit kann man heutzutage im Internet Geld verdienen. Also kaufte ich eine hochwertige Kameraausrüstung, die wieder eine Stange Geld kostete. Die Summe, die ich als Abfertigung erhalten hatte, war schon beträchtlich zusammengeschmolzen. Aber egal, ich bezog ja Arbeitslosengeld und mit dem Geld, das ich mit der Fotografie im Internet verdienen konnte, wäre es mir möglich, mir vieles zu leisten, so hoffte ich. Doch wie schon bei meinem ersten Versuch vor vielen Jahren, die Fotografie zu meinem Beruf zu machen, kam auch diesmal das große Aber. Die komplexen Anforderungen an die künstlerische Fotografie überforderten mich. Ich lud die geschossenen Bilder bei einer Agentur hoch. Dann die Enttäuschung. Von zehn Bildern wurden gerade einmal zwei angenommen, der Rest entsprach nicht der geforderten Qualität, zeigte bereits zur Genüge fotografierte Motive oder eignete sich nicht für die angesprochene Zielgruppe. Weiters wurde wegen der geringen Qualität auch mein Upload-Zugang auf zwei Bilder pro Tag begrenzt, was mich noch mehr daran hinderte schnell weiterzukommen. Doch ich gab nicht auf, fotografierte weiter.

»Auch andere Kunstprojekte aus der Vergangenheit nahmst du wieder auf.«

Ich knüpfte an frühere künstlerische Versuche an. Der Vorteil bei der ganzen Sache war, dass diese Projekte bereits vorlagen, sie schon fertig waren und nur noch einmal neu aufgearbeitet zu werden brauchten. Ich hatte sie bei früheren Versuchen schon einmal bei großen Wettbewerben in Linz und in München eingereicht. Leider hatte ich abschlägige Bescheide erhalten. Eine Begründung gab es damals nicht. Waren meine Schöpfungen zu einfach gestrickt? Zu wenig neu? Passten sie nicht in das Programm des Wettbewerbs? Ich fand diese spezielle Morphingtechnik, die ich mit einem Programm an meinem alten Computer anwendete, sehr interessant. Dabei wurde ein Videobild von einer Kamera in Streifen abgetastet, und wenn man sich vor der Kamera bewegte, formte sich ein eigenes Bild, das mit den Bewegungen harmonierte. So konnte jeder selbst kreativ werden und sich interaktiv sein eigenes Bild erschaffen.

»Hast du nie daran gedacht, eine eigene Ausstellung – eine Vernissage – zu veranstalten?«

Doch, ich habe meine Projekte tatsächlich ausgestellt. Ich fand einen Kurator, der mir einen kleinen Raum in Graz zur Verfügung stellte. Ich hoffte auf diese Weise künstlerisch Interessierte auf meine Projekte aufmerksam zu machen. Bei der Vorbereitung legte ich mich sehr ins Zeug, denn schließlich mussten meine Werke in dem Raum wirkungsvoll in Szene gesetzt werden. Gezeigt wurde mein Morphingprojekt »Metamorphosis«, von dem auch große Ausdrucke die Wände einnahmen, sowie ein anderes Projekt auf Grundlage eines ähnlichen Verfahrens, in dem aus einer schwarzen elliptischen Form vor einem weißen Hintergrund sich bei Trommelklängen eine menschliche Gestalt entwickelt. »Black« hieß dieses Werk. Auch dieses Projekt fand ich total spannend.

»Hast du die Ausstellung im Alleingang organisiert?«

Ja, ich wollte und konnte aber auch keine Hilfe annehmen. Was das Niveau meiner Projekte betraf, war ich mir bisweilen nicht ganz sicher, und Kritik hätte ich nur schwer ertragen, zu viel Zeit, Arbeit und Herzblut hatte ich in sie investiert.

»War die Ausstellung auch ein finanzieller Erfolg?«

Das wäre schön gewesen. Es war das Gegenteil davon. Vor allem kostete sie mich Mühe. Während der Öffnungszeiten musste ich die meiste Zeit anwesend sein, um den Computer zu bedienen, wenn sich jemand dafür interessierte – wenn überhaupt jemand kam.

»Hast du deine Familie, deine Verwandten und Bekannten zu der Ausstellung eingeladen?«

Nein. Ich fürchtete negative Reaktionen. Womöglich hätte wieder jemand gesagt, so wie damals mein Vater: »Was soll der Mist? Suche dir gefälligst eine anständige Arbeit und vergeude deine Zeit nicht für diese sogenannten Projekte!«

Auf solche Kommentare wollte ich verzichten. So sah ich auch davon ab, meine Verwandten und Bekannten einzuladen, denn keiner von ihnen interessierte sich ernsthaft für Kunst. Ich wollte eine neutrale Publikumsschicht ansprechen, offene Menschen ohne Vorurteile.

»Auch Gunda hast du nicht gebeten zu kommen?«

Nein, denn sie war derselben Meinung wie mein Vater. Wahrscheinlich hätten ihre Kommentare mich noch mehr geschmerzt als die der anderen, wie so vieles, wofür sie mich kritisierte.

»Hast du alles selbst finanziert?«

Ich habe eine schöne Stange Geld in das Projekt gesteckt. Miete und Stromkosten fielen an, und der Kurator verlangte auch ein Honorar. Nach drei Wochen gab ich das Projekt auf, da einfach zu wenige Interessenten kamen und der Aufwand sich für mich nicht lohnte. Schließlich musste ich jeden Tag mit dem Zug nach Graz fahren. Da waren schon einmal zwei Stunden Fahrzeit weg.

Zwischendurch besuchte ich wieder Kurse vom Arbeitsamt. Das waren Pflichttermine, aber zugleich hoffte ich auch, hier eventuell eine nette Bekanntschaft zu machen. Eine Gleichgesinnte zu finden, die mein Schicksal teilte, eine Frau zum Verlieben, das wäre schön gewesen. Doch leider ergab sich nichts, obwohl viele junge hübsche Mädchen an den Seminaren teilnahmen, so schön schlank und gepflegt.
»Du wolltest eine Affäre beginnen?«
Nein, keine Affäre, das Wort klingt total negativ. Ich wollte jemanden kennenlernen, der mir Wärme gab in dieser Zeit, den ich berühren, spüren konnte, einfach um zu wissen, dass da noch Leben in mir ist, noch Gefühl. Doch ich hoffte vergeblich darauf, kein Wunder bei meiner krankhaften Schüchternheit, und außerdem belastete mich ja auch noch der Hintergedanke an Gunda. Wie sollte das laufen, eine neue Liebe neben ihr zu begründen? Es würde auf ein ewiges Versteckspiel, Ausreden, Fluchten in die Arme der anderen hinauslaufen, ein typisches, belastendes Dreiecksverhältnis. Sollte es so aussehen? Nein, das war nicht mein Wunsch, das konnte ich nicht, das hätte ich nicht verkraftet. Es wurde immer enger um mich. Ich fühlte mich umgeben von hohen Mauern, die ich nicht zu überwinden vermochte.

»Hat Gunda nie um eure Liebe gekämpft?«
Doch, aber auf ihre eigene Art und Weise, indem sie einen Putzwahn entwickelte und sich in die Esoterik flüchtete. Oft stand sie bereits um sechs Uhr früh auf, um mit dem Putzen zu beginnen. Die Küche, das Bad, die Toilette, das Wohnzimmer, der Vorraum, das Schlaf- und das Kinderzimmer sowie das Vorhaus und die siebzehn Stufen hinunter ins Parterre wurden auf das Penibelste gereinigt. Unzählige Putzmittel kamen dabei zum Einsatz, von der Neutralseife bis zum Alkohol-Fenster-Reiniger, von der chlorhaltigen Flüssigkeit bis zur Ceranfeldputzlotion. Geputzt wurde mit Unmengen von alten Lappen, Mikrofasertüchern, Schrubbern, Fens-

terwischern, Bürsten und sogar einer Zahnbürste. Die Abflussrohre im Bad und in der Küche wurden regelmäßig auf das Kleinste zerlegt und in Chlorlösung eingelegt. Wasserfestes wanderte in den Geschirrspüler. Am liebsten hätte sie alles, was nicht niet- und nagelfest war, in die Spülmaschine getan, damit es blitzblank wurde.

»Hast du ihr beim Putzen geholfen?«

Ich war ihr zu langsam. Sie putzte ja mit System und wollte deshalb nicht, dass ich ihr helfe. Außerdem beeinträchtigte mich der Geruch nach Chlor zu stark, nicht auszuhalten. Ich registrierte auch das Wahnhafte an ihren Putzorgien. Wer zerlegt schon den ganzen Abfluss, wenn man das Innenleben gar nicht sieht? Sie gab mir vor allem das Gefühl, ein Hindernis bei ihren Reinigungsaktionen zu sein. Immer war ich irgendwo im Weg, wenn sie gerade mit dem Besen daherkam, um die Spinnweben zu entfernen, oder wenn sie mich vom Sessel aufscheuchte, um die Vorhänge herunterzunehmen. Bei so einem Großputz stellte sie eines Tages auch die Möbel im Wohnzimmer um. Den großen Kasten dorthin, die Kommode hierhin, die Couch etwas schräg gerückt. Neue Vorhänge in einer anderen Farbe durften auch nicht fehlen, ebenso wie andere Dekorationsartikel für die Wand und für die Fensterbank. Die vielen Orchideen bekamen in der Zwischenzeit eine Erfrischung unter der Dusche und wurden so vom lästigen Staub befreit.

»Konntest du dir auf ihr Verhalten einen Reim machen?«

Nein. Sie war früher nicht so. Zwar musste der Haushalt immer sauber und rein, die Teppiche gesaugt und der Boden aufgewischt sein. Die frischgewaschene Kleidung musste gut riechen und faltenfrei sein, obwohl sie nur wenige Kleidungsstücke bügelte. Sie nahm sie einfach sehr nass aus der Waschmaschine, um sie dann knitterfrei aufzuhängen. Das Trocknen dauerte zwar deshalb etwas länger, da wir keinen Wäschetrockner hatten, aber dafür brauchte sie die Sachen nicht zu bügeln.

»Die Putzsucht war ihre Art zu fliehen. Ihr Versuch, das Leben zu ordnen und sauber und rein zu halten. Doch das konnte nicht gelingen. Vielleicht wollte sie mit ihrem Fleiß auch deine Anerkennung erringen. Doch du hast ihre Bemühungen wenig geschätzt, kein lobendes Wort für sie gefunden. Jeder, der fleißig ist und etwas leistet, freut sich über eine Bestätigung, und sei es nur ein kleines Wow. Du hast es an dir selbst erfahren, was es heißt, kein Lob für seine Anstrengungen zu ernten, sondern stattdessen nur noch mehr Arbeit aufgebürdet zu bekommen, immer und immer mehr, nach dem Motto: Der schafft das sowieso locker. Bis du am Ende unter der Last zusammenbrichst. Warum hast du sie nicht gelobt, so wie damals, als du ihr im Jahrbuch deine Anerkennung ausgesprochen hast?«

Ich war so mit meinen Problemen beschäftigt, so am Boden, dass ich keine Kraft mehr hatte, mich viel um das Wohlergehen anderer zu sorgen. Es wäre eine Höflichkeitsfloskel gewesen, die nicht aus ganzem Herzen kam und nicht meiner vollen Überzeugung entsprach. Es war mir nicht wichtig. Meine Gedanken kreisten unentwegt um meine Zukunft. Wie sollte es weitergehen? Wie fand ich in mein Leben zurück? Welche Chancen boten sich mir noch auf dem Arbeitsmarkt als Einundvierzigjähriger? Die goldenen Jahre waren vorbei. Die Zeiten, in denen ich mehr verdiente, als ich zurzeit an Notgeld beziehe. Und in der Gesellschaft anderer fühlte ich mich aufgrund meiner prekären Lage auch nicht mehr wohl, weshalb ich mich immer mehr zurückzog.

»Wieso fühltest du dich in Gesellschaft anderer unbehaglich?«

Wenn wir bei Freunden zu Besuch waren oder Bekannte auf der Straße trafen, kam das Gespräch oft bald auf die Wirtschaftskrise und die hohe Arbeitslosigkeit. Davon fühlte ich mich total betroffen, obwohl mich niemand persönlich angreifen wollte, so wie es meine Eltern taten, aber es kam doch jedes Mal das Gefühl einer großen Schuld in mir auf, die mich verfolgte. Ich wurde an den großen Druck erinnert, der auf mir lastete. Ich zerfleischte mich selbst: Ich war schuld an meiner Misere, an meinem Scheitern auf meiner ersten Arbeitsstelle und an der Ergebnislosigkeit bei meiner Arbeitssuche. Mich allein traf die Schuld, dass meine Eltern mich mit Missachtung straften.

Und ich war auch schuld daran, dass wir einen Sohn gezeugt hatten und dass ich nun nicht die Kraft aufbrachte, in ausreichendem Maße für ihn da zu sein. Ihm Zeit und Aufmerksamkeit zu schenken, die Kinder so dringend brauchen, damit sie sich umsorgt und behütet fühlen und sich unter der Obhut der Eltern frei entfalten können. Nicht um Geld, nicht um das Kaufen eines neuen Computerspiels für Simon ging es, sondern darum, ihm Liebe, Geduld und vor allem die Zeit zu schenken, ihm das Leben zu zeigen.

»Schau her, mein Sohn. So funktioniert das Leben! Hättest du das gerne zu ihm gesagt?«

Ja, wenn du dich anstrengst, wenn du Mut hast, dann kommst du weiter. Das hätte ich ihm gern vermittelt. Aber ich war ja selbst noch nicht so weit, brach ja selbst fast unter der Last meiner Probleme zusammen. Ich wusste vom Leben, trotz meines Alters, wenig. Ich fragte mich immer noch, wohin es gehen sollte, was ich nun anfangen sollte, wie ich wieder einen Job finden könnte, bei dem man nicht gleich mit dem Finger auf mich zeigt.

»Ha, ha, bei dem reicht's nur zum Straßenkehrer! So ein armer Hund! Haben dir das nicht immer deine Eltern eingeredet?«

Sie haben es mir immer so prophezeit. Wenn ich nicht lernen würde, würde ich als Hilfsarbeiter enden. Einer, auf den die Leute zeigen. Der die Drecksarbeit machen muss, den Müll von der Straße wegräumt. Du wirst als Nichtsnutz enden, haben sie mir damals gepredigt, wenn du nicht lernst, lernst, lernst.

»Du hast es dir zu Herzen genommen und gelernt. Und jetzt sitzt du trotz deines Abschlusses auf der Straße und versuchst mit Tabletten, Alkohol und deinen Abenteuern deine Welt zusammenzuhalten. Gunda hat es auf andere Weise für sich versucht. Sie wandte sich der Esoterik zu.«

Auch dies war eine Art Flucht aus der schmerzlichen Realität. Hinein in das Geheimnisvolle, das Unerklärliche. Am Anfang stand ihr Interesse für die Homöopathie. Globuli hier, Notfalltropfen da. Ich muss zugeben, dass einige der Mittel wirklich halfen. Ignatia und Aurum bei innerer Unruhe. Aconitum, Belladonna und Echinacea bei einem grippalen Infekt und so weiter. Die Hausapotheke wuchs mit der Zeit in einem Maße an, dass wir schon selbst eine hätten aufmachen können. Wohl an die dreißig Fläschchen fanden im Badezimmerschrank ihren Platz. Am meisten freute sich sicher der Apotheker, der mit uns einen guten Umsatz machte. Aber es ging noch weiter: Bald hielten Engelskarten, Engelsamulette, Engelskreise, Engelsbücher und Engelsdüfte in unserem Haus Einzug. Dann folgten Behandlungen mit Pendeln und Energiearbeit durch Handauflegen, denen sie sich unterzog. Sie schleppte auch unseren Sohn und mich von einer Sitzung zur anderen, bis ich stopp sagte. Ich hatte genug davon. Das An-mir-Herumtasten, das Anfassen durch fremde Menschen und die Gespräche, die wir jeder für sich alleine mit einem Energetiker führten. Ich sah den Sinn dieser Behandlungen nicht mehr ein und außerdem kostete das eine schöne Stange Geld. Geld, das wir nicht mehr hatten. Unser Sohn verstand weniger, sich zu wehren, und musste die meisten Sitzungen über sich ergehen lassen.

»Gunda ging auch zu einem Wahrsager, um Auswege aus der Krise zu finden, nicht wahr?«

Tatsächlich machte sie einen Termin bei ihrem Energiestudio aus. Es kam ein Wahrsager aus Russland, dem sie sich anvertraute. Wie ich später erfuhr, hat er sie mit einem Pendel »untersucht«.

Gunda: »Und was sehen Sie anhand des Pendels?«

Russe: »Ich sehe, dass der Kummer Sie niederdrückt. Sie haben Schmerzen und Enttäuschungen erlitten. Ich sehe Ihre Flucht in die Arbeit und Ihren Wunsch nach Reinigung und Ihr Streben nach Harmonie und Glück in der Familie. Doch ich sehe keinen Mann in Ihrem Leben.«

»Oha, der letzte Satz hatte es in sich! Er hätte dir als Warnung dienen können. Doch ihr habt auch irdische Hilfe in Anspruch genommen, um eure Ehe noch zu retten, und eine Paartherapie begonnen.«

Allerdings, doch die dauerte nur fünfzig Minuten. Das Eröffnungsgespräch verlief in einer eigentümlichen Atmosphäre.

Therapieleiterin, an mich gewandt: »Bitte sagen Sie jetzt Ihrer Frau, was es ist, was Sie an ihr stört.«

Überrumpelt sah ich die Therapieleiterin an und fing zögernd an zu sprechen: »Was soll ich sagen … Mir fällt im Moment nichts dazu ein. Sicher gibt es viele Problempunkte und …«

Die Therapeutin unterbrach mich und wies mich in schroffem Ton zurecht: »Sagen Sie es nicht mir, sagen Sie es Ihrer Frau.«

Diese Situation überforderte mich. Ich bemühte mich, einige Punkte zusammenzutragen: das viele Putzen, die vielen unnützen Ausgaben für das Haus, obwohl ich ihr immer predigte, dass sie sich begrenzen sollte. Schließlich gehörte es mir noch gar nicht, ich war noch nicht im Grundbuch eingetragen, und wenn es ganz unglücklich ausging, konnte ich von meinen Eltern auf die Straße gesetzt werden und würde dann mit Nichts dastehen, ohne Arbeit, ohne Geld, ohne Auto, ohne Bleibe, ohne Lebensgrundlage. Da wollte ich lieber, dass wir das Geld für später sparten.

»Die Paartherapie endete also im Fiasko.«

Mir war einfach die Leiterin zu aggressiv, zu provokant mir gegenüber. Ich fühlte mich als Mann angegriffen von ihr. Womöglich hatte sie gerade selbst die gleichen Probleme gehabt und wollte ihre Befindlichkeit nun an mir auslassen. So versuchte ich in der Sitzung nur das Nötigste zu sagen und hoffte, dass diese fünfzig Minuten schnell vorübergingen.

»Doch das Kapitel ›Eheretten‹ war noch nicht zu Ende.«

Es war kurz vor Weihnachten im Jahr 2010, als meine Mutter einen schweren Schlaganfall erlitt. Zuvor hatte sie bereits einige leichtere überstanden. Es war ein Ereignis, das uns alle in ein tiefes Loch stürzen ließ, wobei mein Sturz eher einem freien Fall in einen Abgrund glich. Nun hatte ich also nicht nur meinen Beruf verloren, war gescheitert mit meinen Versuchen, selbstständig zu werden, in der Beziehung kriselte es, mein Sohn hatte es in der Schule sehr schwer, meine Neigung schien noch das Restliche dazu beizutragen, und dann auch das noch. Meine Mutter war damals siebenundsiebzig Jahre alt, sie lag im Koma, diesmal sah es wirklich nicht gut für sie aus.

»Wie hast du dich gefühlt?«

Es war eine Katastrophe für mich, meine Mutter in der Intensivstation zu sehen, das Gesicht eingefallen, der Mund einseitig so verzogen, dass es nicht möglich war, ihr ihre dritten Zähne in den Mund zu geben. Niemand hatte sie bisher in einem solchen Zustand gesehen. Sie war immer eine attraktive Frau gewesen, bis zuletzt mit gepflegten langen Haaren, perfekt geschminkt und die Kleidung war der letzte Schrei. Ihr Leben lang ist sie auf hochhackigen Schuhen gegangen. Sie hatte nur zwei Paar flache Schuhe, die Hauspantoffeln, wenn auch mit etwas Absatz, und die Schuhe für die Gartenarbeit. Man kann sich vorstellen, dass meine Mutter keinen Sport betrieb, und wenn mein Vater sie wieder einmal zu einer Wanderung mitnehmen wollte, ging sie nicht mit, weil sie kein passendes Schuhwerk hatte, denn flache Wanderschuhe waren ihr nicht modisch genug. So blieb sie sehr zum Leidwesen meines Vaters lieber zu Hause. Sie war eine Frau, die sich gern präsentierte, wobei ihr die hohen Absätze zugutekamen. Doch jetzt war das alles vorbei. Es war fraglich, ob sie je wieder aus dem Koma erwachen würde. Doch sie schaffte es, aber damit war noch lange nicht alles wie früher. Es war noch immer ungewiss, ob sie sich so weit erholen würde, dass sie nicht auf fremde Hilfe angewiesen sein würde. Aus diesem Grund wurde in unserem Haus bereits alles für die Pflege eines bettlägerigen Patienten hergerichtet. Ein spezielles Krankenbett wurde angeschafft und aufgebaut, ein Rollstuhl besorgt und eine Rampe am Hauseingang angebaut. Den Abschluss bildete der Kauf einiger Kartons Windeln und eines Rollators. Der Rollstuhl stand im Wohnzimmer. Jedes Mal wenn ich staubsaugte, sah ich dieses Ding und ich hatte so eine Wut darauf. Nein, es durfte auf keinen Fall sein, dass sie für immer an dieses Monstrum gefesselt war. Sie schaffte es ganz sicher, wieder eigenständig zu gehen und selbst einige Wege zu erledigen. Am liebsten hätte ich dieses Ding genommen und aus dem Fenster geworfen vor lauter Verzweiflung.

»Du hattest Angst um deine Mutter. Zu den vielen Problemen, die du hattest, kam noch ein weiteres dazu. Du spürtest noch mehr Druck, littest noch mehr. Wie hat Gunda sich verhalten?«

Sie hat meine Mutter gepflegt, sich um sie gekümmert, für sie gekocht, sie gefüttert und beim Duschen und Haarewaschen geholfen. Mein Vater hat die Amtswege erledigt und das Haushaltsgeld verwaltet.

»War es nicht ein Liebesbeweis von Gunda, dass sie deine Mutter pflegte? Eine schöne Geste? Sie hätte sich dem ja auch entziehen können oder sagen, dass ihr eine externe Hilfe holen sollt. Hast du ihr nie für ihre Hingabe gedankt?«

Wie schon gesagt, ich war am Ende. Diese ganzen Probleme, dieser ganze Leidensweg hatten mich bis aufs Äußerste erschöpft. Es war in mir einfach kein Platz mehr für andere Empfindungen. Das Fass war voll. Es war so voll, dass es bereits überlief und der totale Zusammenbruch drohte. Ich spürte nur mehr Druck. Das ist, als wenn du zum Essen eingeladen bist und es gibt lauter gute Sachen und du möchtest nicht unhöflich sein und probierst alles, obwohl du längst satt bist, und wenn es einen Nachschlag gibt, dann isst du, weil man deine Widerrede nicht ernst nimmt, doch noch etwas, obwohl du nicht mehr kannst. Und dann spürst du diese Spannung im Bauch, so als würde er jeden Moment platzen. Du fühlst, wie er sich immer weiter dehnt, und versuchst das drückende Gefühl mit ein paar Kräuterlikören zu betäuben. Und du ärgerst dich, weil du dich hast überreden lassen, so viel Essen in dich reinzustopfen, und weil du nicht den Mut gehabt hast, eindeutig Nein zu sagen, nur so ein halbherziges Nein, das von der Gastgeberin sofort weggewischt wurde. Zu Hause ärgerst du dich dann und schimpfst dich einen Idioten, einen Versager, und das nächste Mal, das schwörst du dir, wird alles anders.

»Glaubst du das wirklich?«

Nein. Es wird sich nichts ändern. Ich habe nie gelernt, nein zu sagen. Und was Gunda betraf: Sicher wollte ich ihr dafür danken, doch ich tat es nicht. Es sträubte sich alles in mir, sie zu sehr zu loben. Ich hatte Angst, dass sie dadurch noch stärker wuchs, mich noch stärker in die Enge drängte. Dass das schon alles an Erpressung grenzte.

Dass Gunda glaubte: »Ich sorge für deine Mutter und dafür musst du mit mir weiterleben.«

Das konnte ich nicht zulassen. Es wäre mein Ende gewesen.

»Besserte sich der Zustand deiner Mutter?«

Sie hat sich sehr gut erholt. Das Gesicht wurde etwas runder, die Zähne hatten wieder Platz. Sicher war sie abgemagert bis auf die Knochen, aber wir versuchten mit speziellen Mitteln und Pulvern sie wieder zu kräftigen. Den Rollstuhl und das Krankenbett hat sie Gott sei Dank nicht gebraucht. Diese Dinge wurden zurückgegeben. Sie erholte sich sogar so weit, dass sie wieder selbst den Haushalt führen konnte, sie ging spazieren, auf Geburtstagsfeiern oder zu Pensionistentreffen. Sicher würde sie nie mehr so sein wie früher, aber das machte nichts. Dass sie kein Pflegefall wurde, war mir das Wichtigste. So kam es, dass Gunda sich nun weniger um sie kümmern musste, anderes trat wieder in den Vordergrund – unsere Ehekrise.

»Habt ihr euch nie ausgesprochen?«

Doch, aber vielleicht haben wir zu wenig miteinander gesprochen oder zu viel über die falschen Dinge.

»Gab es Streit?«

Wir stritten sehr selten, wenn ich darüber nachdenke. Vielleicht dreimal in den langen Jahren unserer Ehe.

»Das ist ungewöhnlich.«

Ich konnte nicht streiten, obwohl sie es immer wollte und mich manchmal herausforderte, auch wenn es nur zum Spaß war.

Wie oft sagte sie zu mir: »Komm, lass uns ein bisschen streiten, nur so zum Spaß.«

Ich verstand nicht, was daran lustig sein soll, wenn man streitet. Es ging nicht. Es war ein Versprechen, das ich mir selbst gegeben hatte. Damals im Kinderzimmer auf meinem Bett mit meiner Katze im Arm, als ich die Eltern im Erdgeschoss streiten hörte. Wenn man sich liebt, streitet man nicht. So ging ich jedem Streitgespräch, so gut es ging, aus dem Weg und wählte die Flucht, wenn ein Wortwechsel zu eskalieren drohte. Ab und zu hat sie mir einen Zettel unter meiner Tür durchgeschoben, auf dem sie mir eine gute Nacht wünschte, oder mich einlud, wenn ich noch Lust zum Kuscheln hätte, dass ich herzlich willkommen wäre. Wie oft bin ich auf dem Rückweg vom Bad in mein eigenes Zimmer an unserem Schlafzimmer vorbeigegangen. Die Tür stand einen Spalt weit offen. Ich sah, wie sie im Bett lag und las. Früher war das immer eine Aufforderung zum Liebemachen. Doch jetzt? Was bedeutete das jetzt? Ich stoppte für ein paar Sekunden und sah sie durch den Spalt an. Ich dachte an früher, als alles noch so schön war. Da gab es kein langes Überlegen, wir taten es einfach. Und wir genossen es, schließlich lernten wir beide voneinander, wie wir den anderen zu berühren hatten. Es gab keine großen Probleme, keine Vorurteile, keine bösen Worte. Es gab nur uns und unser gemeinsames Leben. Und jeder Tag war schön. So schien es mir jedenfalls in der Erinnerung. Doch jetzt schüttelte ich den Kopf, die Tränen rannen mir über die Wangen und ich ging wie fast jeden Abend weinend ins Bett.

»War das das Ende?«

Es gab nur einen Ausweg: Ich musste die Mauern durchbrechen, die mich umschlossen. Doch wie sollte das aussehen? Ausziehen und getrennt voneinander leben? Dafür war ich viel zu feige und überdies wollte ich klare Verhältnisse. Die Scheidung? Was für ein Wort, so endgültig wie das Wort Kündigung. Aber die innere Kündigung hatte ich ja bereits vollzogen. Jetzt musste die Konsequenz daraus gezogen werden.

»Der Gedanke an Scheidung war für dich deshalb so schwer, weil er schlimme Erinnerungen in dir wachrief.«

Ich entsann mich einer Situation, als ich acht Jahre alt war. Wir saßen damals in der Küche am Tisch und meine Eltern teilten mir mit, dass sie sich scheiden lassen wollten. Sie versuchten mir zu erklären, dass es mit den Auseinandersetzungen zwischen ihnen so nicht weitergehen konnte. Ich sah nur verstört von meiner Mutter zu meinem Vater und versuchte mir vorzustellen, was das für mich bedeuten würde. Zu zweit, nur mit einem von ihnen zu leben? Wobei sich auch die Frage stellte, zu wem ich hätte ziehen sollen?

Meine Mutter: »Selbstverständlich lebst du bei mir, John, nicht wahr?«

Mein Vater: »Natürlich ziehst du zu mir, wir beide hätten viel mehr Spaß.«

Ich sah sie nur mit großen Augen an, nahm dann ihre Hände und legte sie aufeinander. Dann sagte ich zu ihnen: »Tut nicht so dumm. Bleibt bitte zusammen und alles wird gut.«

Bis heute finde ich es erstaunlich, dass ich das damals tat und dass sie sich meine Bitte schließlich zu Herzen nahmen.

»Und in deiner eigenen Ehe widerfuhr dir ein Déjà-vu-Erlebnis.«

Ja, ich hielt schon nach acht Jahren Ehe die Zeit für gekommen, endlich einen Schlussstrich zu ziehen. Auch wir saßen damals am Küchentisch. Alle drei. Auch wir versuchten seinerzeit Simon zu überzeugen, dass eine Trennung das Beste für uns alle wäre. Und genau wie ich vor vielen Jahren nahm unser Sohn unsere Hände, legte sie aufeinander und sagte: »Tut nicht so dumm. Bleibt bitte zusammen und alles wird gut.«

Wie ein Stromschlag trafen mich damals seine Worte. Ich bekam kaum Luft. Ich konnte es nicht fassen, dass ich diese Situation fast bis ins Detail schon einmal erlebt hatte, nur in der Rolle, die Simon jetzt einnahm. Seine Bitte bewirkte, dass ich noch etliche weitere Jahre durchhielt.

»Bis die Trennung nicht mehr zu umgehen war …«

Es war der 1. Jänner 2012. Es begann das Jahr, in dem der berühmte Maya-Kalender endet, der für das Ende jenes Jahres den Weltuntergang prophezeit. Der traf zwar nicht ein, aber mir wäre er nur recht gewesen. Dann hätte mit einem Schlag aller Schmerz ein Ende. Viele sprachen aber auch davon, dass der Kalender einen Neubeginn markierte, und so entschloss ich mich, es genauso zu sehen, und bezeichnete das Jahr 2012 als meinen Neubeginn. Gunda und ich führten das erste längere Gespräch seit Langem miteinander und es drehte sich um Details unserer Scheidung. Wir zogen auch Simon hinzu, damit er sich ein Bild machen konnte, dass alles einvernehmlich verlief, und wir versicherten ihm, dass er keine Angst zu haben brauchte, einen Elternteil zu verlieren. Mama und Papa würden sich auch nach der Trennung noch gernhaben und in Verbindung bleiben. Wie und wann die Scheidung stattfinden sollte, wollten wir auf uns zukommen lassen. Zuerst wollten wir uns über alle Formalitäten informieren. Ich machte zudem eine Bestandsaufnahme aller Güter, die aufgeteilt werden sollten. Weiters wollte Gunda für die von ihr geleisteten Investitionen dreißigtausend Euro haben, was mir eindeutig zu viel war. Da bestand noch Verhandlungsbedarf. Die Bestandsaufnahme war eine Qual für mich. Die Küche und einen Großteil der anderen Einrichtung sollte ich behalten, die Kühltruhe, die Mehrzahl der Bücher, der

Videorekorder und DVD-Player, der Rasenmäher und so weiter sollten ihr gehören. Die Teilung war deshalb so schlimm für mich, weil sie quasi die Trennung vorwegnahm und ich den Schmerz darüber nun so stark spürte. Das gehört dir, das gehört mir. Ich verzweifelte fast, war wütend vor Trauer, aber es musste sein. Zu all dem Gram kam noch, dass bei mir bei einem psychologischen Gespräch beim Arbeitsamt ein Burnout festgestellt wurde. Nach all den Jahren, in denen ich vergeblich nach der Ursache meiner schlechten Verfassung geforscht hatte, hieß die Diagnose nun Burnout. Das konnte ich nicht einmal laut sagen, denn jeder schien heute diese Krankheit zu haben. Manche sahen in der Bezeichnung auch ein Modewort für psychische Erkrankungen. Es hatte auch diesen schlechten Beigeschmack, dass es meistens die Leute betraf, denen eine Arbeit nicht so wichtig war. Und jetzt kam noch der Ausnahmezustand, den unsere Scheidung bedeutete, dazu. Aufgrund all dieser schweren Belastungen wurde ich für Jänner 2013 für eine stationäre Rehabilitation für psychische Erkrankungen in einer Klinik in Kärnten vorgemerkt.

Doch zunächst war noch die Scheidung zu überstehen, die am 15. Oktober 2012 vollzogen wurde. Da standen wir nun vor der Richterin und sie schied uns im Namen der Republik. Die nächsten zweieinhalb Monate lebten wir weiter wie bisher zusammen. Doch es war bei den Besuchen ihrer Familie nicht mehr dasselbe. Ich hatte das Gefühl, nicht mehr dazuzugehören, auch wenn Gundas Angehörige mir versicherten, dass alles wie früher war. Doch das war es nicht. Auch das Spielen mit den Kindern fand ein Ende. Der Lieblingsonkel konnte nicht mehr. Ich fühlte mich gestrandet wie auf einer einsamen Insel. Gunda zog dann mit unserem Sohn im Jänner 2013 in eine neue Wohnung, nur einen Kilometer weit von unserer ursprünglichen Wohnung entfernt. Was empfand ich nun? Ein Gefühl der Befreiung? Ich konnte es nicht einordnen. Sollte ich mich nicht freuen, dass ich endlich alleine war? Oder was sollte ich fühlen? Ich wusste es nicht. Es war, als ob ich in der Luft hing, ich war unsicher, in welche Richtung es gehen sollte. Manchmal dachte ich sogar, dass es nun so sein wird wie früher zwischen Gunda und mir, in der Zeit, als wir uns kennengelernt hatten. Wir waren beide frei und konnten aufeinander zugehen, wenn wir wollten, aber das war nur eine große Illusion, die ich bald verwarf. Ich half noch beim Umzug in die neue Wohnung mit, was das Verhältnis zwischen uns sicherlich erleichterte. Auch die aufmunterten Worte meiner nunmehrigen Exfrau, dass ich immer zu ihr kommen könne, wenn ich es zu Hause nicht mehr aushielt, waren sehr hilfreich. Den Geburtstag von Simon, am 18. Jänner, feierten wir bereits in ihrer neuen Wohnung zusammen mit meinen Eltern. Es fühlte sich alles so normal an. Der Abschied von Gunda und Simon fiel mir dann unerwartet schwer, denn nun musste ich zurück in die alte Wohnung, in die ich jahrelang immer so schweren Herzens heimgekehrt war.

Nun war dieses Heim fast leer. Nur mehr meine wenigen Sachen standen vereinzelt in den Zimmern. Die Blumenstöcke waren von den Fensterbänken verschwunden, die Anrichten und Regale quollen nicht mehr über von Erinnerungsstücken und in der Hausapotheke waren gerade einmal einige abgelaufene Arzneimittel vorhanden, die ich noch entsorgen musste. Freie Flächen und Leere beherrschten die Wohnung.
»Hast du nun das Putzen übernommen?«
Anfangs versuchte ich es noch, doch bald gab ich es auf. Ein Grund dafür war der starke Schmutz, den ich aus der Wohnung meiner Eltern zu mir nach oben trug. Meine Mutter konnte nach dem Schlaganfall nur noch mit großer Anstrengung putzen und mein Vater verweigerte sich dieser Aufgabe und schob sie ausschließlich seiner Frau zu: »Nur Frauen putzen«, meinte er.
Ihm machte es nichts aus, wenn der Teppich voller Schmutz war und der Boden schon eine klebrige Schicht aufwies. So gab ich mit der Zeit das gründliche Reinigen auf. Nur wenn die Spinnweben überhandnahmen, tote Insekten und Brösel den Boden zu stark verunzierten, nahm ich den Staubsauger oder Wischlappen in die Hand. Dann überwand ich diese Starre, vor allem wenn der Boden schon sehr klebrig war und reinigte ihn mit Fensterreiniger. Und erst wenn sich das Geschirr in der Küche, im

Wohnzimmer und sogar am Boden türmte, räumte ich den Geschirrspüler ein. Auch staubsaugte ich so schnell wie möglich, um möglichst wenig Lärm zu machen. Am liebsten tat ich das, wenn mein Vater nicht zu Hause war. Da fühlte ich mich freier und ich konnte auch den Elternhaushalt mitsaugen, ohne dass er ständig irgendwo um mich herumschwänzelte.

Ich ließ meine Wohnung lange in diesem leeren Zustand. Ich fühlte eine gewisse Befreiung. Die Räume schienen mir nun viel größer als vorher zu sein. Es hat lange gebraucht, bis ich die Kraft hatte, gewisse Gegenstände, wie Vorhänge oder die Nägel der einstigen Bildergalerie, zu entfernen. Weiters stand mir nun auch kein Auto mehr zur Verfügung, aber ich konnte es jederzeit ausleihen, um meine nächtlichen Touren zu unternehmen, und diese Möglichkeit nutzte ich nicht zu knapp, denn ich wollte vor meinem Kurbeginn am 30. Jänner noch so richtig meine Freiheit genießen und die Erinnerung an meine Abenteuer dann festhalten. Wer weiß, was mich in der Klinik erwartete, so abgeschieden, fünfzig Kilometer von zu Hause weg. Was sollte ich denn da dreiundvierzig Tage lang tun? Und hoffentlich bekam ich ein Einzelzimmer. Denn mit jemand anderem zusammenwohnen, hätte ich nicht verkraftet.

Der Tag vor der Abreise war da. Ich packte den Koffer. Ich war total verzweifelt und überfordert von der Situation. Musste ich mich wirklich in die Klinik in Behandlung begeben? Was hatte ich denn verbrochen, dass die Ärzte so entschieden hatten? Und nun war auch noch der Koffer kaputt und es war bereits halb eins in der Nacht. Es war zu spät, um meine Eltern nach deren Koffer zu fragen, da sie schon schliefen. Ich nahm ein paar Beruhigungspillen, um endlich zur Ruhe zu kommen, schlief ein paar Stunden und fragte dann um sechs Uhr früh meine Eltern nach dem Koffer. Die waren Gott sei Dank schon auf. Das Umpacken ging schnell und meine Exfrau fuhr mich in die Klinik. Ich war so nervös, dass selbst sie das bemerkte und auch auf dem Klinikgelände dicht bei mir blieb. Schließlich war ich in keiner guten Verfassung mehr. Die letzten Jahre, die Probleme mit den Eltern und in meiner Familie, die Arbeitslosigkeit, meine erfolglosen Versuche, selbstständig zu werden, meine Flüchte in Alkohol, Tabletten,

Glücksspiel, meine geheimen Abenteuer und nun diese neue Stresssituation, das war zu viel für mich. Sie bemerkte meine Angst, nahm sogar meine Hand und beruhigte mich. »Es wird alles gut«, sagte sie, während ich bei der Anmeldung stand und mit zittriger Hand die Formulare ausfüllte. Dann die Erlösung: ein Einzelzimmer. Gott sei Dank. Es lag zwar in der Nähe des Schwesternzimmers, aber das stellte vorerst kein Problem dar. Dann verließ mich meine Exfrau und ich war alleine in meinem neuen Zuhause auf Zeit. Ich saß lange auf meinem Bett und starrte auf den offenen Koffer. Die meisten Medikamente hatte ich abgeben müssen. Ein paar behielt ich sicherheitshalber als eiserne Reserve, man weiß ja nie.

Dann die erste ärztliche Aufnahme, die Anamnese. Ich erzählte von meiner Kindheit, dass ich die meiste Zeit bei der Großmutter verbracht hatte, von den schwierigen Verhältnissen in meinem Elternhaus, den Schlägen, der Außenseiterrolle in der Schule, der Ehe mit Gunda, dem ungewollten Kind, der Arbeitslosigkeit, der Scheidung und so weiter. Meine Süchte erwähnte ich nicht, vor allem nicht die eine.

Dann ging ich wieder zurück in mein Zimmer. Beim Mittagessen wurden wir in Tischgruppen eingeteilt. Außer mir zählten drei ältere Männer zu meiner Gruppe, darunter ein Professor für Chemie. Wir fanden uns von Anfang an alle sehr sympathisch. Vorsichtig schlossen wir Bekanntschaft miteinander. Natürlich verhielt sich jeder von uns etwas zurückhaltend. Was durfte der andere erfahren und was nicht? Wie weit sollte man sich öffnen? Das musste jeder von uns erst ausloten. Dann hatten wir Freizeit und es zog mich unbedingt ins Freie, um festzustellen, dass ich nicht gefangen war, dass ich hinauskonnte, wann immer ich wollte. Als die elektrische Schiebetür aufging, war ich wirklich erleichtert. Es funktionierte. Ich war in keiner geschlossenen Anstalt eingesperrt. Am Abend wohnte ich einer Informationsveranstaltung bei, bei der die Fachkräfte vor allem um eines baten.

»Bitte nehmen Sie aktiv teil, meine Herrschaften«, sagte der Primar vor den Neuen. »Wenn Sie sich verschließen, vergeben Sie sich viele Chancen.

Sie werden sehen, es wird Ihnen vieles leichter fallen, als wenn Sie dagegen ankämpfen.«

Die erste Nacht im neuen Zuhause. Ich machte kein Auge zu, konnte nicht schlafen. Um ein Uhr früh wollte ich im Schwesternzimmer meine Beruhigungspillen holen, die ich dummerweise abgegeben hatte. Die bekam ich nicht, da sie abhängig machten, wie ich nun erfuhr. Ich erhielt andere, die diese Nebenwirkung nicht hatten.

Der Morgen brach an. Auf das Frühstück folgte die erste Gruppenbesprechung, das Vorstellen der männlichen und weiblichen Gruppenmitglieder. Die Gruppenleiterin war darauf bedacht, dass jeder nur so viel sagte, wie er wollte. Dann schloss sich die Besprechung der Pläne und Tagesabläufe an. Wir erfuhren, wie lange wir außer Haus bleiben konnten und in welchen Abständen wir nach Hause fahren durften. Die darauffolgende Freizeit verbrachte ich mit meinen neuen Kollegen. Wir redeten über alles Mögliche. Dann ging jeder wieder auf sein Zimmer.

Wir alle waren von Depressionen betroffen, jeder auf seine eigene Art und Weise. Die Ursachen hierfür waren vielfältig. Sie reichten von Alkoholsucht, dem traumatischen Ereignis des Verlusts eines Kindes über den Selbstmord des Bruders oder den Selbstmordversuch der Schwester. Ein anderer war wegen seines, wie er selbst sagte, von oben vereitelten Selbstmords hier. Er hatte sich mit Benzin übergossen und wollte sich mit einem Feuerzeug anzünden, doch das Feuerzeug war durch das Benzin nass geworden, so dass kein Funke erzeugt werden konnte. Seit diesem Tag malte er Engel. Ein Weiterer war durch totale Überarbeitung krank geworden, weil er nicht nein sagen konnte. Wir alle waren etwas müde vom vielen Zuhören und den vielen auf uns einprasselnden Informationen und gönnten uns Ruhe. Wir hatten sie alle verdient.

Allein in meinem Zimmer fasste ich den Entschluss, wirklich mitzuarbeiten. Warum sollte ich mich gegen die Hilfsangebote sträuben? Das würde, wie der Primar gesagt hatte, nur unnötige Kraft kosten. Im Grunde wollte ich mich am liebsten in meinem Zimmer einschließen. Mein Notebook mit mobilen Internet hatte ich mitgebracht und alle Programme, von denen ich glaubte, mit ihnen während meines Aufenthaltes hier arbeiten zu müssen. Außerdem ein Buch, wie man Musik am Computer erzeugt, und meine Festplatte mit über tausend Liedern, falls es gar zu fad wurde. Doch kaum etwas davon sollte ich in den folgenden Wochen benutzen, denn ich nahm mir vor, unter die Leute zu gehen, mit ihnen zu reden und Spaß zu haben, soweit das möglich war, und das klappte wirklich gut.

Ich war Mitglied einer Dartsrunde, in der ich zwar nicht gut abschnitt, aber das war kein Problem für mich. Andere Aktivitäten waren der Morgensport, die Therapiesitzungen, dann doch wieder meine Alleingänge in die Natur, hinaus in den nahen Wald. Viel Nachdenken über mein Leben, meine jetzige Situation, meine Zukunft. Wie sollte es nun weitergehen? Und irgendwie spürte ich in dieser Zeit keine Ängste, dass ich etwas nicht schaffen könnte, dass es keine Zukunft mehr für mich gibt. Alles lag in jenen Wochen klar vor mir, dass ich nach meiner Zeit hier in der Rehabilitationsklinik wieder durchstarten werde, dass ich alles, was mich irgendwie behinderte, abstellen werde und nicht mehr benötigte Anschaffungen verkaufen werde, um an etwas Bargeld zu kommen und mir vielleicht eine Wohnung und ein Auto zuzulegen, das müsste doch zu schaffen sein. Ich war so voll Tatendrang.

»Du nahmst auch an Sprachtherapien teil.«
Die halfen mir, Vergangenes zu bewältigen und mich meinen Problemen zu stellen. Erstmals konnte ich offen über sie sprechen. Ich berichtete von meinen Unstimmigkeiten mit den Eltern, von der gefühlten Schuld gegenüber meinem Kind und vom Scheitern meiner Partnerschaft. Wir fingen ganz von vorne an, bei jener Zeit, als ich bei meiner Großmutter aufwuchs.
»Doch der kurze Aufenthalt in der Reha bot viel zu wenig Zeit für diese

Art Therapie. Das war dir bewusst und deshalb hast du sie zu Hause weitergeführt.«

Ich nahm an etwa zwanzig Sitzungen zu je fünfundvierzig Minuten teil. Auch hier ging es um die Aufarbeitung meiner Kindheit, das Aufwachsen alleine bei meiner Großmutter, die Isolation, die Probleme mit meinen Eltern, im Kindergarten, in der Schule, im Beruf, in der Partnerschaft und mit meinem Sohn. Die Probleme in der Arbeitslosigkeit und in den Arbeitsmarktkursen. Doch irgendwie schienen mich diese Sitzungen zu stressen. Immer wenn dieser Termin näher rückte, glaubte ich, mir ein Thema überlegen zu müssen. Was bringe ich denn beim nächsten Mal vor? Werden wir überhaupt ein Gesprächsthema finden, oder reden wir immer über das Gleiche?

»Du hast die Sitzungen abgebrochen?«

Ja, ich sah mich gezwungen dazu. Mir wurde das alles zu viel. Immer nur reden und reden. Ich wollte endlich Taten folgen lassen. Ich hatte in den letzten vier Jahren immer nur geredet, zum Beispiel bei den Schulungen vom Arbeitsamt. In dieser Behörde kamen wir erst in der letzten Besprechung darauf, dass es in meinem Zustand gar nicht möglich war, eine Arbeit zu finden, aufgrund meines Burnouts.

Auf die Frage »Wie geht es Ihnen?« konnte ich immer nur mit »Ich weiß es nicht« antworten.

Erst in der letzten Sitzung sagte die verantwortliche Frau Magister zu mir: »In Ihrem Zustand werden Sie niemals in der Lage sein, eine Stelle anzutreten. Bitte holen Sie sich umgehend einen Termin in der psychiatrischen Praxis in der Nähe. Dort wird man Ihnen helfen. Vermutlich werden Sie lange auf einen Termin warten müssen, wahrscheinlich über einen Monat. Ich wünsche Ihnen alles Gute.«

Das machte ich auch und bekam erst fünf Wochen später einen Termin.

»Der Psychiater hat dich sicher auch für die Reha-Maßnahme empfohlen. Wie ging es hier weiter, nachdem du dich entschlossen hattest, dich nicht in deinem Zimmer zu verkriechen?«

Ich spürte keine Spur mehr von Traurigkeit und doch hatte ich ein seltsames Gefühl in mir, so ein Gefühl von Liebe, und ich hätte nicht im Traum daran gedacht, dass dieses Gefühl wahr werden sollte, und zwar nach einem abgebrochenen Abendspaziergang. An diesem Abend hörte ich in meinem Zimmer zunächst wunderbar spirituelle Musik. Dieses Lied wurde in einer Therapiesitzung eingesetzt, in der die Leiterin eine Geschichte dazu erzählte, von einer schönen Landschaft am Tag und einem einsam am Hügel stehenden Haus, das ein Zauberladen war. Wir konnte nun in das Haus gehen und uns einen Gegenstand aussuchen und mitnehmen. Doch ich ging nicht in das Haus, ich wollte nicht. Ich war viel lieber draußen in der Natur. Wir mussten uns auf die Musik und die Geschichte konzentrieren und unsere Gefühle in einer Zeichnung festhalten. Ich malte eine schöne Landschaft mit den Hügeln und kaum wahrnehmbar das Haus. Nun alleine in meinem Zimmer war da diese Musik, die mich irrsinnig mit Energie und Kraft erfüllte. Ich fühlte mich so beflügelt, dass ich noch einmal hinausgehen musste, auch wenn es schon dunkel war, aber bis 22.00 Uhr hatten wir Ausgang, ich konnte also noch eine schöne Strecke zurücklegen.

Aber ich kam gar nicht so weit, denn in der Nähe des Ausgangs stand eine Couch, auf der ein Mädchen saß, das mit dem Handy telefonierte und mir, als ich vorbeiging, andeutete, zu ihr zu kommen. Wie ferngesteuert setzte ich mich zu ihr, ich kannte sie nicht. Im nächsten Augenblick fiel mir aber wieder ein, dass ich sie gestern Abend im Café gesehen hatte. Ich war mit einem meiner Kollegen unterwegs und wir wollten gerade an dem Café vorbeigehen, als ihn ein Bekannter bat, zu ihm an den Tisch zu kommen. Dort saß auch sie. Ich ließ die anderen reden und bemerkte, wie sie versuchte, ein Foto von mir mit ihrem Handy zu machen. Was war denn da los? Das wollte ich auf keinen Fall und drehte mich immer wieder weg. Dann war dieser Small Talk vorbei und wir gingen wieder. Und jetzt? Jetzt saß ich neben ihr. Sie telefonierte noch weiter und ich machte mir in der Zwischenzeit Gedanken, was sie wohl von mir wollte. Sie beendete ihr Telefonat und fing an zu sprechen, so schnell und so viel, dass ich nicht alles verstand, was sie mir sagte. Mir blieben nur die Worte Date, morgen im Klinikcafé um 16.00 Uhr in Erinnerung. Dann wünschten wir uns eine gute Nacht. In meinem Zimmer angekommen musste ich das erst einmal verarbeiten und für meinen Abendspaziergang war es bereits zu spät. Irgendwie tat ich das Ganze wie einen Traum ab. Das hast du doch nur geträumt, das war ja gar nicht echt, das hast du dir eingebildet. Was soll so ein hübsches junges Mädchen von so einem alten, glatzköpfigen Typ nur wollen?

»Das war deine Einstellung: Auf jemand mit Glatze und Brille wie dich lässt sich sowieso kein Mädchen ein, außer du hast viel Geld.«

Doch was beim Frühstück geschah, war kein Traum mehr. Ich sah zu dem etwa zehn Meter entfernten Tisch, an dem sie saß, hinüber. Neunundzwanzig Jahre jung, blondes Haar, klein, schlank mit rosa Kappe auf dem Haar. Und jetzt? Ich hatte keine Ahnung, was ich von der ganzen Sache halten sollte, und verhielt mich – wie immer – neutral und verharrte auf meinem Platz. Sie saß mit dem Rücken zu mir an ihrem Tisch und drehte sich zu mir um, und obwohl sie recht weit weg war, konnte ich sehen, wie sie mich anlächelte, um sich dann wieder, nach einer gefühlten Ewigkeit, ihrer Tischgesellschaft zuzuwenden.

Je später es am Tag wurde, desto nervöser wurde ich. Ich und ein Date in einem Café, das hatte ich ja noch nie, und die Zeit verging weiter. Ich wurde immer nervöser. Es war kurz vor sechzehn Uhr und ich sah vorsichtig im Café nach, ob sie schon da war. Sie war es noch nicht. Ich drehte um und ging auf die Toilette. Das Herz schien mir fast zu zerspringen. Gut, dass ich kein schwaches Herz hatte, sonst hätte ich wohl einen Herzinfarkt erlitten.

Ich rannte in der Toilette auf und ab und versuchte mich zu beruhigen.

»Irgendwie kommt mir diese Situation sehr bekannt vor. Es ist immer dasselbe mit dir. Kaum hast du eine Verabredung, flippst du aus. Ist ja gut, dass ich da war und dir einen Schups gab: So jetzt gehe zurück ins Café, du darfst nicht zu spät kommen. Es kann dir ja nichts passieren.«

Ich setzte mich an einen leeren Tisch und wartete ganz aufgeregt auf sie. Ich wollte, dass sie mich nicht so aufgelöst sieht, und versuchte verzweifelt runter zu kommen, doch es schien nicht ganz zu gelingen.

»Es ist doch etwas Schönes, seine Emotionen zeigen zu können, in einer Zeit, in der alle nur cool sein wollen.«

Dann kam sie, ich stand auf und bot ihr einen Platz an. Wir bestellten Cappuccino und Schnitten. Sie wollte mich einladen. Das war mir ganz schön unangenehm. Ich bin halt einer von der alten Sorte. Der Mann lädt die Frau ein, hilft ihr aus dem Mantel, hält ihr die Tür auf und so weiter. Sie redete wie aufgezogen. Sie erzählte mir von ihren Tieren, dass sie zwei Hunde und ein Pferd besaß. Ich weiß gar nicht, worüber wir noch sprachen, ich war zu aufgewühlt. Wir verabschiedeten uns. Wir wollten uns am nächsten Tag wiedersehen.

Der nächste Tag, Donnerstag, der 21. Februar 2013, sollte ein Schicksalstag in unserem Leben werden, doch davon war vorerst nichts zu merken. Ich war so voller Gefühle, die ich nicht einordnen konnte. Diese Gefühle von Liebe, die ich als Jugendlicher bereits manchmal gespürt hatte und später immer versuchte zu ignorieren, da tief in mir die große Angst war, enttäuscht, ausgelacht, in irgendeiner Art bestraft zu werden für diese schönen Gefühle zu Frauen. Würde es diesmal wieder so sein? Geriet ich wieder in eine hoffnungslose Lage? Musste ich wieder meine Gefühle ignorieren? Ja, ich musste es, und ich fasste den Entschluss, ihr so gut wie möglich auszuweichen. Doch das war gar nicht so einfach. Schon beim Frühstück wurde es schwierig, denn auf meinem Platz lag eine Packung Schnitten. Die gleiche Marke, die wir gestern im Café gegessen hatten, und einer meiner Freunde am Tisch überbrachte mir dazu die schönsten Grüße von ihr und zeigte auf den zehn Meter entfernten Nachbartisch, wo sie saß und mir zulächelte, bevor sie sich wieder ihren Tischfreundinnen zuwandte. Trotzdem versuchte ich immer, wenn ich sie irgendwo sah, einen anderen Weg zu nehmen, nur um ihr nicht erneut zu begegnen, auch vermied ich es, ihre Blicke zu erwidern. Ich wollte nicht mehr so leiden wie damals, mich nicht mehr so krümmen vor Schmerzen, weil in mir etwas irrsinnig wehtat, so als würde jemand in meinem Brustkorb mir meinen Magen und mein Herz mit der bloßen Hand zusammendrücken. Nein, ich wollte diese Gefühle nicht erneut erleben, lasst mich in Ruhe, geht weg! Was war denn bloß los mit mir? Ich konnte kaum noch klar denken. Ich wusste nur, so mein Freund, jetzt beruhigst du dich erst einmal, nimmst eine Beruhigungstablette und kommst runter von deinem Trip, was immer den auch verursacht hat. Die Tablette half und ich fühlte mich nach einer Weile wieder einigermaßen normal. Doch im Zimmer hielt ich es nicht aus. Ich musste hinaus ins Freie, einen Spaziergang machen, um nachzudenken.

Kaum hatte ich meine Zimmertüre hinter mir geschlossen, stand sie vor mir, wie ein Engel mit diesen blonden Haaren, der zierlichen Figur und lächelte mich an.

»Wohin gehst du?«, fragte sie mich.

»Ich muss hier raus, ich brauche frische Luft«, versuchte ich, so ruhig es ging, zu sagen.

»Ich komme mit«, entschied sie und wir beide gingen hinaus in den Klinikpark. Um den Spazierpfad herum war die Wiese mit einer meterhohen Schneedecke bedeckt, die Sonne schien und wärmte uns. Ich war plötzlich ganz ruhig, es war so schön, die Wärme von oben und die Nähe zu ihr zu spüren. Ich versuchte sie an der Hand zu berühren, hielt dann aber inne, denn ich traute mich nicht. Ich hatte Angst vor einer ablehnenden Reaktion. So berührte ich sie zumindest an ihrer dicken Jacke. Das bekam sie wenigstens nicht mit, so dick gefüttert war sie. Wir gingen den Weg nebeneinander und sprachen über Nebensächliches. Keiner traute sich, etwas über seine Gefühle zu sagen. Beide hatten wir große Angst, womöglich enttäuscht und verletzt zu werden. Wir gingen wieder in die Klinik zurück, da uns kalt wurde. Ich begleitete sie bis zu ihrem Zimmer, wo sie mit Wanja wohnte, einer anderen Patientin. Im letzten Moment versuchte ich etwas zu sagen, aber ich fand keine Worte, zu sehr klopfte mir das Herz bis zum Hals und ich verzichtete auf eine Blamage. Wir verabschiedeten uns. Es schien, dass die Tablette ihre Wirkung verlor oder zu schwach war. Ich war schon wieder so aufgewühlt, aber ruhig zugleich.

Ich wusste nicht, was ich tun sollte. Ich musste mit jemandem über meine Gefühle reden, aber mit wem? Es war mir fast egal, ich wollte nur irgendeinem sagen, dass da ein Mädchen war, für das ich so ungeheuer viel empfand, und dass ich nicht wusste, wie ich ihr näherkommen konnte. Es ergab sich die Situation, dass ich vor meinem Zimmer eine Frau aus meiner Gruppe traf. Sie war in Begleitung ihres Tänzers, den sie beim hiesigen Tanzkurs kennengelernt hatte. Sie waren kein Paar, es ging beiden nur ums Tanzen. Wir drei setzten uns in der Nähe meines Zimmers auf eine Couch und plötzlich, ohne dass ich das Gespräch darauf gelenkt hatte, sprachen wir über das Mädchen. Unabhängig von mir war sie den beiden auch schon aufgefallen. Nicht nur aufgrund ihrer vielen Tätowierungen, nein, auch wegen ihres auffallenden Interesses am Training und an der Erziehung von Hunden, da sie sich fast jeden Abend im Foyer beim Internettreff am Computer informierte. Über diese Beobachtung sprachen die beiden, und ich wollte endlich mit meiner Sache herausrücken und sagen, dass ich dieses Mädchen so unglaublich interessant fand und nicht wusste, wie ich mit diesen Gefühlen umgehen sollte. Irgendwie schienen mir die beiden die Richtigen für dieses Thema zu sein, sonst war ja auch keiner da, mit dem ich hätte reden können.

Doch als ich zu meinem Geständnis ansetzen wollte, unterbrach eine schroffe und zugleich sehr traurige Stimme unsere Unterhaltung. Es war ihre Stimme. Sie stand vor uns dreien und war sehr aufgebracht. Ja, Penina stand vor uns und las uns die Leviten. Zu den beiden sagte sie, dass es einfach nicht in Ordnung ist, über eine Person zu sprechen, sie zu beurteilen, wenn diese nicht anwesend ist, und dann sah sie mich an und ich glaube, eine Ohrfeige von ihr wäre nicht schlimmer gewesen. Sie sagte nur, dass sie so enttäuscht von mir ist, dass sie das nicht von mir erwartet hätte. Sie drehte sich um und rannte davon. Ganz perplex starrten wir uns an. Ich wusste nicht, was ich machen oder sagen sollte. Keiner von uns hatte mit dieser Reaktion von ihr gerechnet, dabei wollte sie mich nur in meinem Zimmer besuchen, um sich mit mir auszusprechen, doch das Ganze schien nun im Chaos zu versinken, und zu meiner so schon labilen Situation kam eine neue hinzu, mit der ich gar nichts mehr anzufangen wusste. Irgendwie schienen sich in mir gewisse Gedanken auszuschalten. Es gab nur mehr den einen, mit ihr zu reden. Hilfe suchend starrte ich meine beiden Freunde an und fragte, was ich nun tun sollte, dabei gab ich mir selbst die Antwort.

»Soll ich ihr nachlaufen?«

»Ja, tu das!«, kam die einstimmige Antwort.

»Lauf ihr nach und versuche, sie zu einem Gespräch zu bewegen.«

Ich wusste ja, wo ihr Zimmer war, und lief die Stufen hinunter, klopfte, ohne nachzudenken, an die Türe und wartete. Doch es kam keine Reaktion, ich klopfte nochmals und Wanja öffnete mir.

»Ich muss mit ihr reden!«, bat ich und sah über ihre Schulter, wie sich Penina auf ihrem Bett krümmte und laut schluchzend weinte.

Wanja sagte nur leise: »Nein«, und schüttelte den Kopf.

»Lass sie im Moment in Ruhe. Sie kann jetzt nicht mit dir sprechen.« Und sie schloss die Tür wieder.

Da stand ich nun und hatte keine Möglichkeit, mit ihr in Kontakt zu kommen. Ich weiß nicht, wie lange ich dort stand, in der Hoffnung, dass die Türe doch noch einmal aufging und sie doch mit mir sprechen wollte. Doch ich hoffte vergebens, das merkte ich nach ein paar Minuten. Mit gesenktem Kopf, total erschlagen von den Ereignissen ging ich zur Couch zurück, von wo aus das Unglück seinen Lauf genommen hatte. Dort saßen die beiden Freunde noch. Sie schauten mir mit großen und erwartungsvollen Augen entgegen. Doch an meiner Haltung merkten sie, dass es keine Aussprache gegeben hatte. Kurz setzte ich mich noch einmal zu ihnen. Jeder versuchte nun eine Lösung für das Problem zu finden. Ich blieb ratlos, stand weinend auf und eilte in mein Zimmer.

Doch dort hielt es mich nicht lange. Ich musste sie, komme, was da wolle, sehen, also verließ ich noch einmal mein Zimmer. Die Freunde waren nun nicht mehr da. Und wenn schon, ich hätte keine Augen für sie gehabt.

Ich wollte einfach nur mit ihr reden, alles richtigstellen. So verließ ich das Klinikgebäude und versuchte zu ihrem Fenster zu gelangen. Zum Glück lag ihr Zimmer ja im Untergeschoss und war grundsätzlich leicht zu erreichen, dachte ich, aber aufgrund der hohen Schneedecke gestaltete sich der Weg dorthin äußerst mühselig. Es war mir egal, ob kalt, ob warm, ob mühselig oder leicht, oder ob ich nass wurde. Ich wollte nur zu ihr. Ich hoffte, dass sie mich sah, da ihr Bett direkt neben dem Fenster stand. Doch die Enttäuschung folgte auf dem Fuße. Der Rollladen war heruntergelassen und es gab keine Möglichkeit, mit ihr in Kontakt zu treten. Ich dachte noch daran, Schneebälle an den Rollladen zu werfen, damit sie mich bemerkte und ihn aufmachte, aber schließlich sah ich ein, dass es im Moment besser war, sie in Ruhe zu lassen. So ging ich in mein Zimmer zurück. Dort angekommen versuchte ich das Ganze nochmals Revue passieren zu lassen. Was war denn bloß geschehen? Was hatte ich denn da wieder angestellt? Ich versuchte das Ganze zu verstehen. Weinend brach ich in der Dunkelheit am Boden zusammen, denn ich hatte vor Aufregung das Licht nicht eingeschaltet. Ich wand mich vor Schmerzen, fühlte die Kälte des Fußbodens und wollte nur mehr sterben. Lass mich einfach sterben, damit diese Qualen aufhören, diese Schmerzen, diese peinigenden Gedanken. Bitte Gott, mach, dass es aufhört! Keine Ahnung, wie lange ich dort lag, ein Häufchen Elend, aber irgendwann wurde es besser, zumindest kam die Kraft zurück, um mich aufzurichten und mich auf das Bett zu schleppen, wo ich den Polster nahm und fest an mich drückte, zwischendurch von Weinkrämpfen geschüttelt. Taumelnd richtete ich mich auf und nahm noch einige Beruhigungstabletten. Ich dachte daran, dass das Gift wäre, das ich in der Erwartung nahm, hierdurch meine Erlösung zu empfangen. Ich zerbiss unbewusst die Tabletten, somit trat die Wirkung viel rascher ein. Mich befiel ein Gefühl der Ausgeglichenheit, ein Gefühl, als würde ich schweben, gepaart mit einem kleinen Rest Hoffnung. Ich fand die Kraft, ein Gebet zu sprechen, in einer Intensität, wie ich noch nie in meinem Leben gebetet hatte. Ich betete zu Gott, dass er mir seine Hilfe gab, eine Lösung herbeiführte. Nach dem Gebet schlief ich ein. Die vielen Tabletten und meine Erschöpfung taten ein Übriges.

Um vier Uhr früh schreckte ich hoch, wie ferngesteuert schrieb ich auf einen Zettel:

»Ich muss mit dir reden. Bitte rufe mich an. John.«

Und ich gab meine Handynummer an, dann verließ ich das Zimmer und schob den Zettel unter der Zimmertür von Penina durch. Ich ging wieder zurück in mein Zimmer und versuchte, noch etwas Schlaf zu finden. Ich döste etwas ein, bis das Klingeln meines Weckers mich aus dem Halbschlaf holte. Mühsam schleppte ich mich ins Bad, schwerfällig lief ich danach zum Frühstücksraum, wo ich große Angst ausstand, ihr zu begegnen. Aber ich sah sie nicht. Ich brachte keinen Bissen hinunter. Meine Tischnachbarn fragten mich, ob ich krank wäre. Auch meine beiden Freunde von gestern sprachen mich an und erkundigten sich nach dem Stand der Dinge. Mein Kopfschütteln und ein leises Nein reichten, um mich nicht weiter zu quälen. Es war Freitag, im Grunde ein schöner Tag. Therapie gab es nur bis zu Mittag und am Nachmittag sollten mich meine Exfrau und mein Sohn abholen, da ich das Wochenende zu Hause verbringen und am nächsten Tag mit den beiden in die Therme fahren wollte.

Es war das erste Wochenende, an dem wir nach Hause durften. Auch einige Zeit nach dem Frühstück gab es noch immer kein Lebenszeichen von ihr. Die Stunden vergingen. Ich schwieg die ganze Zeit. Gut, dass mich keiner von den Therapeuten etwas fragte. Ich weiß nicht, ob ich zu einer Erwiderung in der Lage gewesen wäre. Dann das Mittagessen. Ich verzichtete darauf, zu groß war mein Schmerz, alle meine Schuld. Dauernd starrte ich auf das Display meines Handys. Das hatte ich in den ganzen letzten Jahren nicht so oft angesehen wie jetzt in wenigen Stunden. Grundsätzlich hasste ich diese Dinger. Wie sollte ich dieses Wochenende überstehen, so niedergeschlagen, so fertig? Dann endlich ein Lebenszeichen von ihr. Eine SMS.

»Hey, schon weg? Um 14.00 Uhr im Café?«

Jetzt ging alles schnell und alles passierte auf einmal. Meine Exfrau sollte jeden Moment kommen, ich musste versuchen, sie hinzuhalten. Ich wollte auf keinen Fall, dass sie mich jetzt schon mit einer neuen Frau sah, wer weiß, was dann geschah. Ich rief sie an und sagte ihr, dass ich einen Termin vergessen hatte und dass sie sich ruhig Zeit lassen konnten, doch sie und mein Sohn waren bereits vor der Kliniktür. Ich empfing die beiden hastig und dirigierte sie ins Café. Dort sollten sie auf mich warten, bis ich meinen Termin erledigt hatte. So, jetzt musste ich nur noch Penina verständigen und vom Café fernhalten. Ich schrieb ihr eine SMS, in der ich sie bat, im Foyer auf mich zu warten, doch es kam keine Antwort. Das gibt es doch nicht, warum schreibt sie nicht zurück? Noch nie hatte ich so ungeduldig auf eine Nachricht gewartet, aber es kam keine.

Nun gut, dann also zurück ins Café. Schon von Weitem sah ich, dass Penina dort Platz genommen hatte. An meiner Exfrau und meinem Sohn vorbei, die mich ganz erstaunt anstarrten, dass ich auf einen anderen Tisch zusteuerte, an dem ein junges, wunderschönes Mädchen mit traurigem Blick saß, ging ich zu ihr. Ich bat Penina mit mir zu kommen, irgendwohin, wo wir allein und ungestört waren, um uns auszusprechen. Ich hoffte, dass sie mir folgen würde. Hier im Café hätte ich nicht mit ihr reden können, nicht nur wegen der anderen Leute, sondern auch wegen meiner Exfrau, die dafür sicher kein Verständnis aufgebracht hätte. Wir verschwanden im Fahrstuhl und ich drückte den Knopf zum zweiten Stock, doch Penina korrigierte mich und drückte auch noch die Taste zum dritten Stockwerk. Na gut, dachte ich, wenn sie sich so besser fühlt.

Oben angekommen huschten wir ins Stationsbad. Ich hängte das Besetzt-Schild an die Türklinke und versperrte die Tür, nachdem ich sie gefragt hatte, ob ihr das recht sei. Penina saß auf dem Rand der Badewanne und hielt den Kopf tief gesenkt. Ich sah sie an und wusste nicht recht, wie ich beginnen sollte, doch ich musste die richtigen Worte finden.

Es durfte auf keinen Fall so enden wie damals in der Handelsakademie bei Mia. Ich fragte sie vorsichtig, was denn gestern los war. Ich hatte ihre Reaktion nicht verstanden. Sie sprach ganz leise und weinerlich. Sie hatte sich gestern betrogen gefühlt, abgeschätzt von den anderen. Man spricht eben nicht über jemanden, der nicht anwesend ist. Es hatte ihr wehgetan, dass ich das nicht verhindert hatte. Einem Menschen, den man gern hat, vertraut man, meinte sie. Dieses Vertrauen sah sie missbraucht. Ich ging an ihr vorbei zum Fenster und starrte hinaus. Ich konnte meine Tränen kaum zurückhalten und meine Verzweiflung nur schwer unterdrücken. Auch ich hatte die Erfahrung gemacht, dass ich von Menschen, denen ich vertraut hatte, verletzt und hintergangen wurde. Ich konnte immer nur mir selbst vertrauen. Vertrauen zu anderen Menschen aufzubauen dauerte so lange. Ich wandte mich ihr zu und setzte mich mit auf den Badewannenrand. Ich nahm ihre Hände, berührte sie zärtlich, ich wollte nicht, dass sie weinte. Ich hätte sie am liebsten geküsst und unversehens taten wir das auch. Im Nachhinein wusste ich nicht mehr, wie es dazu gekommen war, aber ich wollte in diesem Moment nicht mehr nachdenken, nur fühlen. Es war von einer Sekunde auf die andere alles anders, so unsagbar schön, ich fühlte mich von der siebten Hölle in den siebten Himmel katapultiert, ein Meer von Gefühlen wogte in uns und wäre da nicht meine wartende Exfrau gewesen, dann wäre noch viel mehr passiert.

Sie sagte mir: »Ich möchte mit dir mein Leben verbringen. Ich liebe dich.«

Dann küssten wir uns wieder leidenschaftlich, so intim, ineinander verschlungen. Wir waren beide ausgehungert nach dem jahrelangen Warten. Aber im Café harrten meine Exfrau und mein Sohn auf mich. Wir versuchten uns zu beruhigen, obwohl wir beide überwältigt waren von unseren Gefühlen. Am liebsten hätte ich die Fahrt nach Hause und den Thermenbesuch abgesagt. Ich wollte bei ihr bleiben, sie nicht alleine lassen. Doch sie verstand meine Situation und dass sich mein Sohn auf mich freute. Wir küssten uns noch unzählige Male, bis ich sie schweren Herzens losließ. Am Sonntagabend würden wir uns ja wiedersehen und konnten bis dahin per Handy in Verbindung bleiben. Noch einmal so glücklich zu sein, das hätte ich nie gewagt mir vorzustellen. Voller Freude ging ich ins Café zurück. Dort saßen auch meine beiden Freunde vom vorigen Abend. Ich hielt beide Daumen hoch und sie verstanden, dass wenigstens diese Sache glücklich ausgegangen war. Sie strahlten zurück. Dann fuhr ich mit meiner Exfrau und meinem Sohn nach Hause.

Bei einem Supermarkt legten wir einen Zwischenstopp ein. Ich nutzte die Gelegenheit und rief Penina an und fragte, ob sie etwas brauchte. Sie wollte, dass ich ihr Mineralwasser mitbrachte. Da ich ihr jeden Wunsch erfüllen wollte, fragte ich, ob sie Glas- oder Plastikflaschen oder eine bestimmte Marke bevorzugte. Ich musste wie ein Vollidiot geklungen haben, dass ich das alles fragte. Meine Exfrau und mein Sohn waren bereits im Supermarkt verschwunden, als ich noch immer mit Penina telefonierte. Als ich aus dem Auto aussteigen wollte, gelang das nicht, da die Kindersicherung bei den Hintertüren aktiviert war. So musste ich auf den Vordersitz klettern und vorne aussteigen. Wer das sah, der hatte Grund zum Lachen.

Bei der Fahrt war ich so aufgekratzt, dass ich befürchtete, in der Nacht kein Auge zutun zu können. Die ganze Zeit redete ich ununterbrochen. Ich erzählte von den Abläufen in der Klinik, den verschiedenen Veranstaltungen, aber meine Bekanntschaft mit Penina musste ein Geheimnis bleiben. Zu Hause nervten meine Eltern in der altgewohnten Weise. Eigentlich hatte ich Schmutzwäsche zu waschen und musste mich damit beeilen, doch ich wollte nicht zu Hause bleiben und schlug Simon vor, gemeinsam ins Kino zu fahren. Es wurde ein spannender Actionfilm im dreißig Kilometer entfernten Kino gezeigt. Die Straßen waren schlecht zu befahren, da es wieder geschneit hatte. Davon ließ ich mich aber nicht abhalten, obwohl ich auf einer Schneefahrbahn einmal einen schweren Verkehrsunfall mit Blechschaden verursachte und somit immer Angst davor hatte. Doch ich dachte die ganze Zeit nur an sie, immer nur an sie, während der Fahrt, im Kino, beim Schlafengehen. Ich wollte sie bei mir haben. Von diesem Wunsch beseelt, konnte ich lange nicht einschlafen.

Ich wachte immer wieder auf und schrieb ihr eine SMS nach der anderen. Sie antwortete so ungemein lieb zurück, dass es noch schwerer war, dass sie nicht hier bei mir war. Ich ahnte, was mich am Sonntag erwarten würde, doch ich traute es nicht einmal zu denken.

»Ach, das bildest du dir doch ein, oder?«

Der Samstag brach an und ich fuhr mit Gunda und Simon in die Therme. Wir verbrachten einen schönen Tag dort. Gunda und ich kamen ins Gespräch über Dinge, die sehr intim waren und die wir seit über zehn Jahren nicht mehr angesprochen hatten. Eine eigenartige Stimmung baute sich zwischen uns auf, die wir beide nicht recht verstanden. In welcher Phase stand denn an diesem Wochenende der Mond, dass wir alle derart außer Rand und Band geraten waren? Gunda und ich kamen uns derart nahe wie schon lange nicht mehr.

Doch meine innere Stimme rief: »Stopp! Bis hierher und nicht weiter. Du hast es bereits einmal vermasselt, bitte mach nicht wieder denselben Fehler!« Das Verhüllte blieb unausgesprochen, bis zum nächsten Tag, an dem mich Gunda alleine wieder in die Klinik fuhr. Auf der Fahrt sprach ich sie auf die Situation von gestern an. Ja, es hätte passieren können, aber nicht bei mir zu Hause. Wenn, dann bei ihr. Doch es war gut, so wie es war.

Ich kam in der Klinik an, verstaute mein Gepäck im Zimmer und dann gewannen Aufregung und Angst die Überhand. Das ganze Wochenende über hatte ich mich nach Penina gesehnt, die Stunden bis zu unserem Wiedersehen gezählt und nun bekam ich kalte Füße. Ich war dermaßen aufgeregt, dass ich erst einmal nach draußen musste. Ich ging einen Waldweg entlang und versuchte mich zu beruhigen.

»Hey, was geschehen soll, soll geschehen. Lass die Liebe in dein Leben, an die du schon nicht mehr geglaubt hast. Gib dich deinen Gefühlen, der Zärtlichkeit und der Wärme hin. Aber denk an eines. Tu ihr nicht weh.«

»Nein«, schwor ich mir. »Das würde ich nie machen.«

Langsam beruhigte ich mich. Es war bereits dunkel, als ich ihr eine SMS schrieb, dass ich nun in meinem Zimmer war. Dann kam sie. Sie schloss die Tür und sperrte ab. Wir umarmten und küssten uns und gestanden uns unser Verlangen nacheinander. Ich schlug vor, die Matratze vom Bett auf den Boden zu legen. Ich hatte so meine Erfahrungen mit knarrenden Betten und das konnten wir, Wand an Wand mit anderen Patienten, nicht gebrauchen. Wir machten ein schönes Schlaflager am Boden, schalteten das Licht aus und fühlten nur mehr uns zwei. Mehr brauchten wir nicht.

Flüsternd gestand ich ihr: »Ich habe schon so lange keine Frau mehr berührt.«

Ich hatte große Angst, so wie damals bei der ersten Liebesnacht mit Gunda. Penina schüttelte leicht den Kopf. Sie konnte nicht verstehen, woher meine Ängste kamen.

Sie legte ihre Hand auf meine Brust in der Herzgegend und fragte leise: »Hat man dir da so wehgetan?«

Ich seufzte auf. Eine andere Antwort brauchte sie nicht.

Sie beruhigte mich: »Hab keine Angst, es kann überhaupt nichts passieren. Du kannst mir vertrauen. Ich möchte kein weiteres Kind mehr, zumindest jetzt noch nicht, und auf keinen Fall will ich meinen Partner, den ich liebe, in irgendetwas hineinstoßen, was er selbst nicht will oder wofür er noch nicht bereit ist. Komm, wir lassen uns einfach fallen.«

»Ja«, hauchte ich zärtlich und streichelte ihre Haut. »Ich vertraue dir. Diese Nacht gehört uns, nur uns alleine.«

Dann liebten wir uns. Irgendwann wachte ich kurz auf, es waren wohl schon etliche Stunden vergangen. Wir lagen eng umschlungen auf unserem Lager am Boden. Ich war schon fast wieder eingeschlummert, als ich merkte, dass Penina sich sacht aus meinen Armen wand.

Ich bat sie: »Bitte geh jetzt nicht, lass mich nicht allein.«

Doch sie befürchtete, dass ihre Mitbewohnerin von unserer Vertrautheit etwas merkte, und das wollte sie vermeiden, auch wollte sie unsere Liebe vor der Öffentlichkeit in der Klinik verstecken. Sie hatte schlechte Erfahrungen mit Gerüchten und dem Getuschel über andere Pärchen gemacht, die sich hier gebildet hatten. Doch sie blieb noch eine Weile, umarmte mich ganz fest und wartete, bis ich eingeschlafen war. Sie ließ mir ihre Dessous da, damit ich ein Zeichen von ihr bei mir hatte. Dann ging sie in ihr Zimmer.

Am nächsten Tag wachte ich auf, ihre Dessous in meinen Armen. Irgendwie tat es doch weh, dass sie nicht hier war, in mir stieg auch die Angst auf, dass diese Liebesnacht nur eine einmalige Sache war. Ich war gespalten zwischen zwei Gefühlen, dem großen Glücksgefühl, der Liebe begegnet zu sein, und der Unsicherheit, ob sie genauso fühlte wie ich und wie sie sich heute mir gegenüber verhalten würde. Wir trafen uns im Gang und ich hielt mich an unsere Abmachung, keine Anstalten zu machen, die uns als Liebespärchen verrieten. Ich begrüßte sie mit einem einfachen lieben »Guten Morgen«. Wenn jemand genauer hingehört hatte, dann hätte er sicher an meinem Tonfall erkannt, dass da mehr zwischen uns war. Von nun an trafen wir uns jeden Tag, gingen spazieren, gemeinsam einkaufen oder wir verwöhnten uns mit einer Ölmassage und wir liebten uns. Alles war unwirklich schön und unglaublich romantisch. Manchmal war ich versucht, mich zu kneifen: War das alles die Wirklichkeit oder doch nur ein schöner Traum?

Eine SMS von ihr gab mir die Antwort:

»Hi, mein Liebling. Ich bin kein Traum. Es gibt mich wirklich.«

Es begann eine wunderbare Zeit. Wir lernten uns näher kennen und unsere Liebe festigte sich. Und in den letzten Wochen verheimlichten wir unsere Beziehung auch nicht mehr und gingen Hand in Hand.

Einmal, als sie an meiner Seite lag, wie Gott sie schuf, sagte ich zu ihr: »Mein Gott, du bist so wunderschön!«, während ich mit meiner Hand über ihren Rücken strich, ihr Gesicht berührte und durch ihre Haare streichelte.

»Über ihren Rücken zog sich ein großes Tattoo, sie trug Piercings und rauchte. Hat dich das nicht abgestoßen?«

Nein, weil ich sie liebte. Das Tattoo störte mich nicht. Es war ein Kunstwerk, das sie mit sich trug. Zwei Engelsflügel waren über den ganzen Rücken tätowiert. Piercings hatte sie nur im Nabel und im Ohrläppchen und sie rauchte in meiner Gegenwart gar nicht und auch sonst nur wenig und dabei so dezent und rücksichtsvoll, sodass ich den Geruch kaum wahrnahm. Sie war mein Mädchen.

»Und noch eine andere Frau auf der Rehabilitation interessierte sich für dich ...«

Ja, ich war verblüfft. Sie warf mir Blicke zu und suchte offensichtlich meine Nähe. Ein Tischkamerad, der das mitbekam, wurde schon neidisch und fragte mich, ob ich einen Frauenmagneten in der Tasche hätte. Die Frau war zwar schon etwas älter, aber auch schlank und hatte schwarzes Haar. Sie wohnte mit einer Mitbewohnerin im Nachbarzimmer. Sie machte auch Anstalten, mit mir in Kontakt zu kommen. So kam es, dass sie eines Tages plötzlich in meinem Zimmer stand. Ich wusste mit der Situation nichts anzufangen, auch erkannte ich erst viel später, was sie wollte. Als ich nicht reagierte, wie sie es sich offenbar vorgestellt hatte, entschuldigte sie sich tausend Mal, dass sie sich in der Tür geirrt hätte. Das wäre ihr schon des Öfteren passiert. Ich sagte nur »Aha« oder »So, so«. Dann ging sie wieder. Da ich für sie nichts empfand, vergaß ich den Vorfall schnell. Ich habe auch Penina nichts davon erzählt, es war mir nicht wichtig.

»Ist das nicht der Traum eines jeden Mannes, dass zwei Frauen ihn gleichzeitig umwerben?«

Ich konnte das nicht. Es wäre nicht richtig gewesen.

»Ich weiß, du bist ein Romantiker. Zu gut für diese Welt, aber die Frau unternahm noch einen Versuch, dir näherzukommen.«

Sie schickte ein paar Tage später ihre Zimmerkollegin zu mir, eine etwas kleinere Frau mit einem reschen Tonfall. Diese kannte ich aus der Sportgruppe. Sie war so eine Wilde. Zu Beginn der ersten Sportstunde hatte sie auf einen Übungsdummy für Selbstverteidigung dermaßen eingeschlagen, dass alle fortan einen großen Bogen um sie machten. Sie war also nicht unbedingt die diplomatischste Person, um in Liebesdingen zu verhandeln.

Sie fragte geradeheraus: »Meine Zimmergenossin möchte wissen, ob zwischen euch etwas laufen könnte.«

»Oh Mann, das war wirklich direkt. Was hast du gesagt?«

Ihre Wortwahl schockierte mich, so dass ich nur ein empörtes »Nein, ich habe kein Interesse« herausbringen konnte.

Dann ging sie wieder.

»Wie denkst du heute darüber?«

Heute bereue ich, dass ich nichts von dieser Frau weiß, keinen Namen, keine Adresse, keine Telefonnummer von ihr habe. Ich habe schon in der Klinik nachgefragt, aber dort konnte man mir aus Datenschutzgründen keine Auskunft geben. Ich hatte auch die Idee, einen Detektiv auf sie anzusetzen, aber das konnte ich mir nicht leisten. Es ist schon sehr hart, einsam zu sein. Ich habe oft an sie gedacht, mir Vorwürfe gemacht, eventuell zu schroff nein gesagt zu haben. Wenn auch nur indirekt über ihre Zimmerkameradin. Aber aufgrund von deren wildem Auftreten kam es mir im Nachhinein doch so vor, als hätte ich sie eiskalt abserviert. Ich wollte ihr nicht wehtun. Es war nur der falsche Zeitpunkt für uns. Wie wäre es mit ihr gewesen? Genauso schön wie mit Penina? Hätte sie mich vielleicht besser verstanden? Wären wir heute noch zusammen? Diese Fragen lassen mich nicht los. Manchmal verzweifle ich fast an ihnen. Doch aus und vorbei. Ich denke und hoffe, dass sie heute nicht mehr alleine ist, dass sie jemanden hat, der sie liebt.

Für mich und Penina kam der Tag des Abschieds immer näher. Wir fühlten die wachsende Unruhe in uns. Wie sollte es nun weitergehen? Ihr Klinikaufenthalt dauerte noch vierzehn Tage länger als meiner. Ich musste nach Hause, dort hatte ich Termine beim Arbeitsamt. Ich besaß kein Auto, mit dem ich hätte zu ihr fahren können. Ich erwog, ein Zimmer in Kliniknähe zu nehmen, um bei ihr zu sein, doch ich musste meine Verpflichtungen einhalten. Ich war schließlich ohne Arbeit, wohnte noch bei den Eltern und wollte endlich mein Leben in den Griff kriegen, ausziehen aus diesem Haus voll negativer Gedanken und selbst etwas schaffen, endlich wieder glücklich werden. Daher entschloss ich mich nach Hause zu fahren und meine Pläne mit neuer Kraft in Angriff zu nehmen. Außerdem hätte es auch nicht viel gebracht, wenn ich ein Zimmer in der Umgebung genommen hätte. Sie hatte schließlich den ganzen Tag Therapien, erst am Abend hätten wir uns treffen können. Was hätte ich den ganzen Tag dort gemacht? Ja, wenn ich ein Auto gehabt hätte, um sie von zu Hause aus zu besuchen, wäre es etwas anderes gewesen. Zwar besaß mein Vater ein Auto, aber das konnte ich auf gar keinen Fall nehmen. Er war viel zu heikel damit. Der Abschied kam, wir verloren fast den Verstand. Wir mussten uns verabschieden. Warum war denn bei mir immer alles so kompliziert?

»Es tut so weh«, schrieb sie mir in einer SMS.

Zu Hause angekommen schickte ich ihr ein Foto von ihrem Lieblingstier, in Form eines kleinen Stoffhundes, und von mir. Darüber freute sie sich sehr. Unzählige SMS-Botschaften wechselten jeden Tag hin und her und am Telefon führten wir lange Gespräche. Wir vermissten uns. Ich wurde fast verrückt. Aber ich hatte kein Auto, um zu ihr zu fahren.

Für kürzere Entfernungen hatte ich früher auch kein Auto gebraucht. Ich nahm einfach mein Fahrrad.
»Es hat dich dein Leben lang begleitet und dir gute Dienste geleistet.«
Ob früher bei meinen Fluchten oder jetzt, wo meine Exfrau das Auto hatte, alles erledigte ich mit dem Fahrrad, und das zu jeder Tages- und Nachtzeit, ob im Sommer oder im Winter. Manchmal bin ich im strömenden Regen gefahren oder ich bin im Winter auf dem Glatteis ausgerutscht und gestürzt, doch ich sprang auf und fuhr weiter, aber jetzt war dieses Gefährt nutzlos für mich. Diese weite Entfernung konnte ich, auch wenn ich einen Teil der Strecke per Eisenbahn zurücklegte, nicht schaffen. Ich fühlte mich hilflos und kastriert ohne Auto.

»Hättest du dir nicht von Gunda das Auto ausleihen können?«
Das war nicht mehr möglich. Da gab es zwei Vorfälle. Der erste ereignete sich, als Gunda und ich am Ostermontag in die Disco fuhren. Wir

waren schon dermaßen angeheitert von dem vielen Alkohol, dass wir nur mehr lachten. Ihr Bruder fuhr uns. In der Disco trennten sich dann unsere Wege und ich sah ihr beim intensiven Flirten mit anderen Männern zu. Sie drängte sich ihnen förmlich auf. Was wollte sie damit bezwecken? Mich eifersüchtig machen? Mir noch eines auswischen? Sicher verspürte ich einen gewissen Druck, aber die Liebe zu Penina war einfach stärker. Als es dann später wurde, sah ich sie auf der Tanzfläche und ich wusste, dass ich sie gehen lassen musste. Es war einfach vorbei, so weh es auch tat. Später saßen wir dann noch bei einem Getränk und keine Ahnung, über was wir alles redeten. Das mit Penina behielt ich für mich. Ich hatte Angst, dass das nicht gut für unsere Beziehung wäre, dass Gunda vor lauter Wut über die in die Brüche gegangene Liebe zu mir, alle Mittel ergreifen würde, damit ich auch nicht glücklich war, so wie Gunda.

Wie sagte sie immer: »Warum soll nur ich leiden. Du sollst auch etwas davon haben.«

Irgendwie war die ganze gute Laune, die wir vorher hatten, vorbei, und als wir draußen in der Kälte auf ihren Bruder warteten, der uns wieder nach Hause bringen sollte, fing sie plötzlich an mir Vorwürfe zu machen. Ich war schuld an der ganzen Situation, ich war schuld, dass sie unglücklich war, ich war an allem schuld. Ich war zu egoistisch, ich dachte nur an mich. Ich wusste gar nicht, wie mir geschah. Mir blieb nur der Mund offen. Ich fasste mich und konnte nur erwidern, dass ich sie nun nicht verstand. Der Abend war doch in Ordnung gewesen. Sicher hatten wir es beide nicht leicht, mit unserer Einsamkeit umzugehen, aber deshalb diese Szene? Wir haben uns dann lange nicht gesehen. Zum zweiten heftigen Streit kam es bei der Firmung unseres Sohnes. Und nur weil ich zu Simon sagte, dass er, wenn er heiraten möchte, es vorher mit mir besprechen muss. Da hat sie mich vor ihren und meinen Angehörigen derart beleidigt, dass ich mit ihrer Familie nichts mehr zu tun haben wollte, und mit ihr schon gar nicht. Es kam zum endgültigen Bruch mit ihren Eltern und Geschwistern. Wir wechselten niemals mehr ein Wort miteinander. Das verschlechterte aber auch die Beziehung zu meinem Sohn. Ich hatte schon vorher nicht mehr die Kraft gehabt, mich häufig mit ihm zu treffen, da ich glaubte, seinen jugendlichen Ansprüchen nicht genügen zu können und nicht mehr Schritt halten zu können mit seiner Entwicklung. Ein wenig fühlte ich mich schon wie meine alten Eltern, die mit der neuen Technik und dem modernen Leben nichts mehr anzufangen wussten. Ihm ein ebenbürtiges Gegenüber zu sein, ein Vater, zu dem er aufschaute, hat mich einfach überfordert. Doch wir trafen uns in unregelmäßigen Abständen, aßen bei dieser Gelegenheit Pizza, sahen uns Filme im Fernsehen an oder gingen ins Kino.

»Es passierte noch etwas, das die Bande zwischen dir und Gunda endgültig durchschnitt.«

Ja, so war es. Als wir uns trennten, bat mich Gunda, ihr unser Liebesjahrbuch zu überlassen. Ich stimmte zu und nahm vorher einen letzten Eintrag vor. Er lautete folgendermaßen:

Lange Zeit hatte ich dieses Büchlein unter Verschluss. Ich wollte es dir nicht mehr geben. Du hast es nicht verdient, weil du mich zutiefst enttäuscht und verletzt hast. Du wolltest es aber haben, so schreib ich Dir diese Zeilen.
Liebe Gunda, fast 18 Jahre sind seit dem ersten Eintrag in dieses Büchlein vergangen. Bitte halte es, so wie heute besprochen, in Ehren. Es ist nur für Deine Augen bestimmt. Danke, John, 21. März 2013

Das Buch hat sie verbrannt, in der Hoffnung, alles, was uns einmal verbunden hat, endgültig auszulöschen.

Doch jetzt wollte ich zu Penina und ich konnte es nicht. Ich bedrängte meine Eltern, mir das nötige Geld für ein Auto zu geben. Sie sollten mir jetzt schon meinen Erbteil auszahlen, wie es auch andere Eltern taten, meine Ex-Schwiegereltern zum Beispiel oder die Nachbarn. Ich wollte auf der Stelle ein Auto kaufen. Sie erklärten mich für verrückt. Ich solle gefälligst selbst sehen, wie ich zu einem Wagen kam. Ich beschloss meine Lebensversicherung vorzeitig aufzulösen. Sicher mit einen schönen Batzen Abschlag, aber nur so konnte ich mir ein Auto leisten, denn Kredit bekam ich keinen als Arbeitsloser. Doch als ich Penina von meinem Vorhaben erzählte, bat sie mich, es nicht zu tun. »Es geht schon«, sagte sie. Heute muss ich ihr für diesen Rat danken, denn im Überschwang der Gefühle hatte ich übersehen, dass die Lebensversicherung, für die ich zwanzig Jahre lang gespart hatte, mir gar nicht mehr gehörte. Sie war Teil der Scheidungsvereinbarung, die besagte, dass Gunda sie für geleistete Investitionen im Haus bekam. Ich war deprimiert, da spart man zwanzig Jahre lang und hat am Ende nichts davon. Doch Penina kam ja bald wieder nach Hause nach Wien. Aber vor ihrer Abreise wollte ich sie unbedingt noch einmal treffen und wenigstens ein Wochenende mit ihr verbringen.

Ich reservierte in einem exklusiven Hotel in Kärnten ein Zimmer mit Frühstück. Wir verlebten wunderschöne Stunden zusammen. Am liebsten hätte ich alle Uhren dieser Welt angehalten, damit die Zeit stehen blieb. Doch auch dieses Wochenende ging vorüber, der Abschied war nicht aufzuhalten. Sie musste heimfahren, zu ihrem Sohn, ihren Hunden, ihrem Pferd und ihrer Familie. Wie ging es jetzt weiter? Ich konnte nicht einordnen, welche Gefühle mich am stärksten bewegten, ach, vor allem fühlte ich mich alleingelassen, alleine auf dieser Welt, alleine mit einem Berg schier unlösbarer Probleme.

»Und darum bist du wieder ins Kino Six gegangen?«

Wohl ja. Mir schien, als hätte es die glücklichen Stunden mit Penina nie gegeben. Sie war da und doch so weit weg. Ich in der Steiermark, sie in Wien. Ich wollte so viel mehr Zeit mit ihr verbringen, nicht nur eine Nacht. Ich brauchte so viel mehr Zuwendung und Wärme, nach dieser langen Zeit der Einsamkeit.

»Sie hat dich doch besucht, nicht wahr?«

Ja, kurz nach meinem Geburtstag kam sie zu mir. In der Zwischenzeit bildete das Telefon unsere Verbindung, aber das war nicht dasselbe, außerdem hasste ich das Telefonieren. Vor allem mit dem Handy. Immer erreichbar zu sein, abhängig davon zu sein, war einfach schrecklich für mich. Ich unterhielt mich auch nicht gerne über das Telefon. Ich wollte sie gern ansehen, wenn ich mit ihr sprach, sie berühren. Sie rief fast täglich an. Es begann schon mich zu stressen und ich sagte ihr das auch, was sie nicht ganz verstand. Vielleicht spielte hier der Altersunterschied von fünfzehn Jahren zwischen uns eine Rolle. Ich hatte gerade einmal angefangen, mit dem Handy herumzuexperimentieren, und sie war längst Expertin darin. Vielleicht war das einer der Knackpunkte, weshalb unsere Beziehung erschwert wurde. Aber mein Geburtstag verlief harmonisch. Sie war mein schönstes Geschenk. Und doch schien keiner von uns recht glücklich zu sein, wenn sie bei mir war oder ich später dann bei ihr.

Vor allem bei ihr zu Hause fühlte ich mich manchmal nicht recht wohl, schließlich verlangte auch ihr Kind Zuwendung, dazu kamen ihre Hunde und das Pferd, die sie auf Trab hielten, und dabei ging es nicht immer leise zu, was mich auf Dauer sehr störte. Ich wollte sie für mich alleine haben und nicht aufteilen, aber ich sah, dass es nicht möglich war. Kam hier wieder mein Hang zur Eifersucht ins Spiel? Sich nicht damit abfinden zu können, jemanden, den man liebt, mit anderen teilen zu müssen, mit einem Kind? Das schien ein latentes Problem von mir zu sein, das sich natürlich nicht lösen ließ. Sicher fühlte ich mich auch wegen der Hunde manchmal fehl am Platz, weil ich erstens eine gewisse Angst vor ihnen hatte, da ich als Achtjähriger von einem Schäferhund angefallen und verletzt worden bin, und weil ich zweitens nicht einsah, welche Freiheiten ihnen Penina gewährte, wo zum Beispiel in der Wohnung sie überall hindurften. Das ging mir gegen den Strich, aber ich sagte dazu sehr wenig, schließlich war es ihre Wohnung. Auch vor dem Pferd hatte ich Angst, vor diesem großen starken Tier. Einmal sollte ich einfach nur alleine beim offenen Eingang zur Pferdebox stehen, damit das Pferd nicht rauskonnte. Aber es kam langsam auf mich zu, wahrscheinlich war es nur neugierig und wollte mich beschnuppern, doch ich wich zurück. Das Pferd blieb nicht stehen. Hilfesuchend ging ich schnellen Schrittes zu Penina, die gerade den Sattel verstaute. Da stand ich vor ihr und ich deutete mit meinen Daumen auf das hinter mir stehende große Tier. Das muss wohl ein lustiges Bild gewesen sein, denn sie konnte ihr Lachen nicht verbergen. So wie diesen gab es auch viele andere unvergessliche Momente. So war die Landschaft, in der sie wohnte, wunderschön, und immer wenn sie für ihr Studium lernen musste, nutzte ich die Gelegenheit, dort eine kleine Wanderung zu unternehmen. Mit dabei die Kamera, mit der ich ein paar Bilder festhielt, um sie dann später in ein Album zu kleben, das ich ihr schenken wollte.

Ich zählte von nun an nur die schönen Tage, vor allem jene, wenn sie bei mir war. Da genossen wir unsere Zweisamkeit. Keine Familie, kein Kind, keine Hunde, kein Pferd störten uns. Wir sind zum Schotterteich gefahren und haben uns im Schilf versteckt und geliebt. Wie lange hatte ich davon geträumt, an diesem Ort selbst einmal so etwas zu erleben. Und wie hatte ich früher die anderen Pärchen darum beneidet, wenn sie hier offen ihre Liebe auslebten, nun durfte ich dasselbe genießen. Als ich mir vorstellte, wie die anderen Männer uns aus sicherer Deckung beobachteten und sich an unserem Liebesspiel ergötzten und sich selbst befriedigten, führte ich Penina etwas tiefer ins Schilf. Ich wollte plötzlich nicht, dass uns jemand dabei zusah, nein, ich wollte Penina nur für mich alleine haben, denn der Liebesakt geht nur zwei Menschen etwas an. Trotz mehrerer Ausflüge an den Schotterteich blieb es deshalb bei dem einen Mal. Viel später habe ich bereut, dass ich ihr das zugemutet habe, denn irgendwann vertraute sie mir an, dass sie es nur mir zuliebe getan hätte.

Die Monate vergingen. Um meine Wiedereingliederung in den Arbeitsmarkt zu fördern, schickte mich das Arbeitsamt in eine Maßnahme zur beruflichen Rehabilitation. Die Vorteile waren, dass ich weit weg von zu Hause war und somit auch näher bei Penina. Ich sparte fast eine Stunde Fahrtzeit mit dem Zug, wenn ich zu ihr fuhr. Unser Zusammensein bei ihr verlief zum großen Teil harmonisch, eins aber störte mich zunehmend: Eine immer größere Rolle in ihrem Leben schien das Handy zu spielen. Fast jede Minute warf sie einen Blick darauf, um im nächsten

Augenblick im Internet herumzusurfen oder einen Anruf zu tätigen. Dass dieses Ding einmal unser Schicksal bestimmen sollte, hätte ich mir nie träumen lassen. Doch es kam wirklich so.

Ein Problem war, dass die Sprachverbindung oft sehr schlecht war und ich genau hinhören musste, was sie sagte, wenn wir telefonierten. Das war sehr anstrengend. Es war auch nicht herauszufinden, ob es an ihrem oder meinem Handy oder am Netz lag. Dieser Konflikt verschärfte sich, als ich in einem Callcenter angestellt wurde und auch noch beruflich gezwungen war, ständig zu telefonieren, obwohl ich Telefonieren hasste. Telefonstress am Tage und Telefonstress am Abend wegen der schlechten Sprachqualität. Es eskalierte, als sie eines Tages zu mir sagte, dass ich das Handy gefälligst richtig ans Ohr halten sollte, damit sie mich besser verstehe. Diese Belehrung brachte mich zum Kochen und ich bin explodiert, woraufhin sie einfach auflegte.

Mein Entschuldigungsanruf am nächsten Tag wurde sehr kühl von ihr aufgenommen. Das war der Anfang vom Ende unserer Beziehung. Wir haben uns dann nach einiger Zeit getrennt. Wir wollten aber als Freunde in Kontakt bleiben.

»Woran seid ihr gescheitert? An der Entfernung, den unterschiedlichen Lebensumständen, deiner Eifersucht auf ihr Kind? Oder spielte auch deine Neigung eine Rolle?«

Von allem etwas. Es waren so viele Dinge, viele Kleinigkeiten, an denen wir uns schließlich aufrieben. Ob es die versehentlich von mir nicht heruntergeklappte Toilettenbrille war und sie mir danach eine Szene machte oder mein Fahrstil beim Autofahren. Sicher war es auch meine Unfähigkeit, sie mit ihrem Kind oder anderen ihr Nahestehenden zu teilen. Auch fühlte sie sich wie ein Gegenstand, den man in eine Schublade gibt, um ihn bei Bedarf wieder herauszunehmen. Wir wollten uns beide nicht von jemanden anderem etwas sagen lassen, auch nicht vom Partner. Das hat sie mir sogar einmal ins Gesicht gesagt, als wir nach so viel Zärtlichkeiten im Bett lagen. Meine Neigung quälte mich und ich versuchte ihr das durch die Blume zu sagen. Ich sah sie zärtlich an und fragte ganz leise: »Glaubst du, ich bin der Richtige für dich?«

Penina etwas unsensibel: »Diese Entscheidung werde ich wohl alleine treffen können, ohne dass ich da jemanden fragen muss.«

Ich war etwas zurückgewichen, aber ich versuchte es zu verstehen. Wir beide hatten verbrannte Seelen und keiner wollte, dass noch mehr zerstört wurde.

Aber ich erzählte ihr von meiner Neigung. Ich musste es tun, denn zu lange quälten mich diese Gedanken schon. Das ging so weit, dass ich Probleme mit meiner Potenz bekam, wenn wir zusammen waren. Ich empfand sehr viel für sie und ich wollte keine Geheimnisse vor ihr haben. Zu sehr marterte mich das Versteckspielen-Müssen.

»Wie hat sie es aufgenommen?«

Zuerst dachte ich, sie wird mit mir sofort Schluss machen. Spontan aufstehen, sich anziehen, ihre Sachen nehmen und gehen. Doch nichts von alledem geschah. Sie sah mich nur an und mit einem Lächeln sagte sie: »Na und? Ich habe es auch schon mit Mädchen gemacht. Du erwartest jetzt aber nicht, dass wir einen Dreier machen, oder?«

Ich antwortete: »Nein, das würde ich nie verlangen.«

»Da hast du vor lauter Verliebtheit wohl nicht richtig zugehört. Auch viele Frauen haben bisexuelle Neigungen. Es ist nicht alles so eindeutig, wie es scheint.«

Der wahre Trennungsgrund war sicher die starke Abhängigkeit, die ich zu Penina verspürte, wie zuvor zu Gunda. Erneut führte ich ein Leben an der Leine, musste Rechenschaft ablegen. Wo warst du? Was hast du gemacht? Warum meldest du dich erst jetzt zurück? Ich habe bereits mehrmals versucht dich zu erreichen. Nein, ich will jetzt nicht Liebe machen. Du musst es doch fühlen, dass ich das jetzt nicht will. Du musst doch alles fühlen, wenn es mir nicht gut geht und was ich empfinde. Nein, ich wollte mich nicht noch einmal dem Willen einer Frau vollständig unterwerfen.

Und anfangs schien nach unserer Trennung alles bestens, ich war wieder frei.

»Ja, wieder frei und allein.«

Keine täglichen Anrufe mehr, kein krampfhaftes Suchen nach immer neuen Themen, denn was sagt man jemandem, der fast jeden Tag anruft und den man nicht langweilen will? Irgendwann ist jedes Thema vollständig abgehandelt. Meistens ging es in unseren Gesprächen bei ihr um ihr Studium und bei mir um meine Arbeit, die ich hasste, doch machen musste, um nicht wieder von Arbeitslosenunterstützung leben zu müssen. Doch auf die Dauer war diese Art von Beziehung kein Leben für uns zwei. Bei mir kamen sofort wieder altbekannte Schuldgefühle hoch. Ich bürdete mir ganz allein die Verantwortung für unser Scheitern auf. Nur weil ich so bin, wie ich bin, klappte es nicht.

Penina schien das zu merken, denn eines Tages sagte sie zu mir am Telefon: »Du brauchst dich nicht schuldig zu fühlen. Du hast nichts falsch gemacht.«

War es am Anfang eine Erleichterung für mich, ungebunden zu sein, so sollte sich bald ein großes Loch auftun, in das ich hineinfallen sollte. Weihnachten 2014 nahte und ein Brief vom Gericht traf ein, in dem ich aufgefordert wurde, meiner Exfrau Rechenschaft über mein neues Einkommen zu geben. Weiters wurde ich zur Nachzahlung der Alimente für meinen Sohn für das ganze vergangene Jahr angehalten und sollte zudem Rechnungen über fünfhundert Euro für eine psychische Betreuung meines Sohnes seitens einer Esoterikfirma bezahlen. Ich fiel aus allen Wolken, dass mir meine Exfrau nun das Gericht auf den Hals hetzte, wobei es mir unverständlich war, wie es dazu gekommen war.

Schließlich hatten wir zwei Wochen zuvor ein verständnisvolles Gespräch miteinander geführt, in dem auch unsere Lebenssituationen zur Sprache kamen. Finanzielle Forderungen hatte sie nicht erhoben. Etwas voreilig dachte ich damals schon, wir würden vielleicht wieder zusammenkommen. Alles war so vertraut, ihre zärtliche Stimme, ihre Worte, ihr Lächeln, doch das war ein folgenschwerer Irrtum. Plötzlich brach alles wieder über mich herein, der ganze Betrug, der ganze Verrat, den Gunda an mir begangen hatte. Wieder war das Gefühl da, benutzt und ausgenutzt worden zu sein. Ich fühlte mich erneut von ihr hintergangen und missbraucht.

Weihnachten kam heran. Dieses Fest der Familie, der Liebe und des Friedens verstärkte in mir das Gefühl, dass mein Leben keinen Sinn mehr hatte. Die Feiertage verbrachte ich mit meinen alten Eltern, das heißt, am Heiligabend wünschte ich ihnen ein kurzes »Frohe Weihnachten« und ging dann wieder in meine Wohnung im ersten Stock zurück. Dort vergrub ich mich in meinen Schmerz. Er peinigte mich so stark, dass ich mir das Leben nehmen wollte, wäre da nicht jemand gewesen, der mir noch etwas Hoffnung gab. Mein Sohn. Er war mein Weihnachtsgeschenk bei diesem Fest. Wir sahen uns alte Familienaufnahmen auf Videokassette an, lachten und hatten Spaß. Dann musste er wieder nach Hause gehen und ich war wieder alleine.

Mein Gott, wie war das alles genau vor einem Jahr, fragte ich mich. Da war ich bei ihr, Penina. Wir hatten damals auch keinen guten Start am Heiligabend, ich war total müde, irgendwie ausgelaugt, etwas kränklich und hatte miese Laune, die auf Penina übersprang. Ich könnte mir heute noch den Kopf dafür abreißen, wie unbeherrscht ich war. Ja, meine Probleme machten mir damals wie heute zu schaffen. Einerseits wollte ich glücklich sein, fröhlich, Liebe spüren, aber andererseits konnte ich es nicht. Zu viele unbewältigte Probleme lasteten auf mir. Wie sieht sie aus, meine Zukunft? Ein Satz, der wie ein schwerer Stein auf mir lag. Doch damals geschah ein Wunder, ein Weihnachtswunder. Unsere Stimmung schlug um, als Peninas Verwandte zu Besuch kamen. Es wurde geredet, getrunken, gelacht. Ihr Sohn wartete gespannt auf die Bescherung und fing danach gleich an, das Modellauto zusammenzubauen, das er geschenkt bekommen hatte. Alle waren heiter. Nun gut, ein paar Gläschen Sekt trugen wohl zur guten Laune bei, aber das war nicht weiter schlimm. Es musste keiner mehr fahren. Dann, später am Abend, waren wir wieder alleine. Ihr Kleiner schlummerte bereits und wir lagen auf der großen Couch, die Scheite im Kaminfeuer prasselten und wir kuschelten uns eng zusammen. Wir küssten uns. Dann flüsterte ich ihr zu, sie solle hier auf mich warten. Ich wolle nur schnell etwas holen. Dann überreichte ich ihr einen in Geschenkpapier verpackten Umschlag. Dieser war noch zugeklebt, schließlich war das Geschenk darin ganz alleine für sie bestimmt. Ich hatte für sie ein Jahreshoroskop anfertigen lassen, da sie Horoskope gerne las. Sie freute sich über die außergewöhnliche Gabe. Dann schliefen wir miteinander. Als wir uns danach in den Armen lagen, streichelte sie meine Brust, bis ihre Hand auf der Höhe meines Herzens liegen blieb. Dann sah sie mich zärtlich an und sagte: »Pass gut darauf auf. Darin ist so viel Liebe, Zärtlichkeit und Verständnis, aber auch so viel Schmerz, Wut und Verzweiflung, die es zerstören könnten.«

Es war das schönste Weihnachtsfest seit Langem. Wehmutsvoll dachte ich ein Jahr später, am 24. Dezember 2014, daran zurück.

Ich hatte noch gehofft, dass sie anrief, aber das Telefon blieb stumm. Auch ich wagte mich nicht, ihr ein frohes Weihnachtsfest zu wünschen. Ich schrieb ihr noch eine E-Mail, wo ich mich für alles bedankte und für vieles entschuldigte und dass ich ihr nur Liebe, Liebe, Liebe wünsche. Ich begann mit den Worten »Hi, Liebes«, doch ich löschte es gleich wieder weg, schließlich konnte ich sie so nun nicht mehr ansprechen, leider. Das Schreiben war fertig und der Button »senden« schrie fast nach dem Mauspfeil. Ich habe die Nachricht nie abgesendet. Von Traurigkeit überwältigt brach ich allein in meiner Wohnung in Tränen aus. Ja, genau so fühlen sich Einsamkeit und der Verlust einer Liebe an, und man kann das Ganze erst dann verstehen, wenn man das Glück verloren hat. Was machte mein Dasein nun noch für einen Sinn auf dieser Welt? Wofür war ich denn geboren worden? Blieben mir nur noch meine kurzen, geheimen Abenteuer? War es meine einzige Bestimmung, anderen Männern Lust zu bereiten, ihnen und mir die Illusion von Liebe vorzugaukeln, wenn es auch nur für ein paar Minuten war? War das die einzige Bestimmung meiner Existenz? Diese unglaublichen Schmerzen in meiner Brust, diese rasenden Stiche in meinem Herzen sollten endlich aufhören. Was war bloß los mit mir? Warum war ich so ein Weichei, so eine Heulsuse? Warum wurde ich immer und immer wieder von solchen Gefühlsattacken überwältigt? Warum konnte ich denn nicht leben wie ein normaler Mann, mit Frau, Kind, einem anständigen Beruf, Eigenheim, vielen Freunden und ein paar entspannenden Hobbys? Diese Einsamkeit tat so weh. Nun gab es kein Weihnachtsfest, keinen Baum, keine Verwandten und Freunde, mit denen man sich gut unterhalten, lachen und essen konnte, keine leuchtenden Kinderaugen, die erwartungsvoll auf die Geschenke hofften, keine Erwachsenen, die das Geschenkpapier vorsichtig aufmachten, um es dann später zusammenzufalten, damit man es wieder verwenden konnte. Ich brauchte Alkohol, viel Alkohol, um mich zu betäuben. Ich setzte die Flasche Kräuterbitter an den Mund und trank den Inhalt in großen Schlucken wie Wasser. Nach ein paar Minuten ging es mir wesentlich besser. Der Rausch benebelte mich und ich torkelte von einem Raum in den anderen. Ich landete im Wohnzimmer und erblickte die Couch. Ich stellte mir vor, dass sie dort lag, nackt, und mich anlächelte mit ihrem Engelsgesicht.

Sie sah mich sehnsüchtig an und sagte zu mir: »Komm zu mir, mein Prinz, deine Prinzessin wartet auf dich.«

Ich ging auf sie zu und wollte sie küssen, aber die Couch war leer. Ja, auf dieser Couch hatten wir uns immer geliebt. Ich knüllte die dicke Decke zusammen, sodass sie die Form eines Körpers annahm, umarmte und küsste das Trugbild, als wäre sie es. Aber die Illusion funktionierte nicht. Damit hatte ich mich vielleicht in jungen Jahren noch täuschen können, aber jetzt nicht mehr. Es war nur eine Decke, die Fusseln kitzelten mich im Mund und ich musste husten. Die Tränen flossen wieder, ein Häufchen Elend, wie man so schön sagt, lag da auf der Couch. Alleine.

Ein Geräusch holte mich aus meiner Verzweiflung. Es war das Miauen meiner Katze Katy. Ich nahm sie auf den Arm und drückte sie ganz fest an mich. Ich weinte. Doch ihr Schnurren beruhigte mich mit der Zeit. Ich weiß nicht, wie lange ich mit der Katze im Arm so dasaß. Ich streichelte sie und sprach auf sie ein, als wäre sie ein Mensch. Ich erzählte ihr von früher, von Penina und mir. Penina hatte Katy immer gemocht. Es war ihre Lieblingskatze. Ich erklärte Katy, dass wir Penina wohl nie mehr wiedersehen würden, dass ich darüber traurig sei und mir nicht erklären könne, warum alles so kommen musste.

Auch dieser Tag ging vorüber, wie so viele. Ich musste weiterleben, funktionieren oder für immer aufgeben. Außerdem hatte ich ein Problem zu lösen, die Gerichtssache mit Gunda. Es sollte zwei Monate dauern, bis sich die Dinge für alle Beteiligten zur Zufriedenheit erledigt hatten. Doch dass Gunda mich wieder vor Gericht zerrte, riss noch einmal die alten Narben in mir auf und hinterließ neue tiefe Wunden. Sie hatte keine Ahnung, was sie uns und mir damit antat. Diese unglaublichen seelischen Schmerzen waren nur mit Alkohol und Tabletten zu bändigen. Ich verstand sie nicht. Dachte sie gar nicht über etwaige Konsequenzen nach? War ihr das Geld so wichtig? Diese fünfzig Euro mehr, die ich nun zahlen musste? War das Finanzielle bedeutender als die Entwicklung unseres Sohnes? Dabei hatte sich das Verhältnis zu meinem Sohn in den letzten Monaten enorm verbessert. Er besuchte mich viel häufiger als vorher, wir fanden weit mehr gemeinsame Themen, die wir besprachen, und natürlich sahen wir uns die alten Familienaufnahmen an, von denen ich ja Hunderte hatte.

Einmal sagte er zu mir: »Wow, da hast du ja einiges mit mir unternommen, Papa.«

Ein größeres Lob konnte ich mir nicht wünschen.

Doch jetzt war alles anders. Wie ein Schlag auf den Kopf hatte mich die Ladung vor Gericht getroffen. Das Antreten beim Sachverständigen für Familienrecht, das Auskunftgeben empfand ich als Unrecht. Ich fühlte mich verhört wie ein Verbrecher. Dabei hätte sie nur mit mir reden müssen. Ich hätte kein Problem damit gehabt, ihr alle notwendigen Auskünfte zu geben, aber so war sie eben. Der Kontakt zu meinem Sohn brach nun komplett ab. Keine E-Mails, keine SMS tauschten wir mehr. Sicher war es auch eine gewisse Rache, dass ich selbst keinen Versuch unternahm, mit ihm in Verbindung zu treten. Ich wollte, dass sie wusste, dass ich tief getroffen war, dass sie diese Schmerzen genauso spürt wie ich.

Wie oft hatte sie im Laufe unserer Beziehung nicht den Satz zu mir gesagt: »Warum soll nur ich leiden? Dir soll's genauso gehen.«
Und die einzige Möglichkeit, sie zu treffen, ging auf Kosten des Kindes. War mir nicht bewusst, dass ich, wenn ich mein Kind verleugnete, vor allem mich selber traf?

Nach der Gerichtsentscheidung widmete ich mich endlich wieder meinen anderen Problemen und meiner Zukunft. Doch die Chancen, mir etwas Neues aufzubauen, ließen auf sich warten. Es war wohl die seit Jahrzehnten angelernte Hilflosigkeit, in der ich immer noch verharrte. Selbst etwas zustande zu bringen, fiel mir schwer, aber auf die Hilfe von anderen zu vertrauen, war mir unmöglich. Ich konnte ja verletzt werden, wie so oft. Da mir nun noch weniger Geld zur Verfügung stand, versuchte ich noch das restliche Entbehrliche von meinem Hab und Gut zu verkaufen. Außerdem wühlte ich an den Sonntagen und Feiertagen im Müll der großen Einkaufzentren, um eventuell an brauchbare Gegenstände wie alte Notebooks, Modellautos oder sonstige Elektrogeräte zu kommen, die ich verkaufen konnte. Manchmal fand ich auch aufgebrochene oder beschädigte Verpackungen von Katzenfutter und nahm sie mit. Ich sammelte Pfandflaschen von den Straßen auf, um auch dadurch an etwas Bares zu gelangen. Sparen hieß es auch im Haushalt und im täglichen Leben. Im Kühlschrank befand sich nicht sehr viel, gerade einmal zwei Stangen Wurst, von denen ich mich ernährte, manchmal ein Glas Essiggurken, Rote Rüben, Mayonnaise, Senf. Dafür gab ich mehr Geld für Tabletten, Süßigkeiten und Alkohol aus. Ich sparte sogar beim Kaffeefilter und dem Kaffee, indem ich sie zweimal verwendete. Als ich aber ernste Magenprobleme bekam, ließ ich diese Sparmaßnahme wieder sein. Einige Birnen in den Lampen wurden ein Stück weit herausgeschraubt, sodass sie keinen Kontakt zum Strom kriegten. Äußerlich sah ein Besucher keinen Unterschied. Beim Duschen, Toilettengang oder Zähneputzen verzichtete ich auf Licht. Die kleine Notdurft wurde im Waschbecken oder unter der Dusche verrichtet. Die Hosen flickte ich selbst und die beschädigten Schuhe besserte ich mit billigem Silikon aus. Beim Einkaufen achtete ich auf die Prozentaufkleber oder auf fast abgelaufene Ware zum halben Preis.

»Du warst verzweifelt. Am Ende. Vielleicht hätten dir ein paar Schläge, so wie in deiner Kindheit, ganz gut getan, um dich aus deiner Starre zu wecken. Du hast anscheinend noch zu wenige kassiert. Du hattest doch einen Beruf, was war dein Problem?«

Sicher hatte ich einen Job. Doch die Arbeit im Callcenter war nur eine Überbrückung, eine Anstellung für zwei Jahre. Bald war die Zeit um, und danach würde ich wieder auf der Straße stehen, wieder ohne Job, ohne Auto, ohne ein eigenes Leben sein, müsste mich wieder beim Arbeitsamt melden und das Ganze würde von vorne beginnen. Ich durfte gar nicht daran denken. Ich musste, ob ich wollte oder nicht, diese Arbeit ausführen. Der Job bestand darin, dass wir für Versandhäuser die telefonischen Kontakte zu den Endkunden abwickelten. Wenn die Kunden Probleme hatten oder eine Bestellung aufgeben wollten, riefen sie uns an.

»So weit, so gut, das hört sich einfach an. Du brauchtest niemanden anrufen, sondern wurdest angerufen. Du brauchtest auch nichts zu verkaufen, was wolltest du mehr?«

Es war der Druck, die enorme Belastung, die uns allen zu schaffen machten, schließlich mussten wir für vier verschiedene Firmen arbeiten, wo jede ihre eigenen Konditionen hatte. Wir arbeiteten für eine Organisation, die Menschen mit Behinderung die Chance gab, wieder auf dem Arbeitsmarkt Fuß zu fassen. Zu den Mitarbeitern gehörten nicht nur Rollstuhlfahrer, Menschen, die sich nur mit Hilfe eines Rollators fortbewegen konnten, oder solche, die einseitig einen Schlaganfall erlitten hatten, nein, es waren viele andere dabei, die keine körperlichen Gebrechen hatten, denen es aber psychisch nicht gut ging.

»So wie dir.«

Genau. Sicher, ich wollte arbeiten, ich wäre sonst verrückt geworden, außerdem ist der gesellschaftliche Druck, als arbeitslos zu gelten, hart. So musste ich mich durchbeißen, ob ich wollte oder nicht, und mir das Gestottere, Gestammle, Genuschle, kaugummikauende Gespräch oder stark gebrochene Deutsch mancher Kunden und Ausländer anhören, um die notwendigen Informationen mühsam herauszufiltern. Wenn einer ins Telefon hustete, nieste oder schrie, flog mir fast das Ohr, an dem das Headset hing, weg. Dann wollten mir manche Kunden ihre Lebensgeschichte erzählen. Mit Mühe und Not konnte ich das abwehren. Danke, dachte ich, ich habe meine eigenen Probleme. Hinzu kam das ständige Grundgeräusch, wenn fünfzehn Leute gleichzeitig telefonieren, ein Brummen wie in einem Bienenstock. Dann störten die unregelmäßigen Arbeitszeiten von 07.00 Uhr früh bis 20.00 Uhr am Abend, die kein geregeltes Leben erlaubten. Zudem gab es keine fixen Arbeitsplätze. Jeder musste sich täglich erst einen ergattern, um dann die Computerprogramme starten zu können und seinen Arbeitstag zu organisieren. Häufig stürzten die Programme ab und man musste von Neuem beginnen. Und immer ging es um das liebe Geld. Wir mussten uns unzählige Beschimpfungen und Drohungen von Kunden bezüglich der hohen Zinsen anhören, denn manche glaubten tatsächlich, dass sie bei einem Ratenkauf keine Zinsen zahlen mussten. Dann das viele Lügen, da das System sehr ungenau war, was die Angabe der Lieferzeiten betraf. Des Öfteren kam es vor, dass ein schon vertrösteter Kunde eine Woche später nochmals anrief und wiederum um eine Woche vertröstet wurde und in der darauffolgenden Woche noch einmal. Es wurde diese erzwungene Falschheit verlangt, die mir sehr schwer fiel. Ich dachte oft bei mir, dass wir alle in die Hölle kommen, bei den vielen Lügen. Da unten ist schon ein heißer Platz mit dem Schild Callcenter-Lügner reserviert.

Vor allem die scheinheilige Begrüßung ging mir anfangs nur schwer über die Lippen – »Herzlich willkommen!«.

Das Ganze hatte mit dem Herzen nichts zu tun und es dauerte sehr lange, bis ich diesen Spruch anstandslos hersagte und die Bedeutung dahinter ignorieren konnte. Ich entwickelte eine monotone Stimme wie ein Computer, so ohne Gefühle, denn Gefühle waren hier tabu. Auch kam dieser Zwang wieder, mir oft die Hände zu waschen, so wie es früher schon der Fall war. Und wenn ich länger Urlaub hatte, musste ich mich von Neuem daran gewöhnen. Wir waren einem immensen Leistungsdruck ausgesetzt.

Wir mussten mindestens zwanzig Calls in der Stunde schaffen, dazwischen gab es bei einem Achtstundentag zwei kleine Pausen zu je acht Minuten und die gesetzlich vorgeschriebene Mittagspause von dreißig Minuten. Hinzu kamen immer wieder starke Veränderungen unserer Arbeitsbedingungen. Die Anforderungen erhöhten sich laufend. Immer mehr Statistiken mussten neben dem Gespräch bearbeitet werden. Zur normalen Mengenabfrage wurde ein Fragenkatalog mit zweihundert Fragen eingeführt, warum der Kunde angerufen hatte. Für das Heraussuchen der richtigen Antwort blieb kaum Zeit, denn der nächste Kunde wartete bereits in der Leitung. Zwar konnte man sich kurz wegschalten, wurde aber sofort wieder aktiviert und das Telefon läutete. Ich übernahm dann die Teamleitung, da ich es nicht mehr aushielt, den ganzen Tag lang zu telefonieren. So erledigte ich nach den Calls eben diverse Buchungen und übernahm die Betreuung der Kollegen.

»Das war Stress pur.«

Ja, nach so einen Tag ging ich dann zuerst an meinen Spint, um mir einen großen Schluck Kräuterbitter zu gönnen, um etwas herunterzukommen, damit mir etwas leichter wurde.

»Du hast auch in der Firma getrunken?«

Ja, ich brauchte das, um überhaupt der Belastung standzuhalten, mich zu beruhigen und ausgeglichen zu erscheinen. Meist nahm ich nur einen großen Schluck und trank danach etwas Eistee, damit man meine Alkoholfahne nicht roch.

»Das wäre auch ein Kündigungsgrund gewesen.«

Sicher, aber es war mir egal. Zwischendurch stieg auch mein Konsum an Beruhigungspillen wieder drastisch an. Jeden Tag aufs Neue quälte ich mich in die Firma. Und täglich fragte ich mich: Muss ich da wirklich wieder hin? Ja, es war notwendig, denn es gab im Moment keine Alternative. So lief ich jeden Tag dem Zug hinterher, wieder war alles so wie früher in der alten Firma. Wieder musste ein Teil von mir, der andere wollte nicht. Wieder aß und heulte ich auf der Toilette. Wieder wurden die zu vielen Überstunden zum Problem, wieder kam es zum Hämmern und Bohren durch einen Gebäudeumbau, wieder folgte ein Systemabsturz nach dem anderen, wieder wurden Programme umgestellt, wieder habe ich hohen

Einsatz gezeigt, wahrscheinlich über die Maßen, denn ich wurde von der obersten Chefin als Streber beschimpft.
»Von Führungsqualitäten zeugte das nicht!«
Ich hatte das Gefühl, verheizt zu werden. So versuchte ich also, nicht mehr als Streber dazustehen, mir keine großen Gedanken mehr über Verbesserungen zu Hause zu machen, obwohl es nicht meiner Natur entsprach. Ein Grund dafür waren aber auch meine plötzlich auftretenden gesundheitlichen Probleme. So wurde mir einmal richtig schwarz vor Augen, obwohl ich am Platz saß. Im letzten Moment konnte ich mich noch erheben und torkelte auf die Toilette, um mir kaltes Wasser über meine Arme fließen zu lassen. Es half. Ich wurde wieder etwas klarer im Kopf. Und in meinen Ohren war dieses zwar nicht ständige, aber doch häufig auftretende Surren. Ich dachte schon daran, dass ich einen Tinnitus hätte. Aber es gab auch angenehme Situationen, wenn auch sehr, sehr selten. So telefonierte ich eines Tages mit einem jungen Mädchen. Sie hatte eine so sanfte Stimme, und als sie noch »Mein Gott, sind Sie nett« ins Telefon hauchte, wurde es mir ganz anders. Doch sie war so unerreichbar für mich, nicht nur weil sie so weit weg wohnte. Dann die Gespräche mit den schon etwas älteren Damen, die so durch die Blume doch eindeutige Angebote machten, als sie Dessous bestellten.

»Aber im Callcenter hättest du bei einem Mädchen auch eine Chance gehabt.«
Ja. Unglaublich, aber wahr. Sie war groß, schlank und hübsch und sie hatte so eine liebevolle Art. Ein wenig hinkte sie auf einem Fuß, aber das störte mich nicht. Einmal hat sie mich eingeladen, mit ihr zu Mittag zu essen, doch ich konnte es nicht. Außerdem war sie mit einem anderen aus dem Team erst kurz zusammen. Ich verstand diese Situation nicht, wollte auf keinen Fall einen Krieg im Team dadurch auslösen und auch ich war noch mit Penina liiert. Ich spürte die Gefühle in mir, wie sie wallten, wie sie herauswollten, wie sie mich dazu drängten, wieder in die Arme einer Frau zu fallen. Wieder alles zu vergessen, was mich sonst an Problemen bedrückte. Doch es durfte nicht sein, obwohl sich die Beziehung

zu Penina fast schon ihrem Ende näherte. Ich kämpfte dagegen an. Ich durfte solche Gefühle nicht mehr zulassen, da sie in mein gegenwärtiges Leben nicht mehr passten. Ich hatte keine Basis, auf der ich aufbauen konnte, kein eigenes harmonisches Zuhause, das Raum für eine neue sich anbahnende Partnerschaft bot. Ich lebte immer noch bei den Eltern. Im Laufe der Jahre und nach dem schweren Schlaganfall meiner Mutter hatte sich dort die Situation zugespitzt. Ich fühlte mich unter ständiger Beobachtung. Immer bewegte sich der Vorhang am Fenster und einer der beiden schaute mir nach, wenn ich mit dem Rad fortfuhr. Die Waschmaschine lief in Dauerbetrieb und ich konnte meine Wäsche kaum waschen, und das Warmwasser war meist auch alle, da meine Mutter zu viel für ihr Bad brauchte. Sie hat dann nicht daran gedacht, dass auch andere gerne warmes Wasser hätten. Sie hat den Schalter für das händische Aufheizen nicht eingeschaltet. Außerdem schien mein Gehörsinn noch empfindsamer zu werden, als dieser schon war. Ich vermutete, dass die Ursache mit meinem jetzigen Beruf zu tun hatte. Ich musste manchmal wegen der schlechten Telefonverbindung sehr genau hinhören. Das hat mein Gehör noch mehr geschult. Zu Hause drang infolge der dünnen Wände jede Lebensäußerung meiner Eltern zu mir in den ersten Stock, ob der Toilettengang meines Vaters bei geöffneter Badtür, sonstige widerwärtige Geräusche oder der zu laute Fernseher. Es kam mir fast so vor, als würde mein Vater versuchen, mich mit diesem Psychoterror und durch die unhygienischen Zustände rausekeln zu wollen, dabei hätte er nur einmal im Leben mit mir vernünftig reden sollen. Auch die schlechten Gerüche verbreiteten sich im ganzen Haus, vom benutzten WC, dem verbrannten Essen oder dem übel riechenden Katzenfutter, über das sich die Fliegen und Wespen hermachten. Die Demenz meiner Mutter führte zu ständigen Streitereien, und das war ziemlich aufreibend. Entweder nahm sie zu viele Tabletten oder zu wenige oder gar keine. Fast allmonatlich kam sie ins Krankenhaus, regelmäßig hielt der Krankenwagen vor unserer Tür, wenn sie wieder einmal gefallen war oder einen epileptischen Anfall erlitten hatte. Ich fühlte mich schon selbst so krank wie meine Eltern, weil ich dies alles hautnah miterlebte. Oft wurde meine Mutter bei einem Streit aggressiv und nicht selten rief einer der beiden die Polizei. Wie sehr habe ich mich dafür geschämt. Aber es war ihr Haus, wie ich mir immer wieder anhören musste, und da konnten sie machen, was sie wollten, egal ob es mir passte oder nicht. Doch ich konnte nicht mehr länger den Mund halten, so wie damals als Junge. Wenn meine Mutter irgendetwas von mir wollte und an die Zimmertür klopfte, dann war ich da schon kurz vor dem Ausrasten. Was will sie denn nun schon wieder? Meistens war es nur Unsinn. Ich soll sofort das Unkraut jäten gehen oder die Katzen suchen oder was weiß ich was für eine unnötige Arbeit. Dann kam alles wieder hoch. Meine ganzen negativen Erlebnisse in diesem Haus, mein verpfuschtes Leben. Und jetzt kommt sie mit ihren blöden Einfällen. Da habe ich sie oft angeschrien, so wie sie mich damals. Nun konnte sie sich nicht mehr wehren, sie hielt sich die Ohren zu und fing an zu weinen. Dann ging sie traurig in das Parterre hinunter.

»Du hättest sie am liebsten geschlagen, so wie sie dich damals verprügelt hat.«

Ja, vor lauter Verzweiflung hätte ich es fast getan. Ich wollte einfach meine Ruhe haben.

»Und dein Vater?«

Der hatte seine eigenen Probleme mit seiner streitsüchtigen Frau. Das führte auch dazu, dass der mehr und mehr dem Alkohol verfiel. Einmal habe ich ihn sogar am Bahndamm liegend gefunden, die Mistgabel in einer Hand. Er war vor lauter Trunkenheit gestürzt und er konnte alleine nicht mehr aufstehen. Manchmal hat er auch von Selbstmord gesprochen, auch in Gegenwart von Verwandten, Bekannten und meiner Halbbrüder. Doch keiner nahm das ernst. Auch wurden diese Besuche zu uns immer weniger, da diese Streitereien auch in der Öffentlichkeit ausgetragen wurden. Mir reichte das jetzt. Ich wollte endlich weiterkommen in diesem Leben. Ich wollte endlich raus aus diesem Haus. Ich brauchte Geld und ich stellte mir das alles schon so wunderbar vor, aber nicht einmal jetzt bekam ich einen Kredit. Ganz geschockt verließ ich den Bankangestellten. Wieder hatte ich kein Auto, keinen vernünftigen Beruf und keine Zukunft. Ich musste das erst regeln, um in die Normalität zurückzukehren. Ich brauchte zuerst eine vernünftige Basis für mein Leben und die Liebe.

So ging ich dem Mädchen in der Firma lieber aus dem Weg und da sie bald ausschied, erledigte sich diese Sache auch von selbst.

»Du hattest nun doch eine Festanstellung, da hättest du doch einen Kredit aufnehmen können und dir endlich etwas aufbauen können. Warum hast du das nicht gemacht?«

Weil es keine Fixanstellung war, sondern nur eine befristete. Ich wollte ja einen Kredit aufnehmen, aber als sich der Bankbeamte meinen Arbeitsvertrag durchlas, bedauerte er, mir keinen geben zu können, da es sich um ein befristetes Verhältnis gehandelt hat und da werden keine Kredite vergeben.

»Hast du denn nicht versucht, eine andere Arbeitsstelle zu finden?«

Doch, ich schaute regelmäßig die Stellenangebote durch, aber je mehr Stellenprofile ich las, desto verzweifelter wurde ich. Das, was mich interessierte, war nur mit einem Studium oder einer anderen höheren Ausbildung möglich und die anderen angebotenen Arbeitsstellen lagen entweder zu weit entfernt von meinem Wohnort, waren zu schlecht mit den öffentlichen Verkehrsmitteln zu erreichen oder zu schlecht bezahlt. Die Unterhaltung einer Wohnung und eines Autos hätte das komplette Gehalt verschlungen. Außerdem darf man nicht vergessen, wie alt ich war. Bei meinem Alter von inzwischen vierundvierzig Jahren war ich bereits zu alt für den Arbeitsmarkt. Hinzu kam, dass immer noch die Nachwirkungen der Wirtschaftskrise zu spüren waren. Es war einfach aussichtslos.

»Warst du in dieser Zeit in Therapie?«

Die Gesprächstherapie hatte ich ja bereits abgebrochen und nach einiger Zeit setzte ich auch die speziellen Medikamente, die mir der Psychiater verschrieben hatte, ab, da sie ein Gefängnis für meine Emotionen bauten. Wenn ich weinen wollte, ging es durch die dämpfende Wirkung der Pillen nicht. Es staute sich in mir dadurch ein enormer Druck auf, der einfach nicht entweichen konnte. Das verursachte noch mehr Schmerzen. Somit brach ich auch die Behandlung beim Psychiater ab. Es war genug geredet worden.

»Aber während der Hinfahrt und Rückfahrt zur Arbeit mit dem Zug hast du oft deine Gedanken schweifen lassen und dir Überlegungen über Vergangenes und Zukünftiges gemacht.«

Ich genoss diese fast einstündigen Zugfahrten meist sehr. Ich versuchte immer einen Zweierplatz zu finden, wo ich mich in die Ecke kuscheln konnte. Nachdem der Zugbegleiter meine Fahrkarte geprüft hatte, gab es keine Störung mehr und ich konnte aus dem Fenster sehen, wie die Landschaft vorbeizog. Hier und da ein paar Rehe, die auf der grünen Wiese ästen, und ich beobachtete, wie hoch der Mais schon gewachsen war. Somit war das Jahr schon bald wieder um für mich und mich beschlich wieder das seltsame Gefühl, so viel versäumt zu haben. Wenn es regnete und die Regentropfen zu Flüssen auf der Scheibe wurden, wenn es draußen stürmte oder schneite, fühlte ich mich wohl, fast heimelig, weil ich im Warmen saß. Heimlich beobachtete ich die anderen Fahrgäste. Manche unterhielten sich über Gott und die Welt, andere tippten auf ihren Notebooks und Smartphones herum, telefonierten oder lasen Zeitung. Manchmal war ein verliebtes Pärchen dabei, das sich zärtlich streichelte, küsste und anlächelte. Ich erinnerte mich an meine Jugendzeit, in der ich so oft verliebt war, wenn auch oft unglücklich. Damals bin ich auch mit dem Zug zur Schule gefahren. Ich weiß noch, wie ich eines Tages mit Esta in einem Abteil saß, dabei waren ihre Schulfreundinnen, die uns beide aufforderten: »Küsst euch, küsst euch!«

Es ist ein seltsames Gefühl, wenn ich daran zurückdenke.

»Habt ihr euch geküsst?«

Ja, aber nur auf die Wange, dann stieg ich aus, aber das war schon ein großer Erfolg für mich.

»Die Jugendfreundschaft mit Esta hielt am längsten. Um ihr zu gefallen, hast du auch viel Unsinn gemacht.«

Ja, für sie habe ich sogar einmal ein Rad gestohlen, damit sie gemeinsam mit mir nach Hause radeln konnte. Ich fuhr mit dem geklauten alten Klappergestell, während sie mit meinem neuen Rad fuhr. Bei mir zu Hause angekommen landeten wir damals sogar im Ehebett der Eltern, aber es ist nichts passiert. Das entwendete Rad habe ich dann am Abend wieder zurückgebracht und bin zu Fuß nach Hause gegangen. Ein anderes Mal habe ich für sie den Ablauf ihrer bevorstehenden Kochprüfung ausspioniert. Mit einem Kassettenrekorder habe ich das Gespräch mit der Küchenleiterin aufgenommen.

»Was tut man nicht alles aus Liebe!«

Und auch mit Gunda, meiner ersten großen Liebe, bin ich oft Zug gefahren. Zum Beispiel nach Wien, wo wir eine wunderschöne Zeit verbrachten. Züge und Bahnhöfe hatten für mich immer schon eine besondere Bedeutung. Man denke nur an die vielen Menschen, deren Wege sich hier täglich kreuzen. Was haben sie für Ängste, Wünsche, Träume, Hoffnungen und Sehnsüchte? Hat vielleicht einer von ihnen ein ähnliches Schicksal wie ich? Und dennoch ist trotz mancher Übereinstimmung jeder von uns ein Unikat. Was denken, was fühlen sie, haben sie mit ihrer Liebsten eine schöne Nacht verbracht oder gab es Streit? Fährt jener da mit dem Blumenstrauß in der Hand vielleicht zu seinem ersten Rendezvous? Ist der Mann mit dem festlichen Anzug und dem Einstecktuch auf dem Weg zu einer Feier? Und um wen trauert die Bedrückte in Schwarz? Bahnhöfe sind wie Wegkreuzungen des Lebens. Woher kommen die Menschen und wohin gehen sie? Leider hat man es im Leben oft nicht leicht, das Ziel zu sehen. Es steht auf keiner Anzeigetafel, welche Station die nächste sein wird oder welche Weiche man umstellen muss. Manchmal fahren zwei Züge eine Zeit lang nebeneinander. Doch irgendwann kommt eine Kreuzung und ihre Wege führen auseinander. Ähnlich ist es im Leben, in dem jeder selbst verantwortlich dafür ist, welche Weichen er stellt. Oft hat man indes keinen Einfluss darauf und jemand anderes legt die Weichen um. Die stärkste Macht im Leben aber ist die Liebe. Sie bringt dich dazu, Wege zu gehen, die du sonst nicht beschritten hättest. Wie stark muss zum Beispiel die verbotene Liebe einer Gefängniswärterin zu einem Gefangenen sein, wenn sie eine Beziehung mit ihm eingeht und ein Kind von ihm bekommt? Was für ein elementarer Hormoncocktail muss diese Liebe sein, wenn er, neunzehn, wegen seiner unerfüllten Liebe sich von einem Strommast stürzt oder sich vor einen Zug wirft?

Solcherart waren meine Gedanken bei meinen täglichen Zugfahrten und oft übermannten mich die Erinnerungsfetzen an die vergangenen schönen Zeiten, und nicht selten rannen Tränen über meine Wangen.

»Mit Wehmut dachtest du auch an deine letzte Liebe, an Penina, zurück.«
Wir waren im Guten auseinandergegangen, wollten Freunde bleiben, aber nach unserer Trennung hörte ich nicht mehr viel von ihr, dabei vermisste ich sie manchmal so sehr.
Als ich dann durch Zufall zu einem Auto kam, entschloss ich mich kurzerhand, ganz in ihrer Nähe meinen Urlaub zu verbringen und – wenn möglich – sie zu treffen. Warum sollten wir es, wenn sie es auch wollte, nicht noch einmal miteinander versuchen? Warum sollte aus der noch glimmenden Glut unserer Gefühle nicht noch einmal eine Flamme werden? Ich sehnte mich danach, all das, was uns einmal verband, wiederaufleben zu lassen. Das Verlangen, die Zärtlichkeit, die Liebe, die Nächte, in denen wir nur uns gehörten, nur uns allein.

»Habt ihr euch getroffen?«
Es sollte wohl nicht sein. Sie wusste zwar, dass ich in der Nähe war, und auch wo ich wohnte, aber sie hatte gerade in dieser Woche so viele Prüfungen für ihr Studium zu absolvieren, dass kein Treffen zustande kam. Oft, wenn ich so in meinem Ferienzimmer in meinem Bett lag und draußen der Regen auf das Dach trommelte, stellte ich mir bildlich vor, wie sie an meine Tür klopfte und total durchnässt hereinkam. Ich sah in meinem Wunschbild viele Kerzen vor mir, die wir aufstellten und in deren Licht wir uns am Boden liebten, so wie damals, als noch alles in Ordnung war.
»Das klingt wie eine Szene aus einem Liebesfilm.«
Und wenn schon, man wird doch wohl noch träumen dürfen.
»Ein Träumer zu sein ist in Ordnung, aber man muss aus seinen Träumen auch etwas machen und nicht warten, bis etwas passiert.«
Als Mann und Frau innig beieinander zu sein, ist das Wunderbarste, was geschehen kann. Aber vielleicht war das immer mein Problem in der

Liebe, dass die Wirklichkeit schließlich den schönen Filmbildern nicht standhalten konnte und mich letztlich enttäuschte.

»Du hast auch Penina ein Jahrbuch geschenkt, so wie Gunda.«
Ja. Während unserer Beziehung ergriff mich wieder das starke Gefühl, alles festhalten zu müssen, all die schönen Dinge, weil alles so vergänglich ist. Im Vorwort zum Jahrbuch schrieb ich:

> Hi Liebes,
> es ist unglaublich, dass schon ein Jahr vorübergegangen ist. Wie die Zeit doch verrinnt. Unglaublich, dass wir uns damals getroffen und näher kennengelernt haben, unglaublich, was wir alles erlebt haben, dabei war es nicht immer einfach mit uns zweien, schließlich hat es zuerst gar nicht gut ausgesehen, aber darüber will ich nicht näher nachdenken. Ich habe Dir ja eine E-Mail versprochen, das hat leider nie funktioniert, darum habe ich mir gedacht, ich sammle so einige Dinge »Unseres Jahres« und verpacke das Ganze in ein Fotoalbum. Es waren einige Stunden nötig, um das Werk zu vollenden, ich hoffe, es hat sich gelohnt. Ein Jahr voll mit Fotos, SMS und Gedanken. Ich dachte zwischendurch schon, das Album wäre zu klein, aber ich habe es geschafft.
> Ein Jahr voll mit gemeinsamen Erlebnissen. Jetzt erst, wo ich diese Zeilen schreibe, ist das Album fertig geworden, diese Zeilen habe ich mir bis zum Schluss aufgehoben, um ein Gefühl für das Album und das Jahr zu bekommen. Es war vor allem ein Jahr der Gefühle. Ich danke Dir, dass ich diese Gefühle mit Dir erleben durfte. Ich wünsche Dir und uns alles Gute, von ganzem Herzen, und mögen unsere Träume und Wünsche in Erfüllung gehen, und dass wir diese schöne Zeit nie vergessen werden, auch wenn der Alltag seinen Platz in unserem Leben beansprucht. Ich wünsche uns nur Liebe, Liebe, Liebe. Von der gibt es heute viel zu wenig auf dieser Welt. Dein Bärli

»Wie blickst du heute auf diese Zeit mit ihr zurück?«
Sie war viel zu schnell vorbei. Manchmal glaubte ich, wir hätten Jahre

übersprungen, so tief war unser Gefühl füreinander, so stark unsere Liebe, vor allem als wir noch in der Klinik waren, spürten wir eine magnetische Anziehungskraft. Ich hätte nie daran gedacht, dass es mir noch einmal passieren könnte. Wir entdeckten die Schönheit unserer Körper. Wir empfanden sie als den Gipfel der Schöpfung. Ihren nackten Körper zu umfangen, mit all meiner Liebe, dabei jede kleine Unebenheit ihrer Haut zu spüren, jedes einzelne Haar, diese Augenblicke haben sich mir für immer eingebrannt. Wir brauchten uns so sehr, wollten uns festhalten, intensiv spüren.

Einmal weinte sie bitterlich, nachdem wir uns voneinander gelöst hatten, und sagte: »Danke, dass ich bei dir so sein kann, wie ich bin.«

Ich war bewegt und fühlte mich geehrt, dass sie ihre Verletzlichkeit so offen vor mir zeigte.

»Ich habe auch neue Erfahrungen gemacht, Grenzen ausgetestet.«

Es war schon ein Erlebnis, als wir uns dabei filmten, sie am Poppers roch oder als ich ihren Schal nahm, damit ihre Augen leicht verband und mit meinen Händen ihren Hals sanft zudrückte.

»Aber sie hat gespürt, dass etwas mit dir nicht stimmte.«

Einmal fragte sie mich damals ganz zärtlich: »Gibt es in deinem Leben eine Sehnsucht, die du dir erfüllen willst? Ich spüre doch, dass dich etwas beschäftigt, du suchst nach etwas.«

»Wie hast du geantwortet?«

Es wird schon wieder. Meine Standardantwort. Ich wollte diese paar Stunden, die wir miteinander hatten, nicht mit meinen Problemen vergeuden.

»Du wolltest in deinem Leben die schönen Tage immer anhalten, weil sie so schnell vergingen. Du hättest auch die schlechten Tage nutzen sollen. Hat ihr deine Antwort gereicht?«

Sicher nicht, aber sie sagte nur: »Ich wünsche dir, dass du das findest, wonach du suchst, und bitte mache die Sprachtherapie weiter. Sie wird dir zusätzlich helfen.«

Am 25. Dezember 2013 schrieb ich in unser Jahrbuch:

Eine schöne Landschaft, in der du wohnst, so viel Natur umgibt dein Heim, kaum zu glauben, dass das in der Nähe die Stadt ist. Ich gehe gerne diesen Weg dorthin, wenn auch alleine. Er gibt mir die Kraft, nachzudenken, weit weg vom Lärm des Alltages. Vorbei an den Weingärten, die endlos zu sein scheinen und deren Ziel der Himmel ist. Aber mein Ziel liegt woanders. Es ist die Kirche am Hügel. Ich schalte gerne dort ab, wenn ich bei dir bin. Danke, dass du mir die Zeit dafür gibst. Ein Engel wacht dort oben. Möge er auch über dich wachen und dich vor Bösem beschützen. Ein Weg zurück eröffnet sich mir. Wohin wird er mich führen? Es ist wie im Leben, in dem man viele Wege gehen kann. Man weiß nicht, wohin der einzelne einen führt. Eine Kreuzung stellt einen vor Entscheidungen. Wohin gehen? Was muss ich aufgeben, wenn ich links gehe, und welche Lasten und Enttäuschungen muss ich auf mich nehmen, wenn ich rechts gehe? Oft fehlt die Zeit, darüber nachzudenken. Man muss weiter. Die Zeit bleibt nicht stehen. Doch manchmal sollte man stehen bleiben und die Augen öffnen und bereit sein für das Schöne.

»Und dennoch habt ihr die Liebe nicht festhalten können. Sie hatte ein Verfallsdatum. Bist du, als Penina nicht kam, wieder in die alten Muster verfallen?«

Ich bemerkte, dass sich mein Feriendomizil gar nicht weit weg von Wien befand, und da ich schon einmal hier war, entschloss ich mich, die geheimen Liebesplätze der Metropole zu erforschen.

»Sicher lockten dort die großen Abenteuer.«

Ehrlich gesagt, nein. Es war wie zu Hause. Auch hier suchten die Einsamen vergeblich nach ihrem Märchenprinzen. Am Ende erlebte ich mehr Frust als Lust. Ich verbrachte ein paar Tage in Wien und kehrte dann wieder in mein altes Leben zurück.

»Du warst wieder einsam und allein. Aber einmal hast du dich doch noch verliebt.«

Ja, für einen flüchtigen, trügerischen Augenblick. Ich hatte mich auf einer Plattform für Singles im Internet angemeldet. Es war an meinem

Geburtstag. Ich glaubte zu träumen. Ich entdeckte sie, »Sarah8020«. Sie war so hübsch und ihr Bild garantiert kein Fake, denn es wirkte so natürlich aufgenommen. Ich hatte aber noch kein Foto von mir hochgeladen. Es war bereits Mitternacht, und jetzt noch ein schönes Porträt von mir zu machen war nicht möglich. Ich wollte ihr aber nicht ohne ein Foto eine Nachricht hinterlassen. Und so wollte ich dies am nächsten Abend nachholen. Am nächsten Tag war ich ganz aufgeregt. Schon an meinem Arbeitsplatz überlegte ich, welchen Hintergrund ich wählen, welche Pose ich einnehmen sollte. Zurück zu Hause brachte ich die Kamera und das Stativ in Stellung und suchte ewig nach dem passenden Outfit. Anzug? Viel zu seriös und er machte mich zu alt. T-Shirt? Das wirkte zu jugendlich für so einen alten Knacker. Hemd geht immer. Dann der Hintergrund. Im Freien oder in meiner Wohnung? Im Freien ging nicht wegen der Eltern. Sicher wäre mein Vater aufgetaucht und hätte dumme Fragen gestellt. Also eine Innenaufnahme. Das rote Tischtuch, schrecklich, der grüne Vorhang passte, und ich drückte endlich gefühlte hundert Mal auf den Selbstauslöser. Posierte mal von vorn, mal im Profil. Nun schnell den Computer einschalten, das beste Bild heraussuchen und noch etwas nachbearbeiten. Es hat wohl Stunden gedauert, bis ich endlich mit meinem Konterfei zufrieden war. Jetzt schnell anmelden, mein Bild hochladen und ihr eine kurze Nachricht schreiben, doch ich habe sie nicht mehr gefunden, ihr Profil hatte sie an diesem Tag gelöscht.

»Auch das war noch nicht das Ende. Da war noch Sinah.«

Das war schon eine seltsame Geschichte. Ich weiß gar nicht mehr genau, wie sie hieß, ich vermute Sinah. Ich konnte auch nicht sagen, woher wir uns kannten, oder besser, woher sie mich kannte, denn sie sprach mich bei unseren seltenen Treffen immer mit dem Namen an, was mich zusätzlich verunsicherte, denn ihren wusste ich nicht und danach fragen? Es wäre ja egal gewesen, ich bin sowieso schon ein Vollidiot in den Augen der anderen. Ich vermutete, dass ich mit ihr in die Schule gegangen bin, aber das war ja Jahrzehnte her. So trafen wir uns ein paar Mal im Supermarkt. Immer begrüßte sie mich zuerst, da ich sie immer zu spät sah, doch mehr als Grüßen war nicht. Ich weiß auch nicht warum. Sie musste aber aus dem gleichen Ort wie ich stammen, denn wir trafen uns einmal beim Gemeindearzt. Ich war der einzige Patient im Wartezimmer, da es bereits spät am Abend war und bereits dunkel. So saß ich auf einem Sessel und wartete, bis ich dran war. Da kam sie plötzlich aus der Tür. Auch sie war gerade beim Arzt gewesen. Wir sahen uns an. Ich glaube, es hat Stunden gedauert. Sie wollte auch auf mich zugehen und irgendwie sah ich sie schon vor mir stehen, als sie in der Entfernung traurig den Kopf senkte und ihn schüttelte. Dann verließ sie ohne ein Wort zu sagen schnell die Arztpraxis. Da war ich nun wieder alleine. Ich konnte das gerade Passierte gar nicht fassen. Warum war sie so enttäuscht? War wieder einmal ich schuld an dem Ganzen? Es hat lange gedauert, bis ich sie im Supermarkt wieder traf, und endlich wollte ich mit ihr sprechen, aber da war ein anderer, zwar älterer Mann, mit dem sie redete. So konnte ich nicht mit ihr reden. Sie begrüßte mich zwar, aber mehr war nicht. Ich versuchte noch abzuwarten, wenn der Mann sie alleine lässt, dass dann die Gelegenheit günstig wäre, aber ich verpasste sie und sah sie nur noch beim Ausgang verschwinden. Jedes Wochenende habe ich diesen Supermarkt besucht, aber bis heute habe ich sie nie mehr wieder gesehen. Was habe ich bloß verbrochen, dass ich dieses einsame Leben führen muss, so scheu zu sein. Die Welt braucht wieder mehr Gefühl, Liebe, Harmonie und Werte. Ist dieser Gedanke so falsch?

»Und dein Glaube?«

Ich weiß es nicht mehr. Einmal wollte ich so dringend in die Kirche, um mit ihm zu sprechen, doch die Kirchentür war verschlossen. Was für ein Zeichen. Am Schild stand nur »Wegen Vandalismus geschlossen«.

»Hast du keine Angst vor dem Sterben?«

Nein. Der Tod bedeutet Erlösung für mich. Nichts wäre schlimmer, als so zu enden wie meine Mutter, die an Demenz leidet und ihre Tage mehr oder weniger verdämmert. Aus der großen starken, stets modisch gekleideten Frau ist ein kleines, altes, runzeliges, geschwächtes Mütterchen geworden, das sich um sein Äußeres nicht mehr schert. Die hohen

Stöckelschuhe stehen schon lange ungetragen im Regal und die schicke Garderobe wird im Schrank von Motten zerfressen. Den Tag verbringt sie vorzugsweise mit Schlafen, im Wachen räumt sie Gegenstände von einem Platz zum anderen und wartet vor dem Fernseher, bis wieder Schlafenszeit ist. Dazwischen gilt es für uns achtzugeben, dass der Elektroherd ausgeschaltet bleibt und der Wasserhahn zugedreht ist. Das ist kein Leben mehr, nur mehr ein Warten auf den Tod.

»Wie siehst du deine Zukunft?«
Welche Zukunft? Ich habe keine. Nach der Entlassung aus der Firma hatte ich nie eine. Die Arbeitslosenzahlen steigen stetig. In der Welt herrscht Terror, in der Gesellschaft Korruption. Die Reichen werden immer reicher und die Armen ärmer. Man hört von Fällen, in denen Kinder ihre eigenen Eltern aus Habgier töten. Alles wird teurer, auch die Ausbildung. Ich würde heutzutage nicht mehr wagen, ein Kind in die Welt zu setzen, wenn ich nicht jährlich mindestens vierzigtausend Euro Einkünfte erzielen würde.

»Hoffst du noch auf die Liebe?«
Den Glauben daran habe ich verloren. Das war einmal. Ich komme auch mit dem heutigen Frauenbild nicht mehr zurecht. Was soll man davon halten, wenn sich Frauen wie Machos gebärden und Männer die neuen Zicken sind? Viele Frauen haben es verlernt, Frau zu sein.

»Wen wird dein Tod erschüttern?«
Niemand wird um mich trauern. Ich stelle mir vor, wie am Tag meines Begräbnisses die Trauergesellschaft an meinem frisch ausgehobenen Grab steht. Einige Menschen weinen und ein Chor singt ein wunderschönes Lied.

Manche von ihnen tuscheln und fragen sich hinter vorgehaltener Hand: »Warum hat er nichts gesagt, warum hat er sich niemandem anvertraut?«

Wem hätte ich mich anvertrauen sollen, wenn ich die Runde dieser Menschen vor mir sehe? Meiner großen Liebe, die mich betrogen, ausgenutzt und mein Leben zerstört hat? Die mir die Zeit stahl, mich im

Leben zu orientieren? Meinen Eltern, denen ich vertraute, die aber mein Vertrauen so oft missbrauchten? Denen Geld das Wichtigste war und das eigene Hobby? Oder etwa meinen Halbbrüdern, zu denen ich kaum Kontakt hatte und die rechtzeitig das Weite aus diesem unwirtlichen Haus gesucht haben, nur zweimal im Jahr zu Besuch kamen und mir schon früh prophezeiten, dass ich eh dazu verurteilt war, auf ewig bei den Eltern zu Hause zu bleiben? Und wahre Freunde hatte ich keine.

»Hast du nie Freunde gehabt?«

Sicher war da ein guter Schulfreund und später Martin, aber das war nur eine Freundschaft für die Schule und das Wochenende, mehr nicht. Sonst unternahm ich nichts mit ihnen. Vielleicht war da einfach die Angst, wieder einen Freund zu verlieren, so wie damals. Da war ich acht Jahre alt und war mit dem Jungen manchmal am Bahndamm unterwegs. Ich zündelte damals sehr gerne, was meinem Freund gar nicht passte. Dabei war es doch spannend, ganz kleine Feuer zu legen, nichts Gefährliches, und dabei immer schön aufzupassen, dass das Feuer nicht um sich griff und nach dem Spielen gelöscht wurde, so wie die Indianer im Film mit ihren Pfeilen es immer taten. Aber er empfand das nicht so. So rannte er zu seinem Vater und verpetzte mich, woraufhin sein Vater mir ein Besuchsverbot aussprach. Ich durfte den Jungen nie wiedersehen. Ich ging in unser Gartenhaus und heulte bitterlich, dass ich einen Freund verloren hatte. Später kam es mir richtiger vor, allein zu sein. Da konnte ich nicht verletzt werden.

»Du hast immer Angst davor gehabt, Verantwortung für dein eigenes Leben zu tragen. Das haben starke Frauen für dich übernommen.«

Ich habe Verantwortung zu tragen nie gelernt. Ein Grund dafür war sicher die Entmündigung in meinem Elternhaus. Von wem hätte ich Eigenverantwortung also lernen können? Kinder, denen man nichts zutraut, können ihre Kompetenzen nicht entwickeln.

»Hast du in deinem Leben nie einen Sinn gesehen?«

Ich habe oft geglaubt, dass Ehrlichkeit und Fleiß bei der Arbeit meinem Leben Sinn geben könnten. Später hoffte ich, in der Kunst und in der wahren Liebe zu einem Mädchen den Sinn des Lebens zu finden. Anscheinend bin ich mit diesen Versuchen gescheitert. Aber wenn ich IHN dort oben treffe, werde ich hoffentlich endlich eine Antwort auf meine Fragen bekommen.

»Du hattest immer Angst, glücklich zu sein.«

Mir wurde es nicht erlaubt, glücklich zu sein. Kaum trat es in mein Leben, passierte ein Unglück, das mich wieder in die Einsamkeit katapultierte. Ich fühlte mich als Spielball des Schicksals.

»Glücklich sein wird dir sehr schwer gemacht. Lebtest du nach der Trennung von Penina deine Liebe zu Männern aus? Du warst nun frei, konntest jeden Tag einen anderen haben.«

Ich war älter geworden und meine sexuellen Ansprüche waren gestiegen. Ein flüchtiges Abenteuer reichte mir nicht mehr. Ich brauchte und wollte so viel mehr.

»Eine Beziehung?«

Nein, keine Beziehung. Oder vielleicht doch? Möglicherweise war ich nun so weit, mich zu der Bindung zu einem Mann zu bekennen. Nein, ich glaube, ich wagte es immer noch nicht. Es wäre nie dazu gekommen, aber ich wollte körperlich mehr auf meine Kosten kommen und das war nun plötzlich nicht mehr möglich. Am Anfang, in der Jugend, war es noch einfach, man rieb sich an einem einschlägigen Ort ein bisschen im Schritt, oder man klapperte mit der Gürtelschnalle, denn es war ja meistens dunkel, und sofort war einer zur Stelle. Doch nun? Mit zunehmendem Alter schien alles genauso kompliziert zu sein wie bei den Frauen. Oft habe ich stundenlang auf ein Abenteuer gewartet und fand niemand, vielleicht wollte einer eine ganz schnelle Geschichte, die mich aber nicht zufriedenstellte. Ich war einfach anspruchsvoller geworden, wollte mehr Tiefe, mehr Qualität, aber da spielten die meisten Männer nicht mit. Nur eine schnelle Nummer und dann wieder weg. Oft bin ich zutiefst frustriert nach Hause gefahren, um mich dann selbst zu befriedigen. Da konnte ich meine Wünsche ausleben, mir geben, was ich wollte, aber das war eben nicht das Gleiche, als wenn ein anderer Mensch sich dir zuwendet und dir Befriedigung verschafft.

»Doch dir stand nun ein Auto für deine Ausflüge zur Verfügung, wenn auch nur leihweise.«

Ja, wegen Trunkenheit am Steuer hatte man meinem Vater den Führerschein entzogen. Der Termin für die Nachprüfung war noch eine kleine Ewigkeit hin. Obwohl der Wagen etwas demoliert war, war es trotzdem möglich, mit ihm zu fahren. Doch mein Vater war noch immer heikel damit.

Vater: »Es ist das letzte Auto meines Lebens, sei deshalb mit den Kilometern sparsam. Ich kann mir kein neues Auto mehr leisten.«

Ist ja gut, dachte ich ungeduldig und versuchte so wenig wie möglich aufzufallen, wenn ich von daheim wegfuhr. Zuerst hieß es immer nachsehen, wo der Vater gerade war, und dann schnell ins Auto, die Garagentür zu und weg. Zunächst glaubte ich noch, jetzt wird alles so sein wie früher, wie vor zehn Jahren, als ich im Sommer regelmäßig zu dem Teich fuhr, den ich als Paradies bezeichnete. Doch den Teich gab es nicht mehr. Er wurde wegen der zu starken Müllbelastung durch die Besucher für die Öffentlichkeit geschlossen, da es sich bei dieser Region um ein Grundwasserschutzgebiet handelte. Und der Teich, zu dem ich Ausflüge mit Penina unternommen hatte, war zwar auch sehr schön, aber die Umstände hier waren nicht mehr dieselben wie damals. Oft saß ich am einsamen Schotterstrand, wenn die Badesaison vorbei war. Hier und da war in der Ferne noch ein Pärchen zu sehen, das sich eng aneinanderschmiegte, was ich nur neidvoll beobachten konnte. Alleine. Auch diesen Teich gibt es heute nicht mehr.

»Warum konntest du keine Kontakte anbahnen? Hast du dich so stark verändert?«

Auch das wird ein Grund gewesen sein. Seit dem Diebstahl meiner Wertsachen dort fuhr ich aber auch seltener zu den Teichen. Es war nicht viel, nur fünf Euro und eine Fahrkarte, die noch einen Tag gegolten hatte, die man mir stahl, aber allein die Tatsache, dass jemand Fremdes meine Sachen durchwühlt hatte, verleidete mir den Besuch bei den Teichen.

»Damit war auch dieses Kapitel mehr oder weniger für dich abgeschlossen. Deine Abenteuer hast du danach auf das Mindeste reduziert.«

So war es. Sicher auch wegen der Einsamkeit, die ich nun auch dort zu spüren bekam. Zu Begegnungen mit Männern kam es kaum mehr. Die Abenteuerlust war irgendwie abhandengekommen. Es war nur mehr ein Ritual, das ich vermisste. Auch andere heimliche Treffpunkte der Szene gingen verloren. So wurden die Autobahnparkplätze, wo vormals reges Treiben herrschte, komplett niedergeholzt, zubetoniert, erneuert und mit Videoüberwachung ausgestattet. Damit verschwanden auch die vielen Verstecke. Nur einen Parkplatz gab es noch, an dem sich Gleichgesinnte trafen. Auch viele Kinos und Saunen machten wegen zu geringer Besucherzahlen zu, gerade mal zwei blieben in der näheren Umgebung übrig. Doch auch hier dasselbe Bild. Nur laufen und laufen und auf den Märchenprinzen oder das Supermodel warten, außerdem wurde hier sehr viel gestohlen.

»Blieb als Treffpunkt nicht noch der Wald der Lüste?«

Hier war es ganz und gar nicht mehr angenehm, denn auch die Besitzer der Wälder wollten den vielen dort hinterlassenen Müll nicht mehr dulden. Papiertaschentücher hier, Zigarettenschachteln dort. Bierflaschen, Energy-Drink-Dosen, gebrauchte Kondome und so weiter. Es sah manchmal aus wie auf einer Müllhalde. Ich habe zwar des Öfteren Müll gesammelt, aber dies erwies sich angesichts der Menge als zwecklos. Irgendwann starteten die Waldbesitzer eine Kampagne gegen Schwule, indem sie Jugendliche auf uns ansetzten, die mit lautem Gebrüll und schlagstockschwingend durch den Wald grölten. Nicht selten landeten faule Eier, volle Pappkaffeebecher oder sogar Steine auf unseren parkenden Autos, sodass sich niemand mehr dorthin traute. Manche Autos wurden sogar mit Lack besprüht, mit Paintballpistolen beschossen, deren Reifen aufgestochen oder man machte Jagd auf uns mit Softballgeschossen.

»Ist denn niemand zur Polizei gegangen und hat den Schaden angezeigt?«

Sicher wusste die Polizei von den Treffplätzen, aber wo kein Kläger, da kein Richter. Keiner hätte sich gewagt, Anzeige zu erstatten. Wir hatten alle Angst, auf unangenehme Fragen antworten zu müssen.

Zusätzlich schreckte der Besitzer auch nicht davor zurück, unerwünschte Eindringlinge mit aufgehängten, gebrauchten Damenbinden, schmutziger Damenwäsche oder mit an Büschen angebrachten Tierteilen, die stark nach Verwesung stanken, von dem Wald fernzuhalten. Auch brachte er mit Urin gefüllte Kondome an den Büschen an. Heute gibt es den Wald nicht mehr. Er wurde zubetoniert und auf dem Gelände wurde eine Industrieansiedlung errichtet. Schuld daran, dass diese Treffplätze an Bedeutung verloren, war sicher auch das Internet. Die Verabredung zu den Dates verlagerte sich ins Netz. Auf den restlichen Plätzen, die Schwulen noch blieben, musste ich oft frustrierend lange, manchmal stundenlang, auf ein Abenteuer warten. Und kam doch eines zustande, war es, ehe man sich versah, auch schon wieder vorbei und der Typ weg. Oft fragte ich mich, bin ich zu dick? Ist es die Glatze, die Brille, die mich unattraktiv machen? Weiters schlugen meine psychischen Probleme derart auf die Potenz, das sich in der Lendengegend nicht mehr viel tat. Somit war ich uninteressant. Doch oft beobachtete ich junge Typen, die sich mit alten, dicken und kleinen Männern abgaben. War ich wirklich zu hässlich für diese Leute, oder was war es, das sie zu den Dicken hinzog? Da war ja eventuell eine Frau für sie begehrenswerter als ich. Da werden die Bisexuellen gleich wieder hetero, außer bei den stockschwulen Typen. Da sind wir aber wieder beim Vatertyp.

Wie oft hörte ich den Spruch: »Nein, mit dir nicht. Du bist mir zu jung!«

Sollte ich das als Kompliment auffassen oder war es nur eine Ausrede, damit ich nicht verzweifelte? Ich weiß es nicht.

»Das hat mit dem Vaterkomplex zu tun. Viele Junge sind ohne Väter aufgewachsen und suchen sich auf diese Weise einen Ersatz, wenn auch für Sex. Etwas irrational. Es ist aber so. Gab es noch Darkrooms, die du besuchtest?«

Ja, aber nur mehr einen in der Region. Manche Typen wollten dort die merkwürdigsten Vorstellungen ausleben. Da war einer, der mich zuerst ganz zärtlich berührte, dann aber wirklich brutal wurde. Er schlug mich in meiner devoten Haltung. Seltsamerweise genoss ich das sogar, es machte mich irgendwie an, außer wenn es zu fest war. Oder ein anderer, der mir während des ganzen Spiels eine Krawatte umband und sich von mir wünschte, dass ich einen Anzug anziehe. Das würde ihn ganz verrückt machen. Und wieder ein anderer zog sich nie aus, sondern rieb mit seiner Jeansbekleidung ständig an meinem Körper. Das tat ganz schön weh, durch die vielen Nieten und Reißverschlüsse. Heute gibt es das Lokal nicht mehr. Es musste Konkurs anmelden.

»Noch einmal eine Frau zu finden, interessierte dich nicht mehr?«

Ich war mir sicher, dass ich niemals mehr eine finden konnte, mit der ein dauerhaftes Zusammenleben möglich war. Vielleicht konnte sich irgendwann einmal eine Liebelei für eine kurze Zeit ergeben, aber wer wusste das schon. Es würde immer schwer sein für meine Partnerin, meine Neigung zu akzeptieren. Ich glaube zudem, dass die Frauen von heute zu dominant für jemanden meiner Wesensart sind, so wie es meine Mutter, Gunda und Penina waren. Ich wollte niemals wieder in eine solche Abhängigkeit geraten. Das ist schwer, wenn nicht gar unmöglich, denn anscheinend ist es mir bestimmt, immer diesen Typ Frau zu finden. Auf ewig gefangen in diesem Käfig, in diesem Gefängnis ohne Mauern.

»Aber du warst nicht der Einzige mit dieser Neigung.«

Da war einmal ein sehr junger Mann im Wald der Lüste, so um die zwanzig. Wir hatten die gleichen Sehnsüchte und Vorlieben, wollten sie verwirklichen, aber es klappte nicht so recht, so brachen wir das Spiel ab. Am Ende sagte er zu mir, dass er nun schnell nach Hause zu seiner Freundin müsste.

»Hast du deine Prägung dann akzeptieren können?«

Nein.

»Du hast dich oft selbst befriedigt. Zu Hause. Zuerst waren es die Pornohefte und Videofilme vom Vater, die dich animierten, dann bist du vor dem Computer gesessen und hast dir die einschlägigen Filme im Internet angesehen.«

Ja, so wie es viele andere auch machen.

»Und wie oft hast du danach bitterlich geheult, weil du dich so alleine fühltest. Weil du niemanden umarmen, spüren, fühlen, küssen konntest. Niemanden bei dir hattest, dem du sagen konntest, dass du ihn liebst. Du hast dich selbst umarmt, selbst gestreichelt. Du hast über dein Gesicht gestrichen, aber es war niemand da, der dich wärmte, und aus dem Alter, wo man sich in solch eine Illusion hineinträumen kann, warst du längst heraus. Manchmal hast du dich mit Hilfe von Poppers berauscht. Du hast es inhaliert, um noch intensivere Gefühle zu verspüren. Danach hast du fast gekotzt und du musstest den Porno sofort abschalten und das gebrauchte Papiertaschentuch in den Mistkübel werfen, sonst hättest du dich tatsächlich übergeben. Dieser Schnüffelstoff hat deine Nase rot gefärbt, weil er so scharf war. Wenn jemand danach fragte, hast du immer gesagt, es wäre eine Verkühlung. Ganz sicher! Intime Szenen hast du schon als Junge gern beobachtet. Du warst schon früh ein Voyeur, der gerne durch das Schlüsselloch sah.«

Wie viele andere Kinder auch. In einem gewissen Alter beginnen sie ihre Sexualität zu entdecken. Gern habe ich in den Umkleidekabinen des Freibades durch die Gucklöcher geschaut und da jede Menge nacktes Fleisch gesehen.

»Auch im Wald, bei deiner Großmutter, hattest du Heimlichkeiten.«

Ja, es gab einen Baum, auf dessen Astgabel ich mit Vorliebe saß. Da war ich acht Jahre alt und habe meinen Schritt an dem Ast gerieben, damit es zu dem schönen Gefühl kam, das ich nicht zu beschreiben wusste. Dass Mädchen und Jungs unterschiedlich gebaut sind, habe ich da noch nicht gewusst.

»Dich hat wohl keiner aufgeklärt?«

Nein, dass es für Kinder normal ist, sinnliche Erfahrungen mit dem eigenen Körper zu sammeln, hat mir niemand gesagt. Über Sexualität zu sprechen war in unserer Familie tabu. Auch hätte mir das Vertrauen dafür gefehlt, mit meinen Eltern über Persönlichstes zu reden.

»Du hast schon früh dein Grundvertrauen in die Welt verloren.«

Ja, das brachte mich in viele Schwierigkeiten. Einmal saß ich in jungen Jahren in einem falschen Zug. Der Zugbegleiter machte mich darauf aufmerksam. Er informierte mich, dass ich bei der nächsten Station aussteigen musste und auf den Zug in entgegengesetzter Richtung warten sollte. Doch ich glaubte ihm nicht. Ich fuhr noch eine Station weiter, bis ein Fahrgast mich ansprach und mir sagte, dass mir der Zugbegleiter die richtige Auskunft gegeben hatte. Erst dann stieg ich aus und bemerkte meinen Fehler. Die beiden konnten nur den Kopf schütteln.

»Was ist so schwer am Alleinsein? Viele leben so und suchen die Gesellschaft von Freunden oder schaffen sich ein Haustier an.«
Obwohl ich mich nach jahrelanger Einsamkeit daran gewöhnt haben müsste, fand ich es immer sehr schwer, alleine zu sein.
»Der Preis für deine Freiheit war die Einsamkeit.«
Weil ich die Leere und die Einsamkeit fürchtete, war es mir nicht möglich, von zu Hause loszukommen. Trotz Streit und Unfrieden war mein Elternhaus doch ein vertrauter Ort, an dem mich vertraute Menschen umgaben. Nun hauste ich in der ersten Etage meines Elternhauses allein. Wenn ich in die Natur hinausging, hatte ich niemanden mehr, mit dem ich die Eindrücke von deren Schönheit teilen konnte. Wie oft habe ich alleine an einem Platz in einer wunderschönen Landschaft an die erste Zeit meiner Liebe zu Gunda zurückgedacht. Gemeinsam erlebten wir damals die Natur und das Leben in seinen Millionen von Farben. Wie konnte es passieren, dass all diese Gefühle verloren gingen?
»Er passierte, weil du noch lange nicht bereit dazu warst, dich endgültig zu binden. Für nostalgische Gedanken ist es nun zu spät. Jetzt kannst du nichts mehr rückgängig machen. Mit Gunda ist es längst aus und vorbei. Und auch der Zug mit Penina ist abgefahren. Du wolltest dir von den dominanten Frauen, deiner Mutter, Gunda, deiner Chefin, Penina, einfach nichts mehr sagen lassen, dich nicht mehr ausnutzen lassen. Siebenundzwanzig Jahre sind genug. Du hast die Freiheit gesucht. Du hast zu viel Energie in dein Leiden investiert. Du hast zu stark an die Kraft der Liebe geglaubt, dass sie es ist, die dein Leben positiv verändern wird. Ähnlich verhielt es sich an deinem Arbeitsplatz. Du hast zu viel und teils umsonst gearbeitet, in der Firma oder auch zu Hause, und du bist sogar krank arbeiten gegangen, wo jeder andere daheimgeblieben wäre. Krankenstand war fast ein Fremdwort für dich. Es war dir immer unangenehm, dich zu Hause auf die faule Haut zu legen. Selbst in der Schule mochtest du

das nicht. Nur einmal in deinem Leben hast du die Schule geschwänzt, und das nur, um es ein einziges Mal auszuprobieren. Da warst du bereits volljährig und konntest die Entschuldigung selbst unterschreiben, doch du fühltest dich dabei schrecklich. So war es auch in der Firma. Um nicht auszufallen, hast du bei den kleinsten körperlichen und seelischen Schmerzen gleich Tabletten genommen oder Alkohol oder beides. Du hast dir die Tabletten aus dem Blister in eine Kleinbild-Filmdose gedrückt, um sie schnell griffbereit zu haben. Fast jeden Tag hast du zu den Pillen gegriffen, nur um durchzuhalten. Du hast die Magenschmerzen und sonstigen körperlichen und psychischen Nebenwirkungen in Kauf genommen. Wenn du es gar nicht mehr ausgehalten hast, hast du sie für ein oder zwei Wochen abgesetzt, bis sich dein Magen beruhigt hatte, um dann wieder damit zu beginnen. Dein Streben nach Perfektion hat dir oft im Wege gestanden. Du hast gute Jobangebote nicht genutzt oder abgelehnt, weil du zu feige warst, Veränderungen in Kauf zu nehmen, oder weil dir das Wort ›befristet‹ im Arbeitsvertrag Angst gemacht hat. Es war dir nicht sicher genug, nicht hundertprozentig, aber welche Arbeit ist das schon? Nun ist es zu spät. Jetzt kann dir keiner mehr helfen. Jetzt hilft keine Gesprächstherapie mehr und keine Rehabilitation in einer Klinik. Es hätte nicht viel gefehlt und sie hätten dich niederspritzen müssen, damit du den Tag mit rosaroter Brille verbringst, bis zur nächsten Dosis. Ein Leben im ewigen Rausch, in der Ecke lehnend, wäre die Folge gewesen, bis du dir die Überdosis wünschst. In der Realität gibt es keine drei Leben wie in einem Computerspiel. Game over. Und das liebe Geld? Hier hast du manche Chance einfach verspielt. Du hast einmal im Lotto gewonnen, einhunderttausend Schillinge. Doch du hast sie damals falsch investiert. In den Zubau deines Elternhauses. Den konntest du leider nicht mitnehmen, wenn du ausgezogen wärst. Du hättest lieber einen Teil des Geldes in die Rückzahlung der hohen Schulden für das Haus stecken sollen und den zweiten Teil in dein persönliches Leben investieren müssen, dann würde jetzt das Anwesen nicht zur Hälfte der Bank gehören und es würde doch noch etwas vom Erbe übrig bleiben. Deine Eltern haben es richtig gemacht. Deine Mutter hat Unmengen an

Kleidung, Schuhen und Einrichtungsgegenständen gekauft, und dein Vater jede Menge Elektronik, einen großen LCD-Fernseher und ein neues Auto, wenn auch wieder auf Kredit. Die Folgen waren ihnen egal. Sie sind Egoisten, die nie auf das Wohl ihres Kindes achteten, weder als es klein war, noch als es älter wurde.«

Infolge meiner Erziehung litt ich mein Leben lang unter Schuldgefühlen. Schon als Kind sah ich mich verantwortlich für Dinge, die nur zum Teil oder gar nicht unter meiner Kontrolle lagen. Ich fühlte mich verantwortlich für das Wohl meiner Eltern. Darum bin ich auch so lange zu Hause geblieben.

»Das war eben falsch. Sie hatten ihr Leben. Jetzt hättest du deines in den Griff bekommen sollen.«

Immer machte ich mir Vorwürfe. Ich fühlte mich wertlos. Des Öfteren stellte ich mir vor, wie gut es wäre, die Augen zuzumachen, einzuschlafen und nie mehr aufzuwachen. Wenn nichts mehr da ist, was dich glücklich macht, was zählt dann noch?

»Deine Welt hat sich so schnell verändert. Du wolltest dein Leben in den Griff kriegen. Du hast gesucht und gesucht und wusstest doch nicht wie.«

Es war nun endlich an der Zeit, Bilanz zu ziehen, endgültig Schluss zu machen, mein Hab und Gut zu verkaufen, den erzielten Erlös auf ein Sparbuch für meinen Sohn einzuzahlen, damit er ihn in seine Zukunft investieren kann. Ein Testament und Abschiedsbriefe waren zu schreiben, an meine Eltern, dass ich ihnen verzeihe, sie wussten es nicht besser. Ich war eben ein schwieriges Kind. An Gunda, an Penina, dass ich sie sehr geliebt habe und es nicht ihre Schuld ist, dass es so kommen musste. Ich bin müde. Ich habe keine Kraft mehr. Mein Leben hat seinen Sinn verloren.

»Hat man dir nun doch den ganzen Mut rausgeprügelt, wenn auch später mit verbaler Gewalt?«

Was ist Ehrlichkeit? Eine Umarmung, ein paar freundliche Worte, ein Gruß? Wie geht es dir? Ich wünsche Ihnen einen schönen Tag. Ist das ehrlich? Welchen Wert hat dieses Leben noch, welchen Wert hat der menschliche Körper, die Seele, ein Kuss? Ich bin dein Freund. Ich liebe dich. Hat das heute noch eine Bedeutung? Ist das alles nur ein Spiel, ein Zeitvertreib? Sieh es dir an, wie in diversen Serien und Filmen mit der Liebe und den Gefühlen umgegangen wird. Ist das alles nur ein Spaß, eine Illusion? Viele Reiche bekommen alles, was sie sich wünschen, und können es gar nicht schätzen und wie viele Normalbürger müssen dafür ein Leben lang kämpfen, um es am Ende vielleicht doch nicht zu erreichen?

»Sind die Reichen wirklich glücklicher?«

Haben die vielen Mühen und Tränen etwas gebracht?

»War es wirklich das Einzige, was du im Leben konntest? Heulen?«

»Wie geht es den Frauen, die du liebtest, heute?«

Sie werden mich schon längst vergessen haben, aber ich hoffe, dass es ihnen gut geht und dass sich ihre Träume und Wünsche erfüllt haben. Ein glückliches Leben wünsche ich auch jenem Mädchen aus dem Casino. Noch lange nach unserer Begegnung war sie für mich der Funken Hoffnung wieder auf die Liebe zu vertrauen. Wir haben einen unvergesslichen Moment miteinander erlebt. Und ich wusste diesen Moment nicht zu nutzen. Mir fehlt die Begabung dazu, das Glück festzuhalten. Alles, was ich anfasse, geht kaputt. Es war mir nicht vergönnt, glücklich zu werden. Für einen Träumer wie mich ist wohl kein Platz auf dieser Welt.

»Hast du zu viel geträumt und zu wenig für deine Träume getan?«

Vielleicht ließ ich mich zu häufig von meinen Gefühlen leiten und verlor die Realität dabei aus den Augen. Mehr als einmal habe ich mir auf einem Zettel die Worte notiert: »Vergiss die Liebe, die Zärtlichkeit, nie. Dass du ein Mensch bist, mit Gefühlen«, damit ich mich immer daran erinnerte.

»War alles umsonst? War es nicht genug?«

Vielleicht habe ich zu viel gemacht, aber immer vom Falschen. Vielleicht habe ich auch zu viel umsonst geliebt und gelitten und dadurch alle meine Energien verbraucht?

»Du hattest so viele Chancen. Wie oft hast du eine Frau im Vorbeigehen gesehen, die dich angelächelt hat. Ein verlegener Blick, vielleicht ein schüchternes ›Hallo‹. Fünfzig Mal, hundert Mal. Beim Einkaufen, in der freien Natur, beim Spazierengehen oder bei der Arbeitssuche in deinen Kursen. Und du hast dich nie getraut mehr daraus zu machen, mit ihr ins Gespräch zu kommen.«

Es waren immer ungewöhnliche Situationen. Nie gab es eine entspannte Atmosphäre. Ich hatte es oft eilig, einen wichtigen Termin und so. Doch wie oft bin ich diese Wege danach noch mehrmals gegangen, einfach in der Hoffnung, sie noch einmal zu sehen, mit ihr endlich zu reden, aber es sollte nicht sein. Einmal bin ich sogar nach Kärnten gefahren, wieder zu der Klinik, wo ich damals Penina fand. Ich hatte wieder diese Hoffnung, eine Frau kennenzulernen, so wie damals, aber die paar Stunden reichten wohl nicht aus. Ich hätte schon einen längeren Aufenthalt buchen müssen, vielleicht hätte es dann wieder geklappt, oder auch nicht. Und wie oft habe ich eine Frau angesehen, sie angelächelt und es war vergebens. Einmal habe ich im Zug eine Frau ganz verliebt angesehen. Die hat nur die Augen verdreht und sich abgewandt. Nach diesem Ereignis habe ich mich nicht mehr getraut eine Frau direkt lange anzusehen. Vor allem in den kalten Wintermonaten, wo es draußen schon früher dunkel wurde, und ich wieder einmal eine interessante Frau gesehen hatte, habe ich mit ihrem Spiegelbild, das sich in der Fensterscheibe des Zuges spiegelte, geflirtet. So konnte mir nichts passieren. Nach dem Aussteigen bei meiner Bahnstation habe ich ihr dann noch lange nachgesehen, in der Hoffnung, dass sie meine Gefühle irgendwie bemerkt hat und mir doch noch ein letztes Lächeln schenkt.

»Du hast immer Angst vor der Zukunft gehabt. Du hast oft diese Angst gehabt, dass es dich zu stark verändert. Darum hast du dich jeglichen Veränderungen entgegengestellt und dagegen angekämpft. Du hattest immer Angst, dass du zu hart werden würdest, keine Gefühle mehr zeigen könntest und dass du dann selbst andere verletzen könntest, und am Ende hättest du nur dir alleine geschadet.«

»Hast du etwas falsch gemacht in der Beziehung zu deinem Sohn?«
Ich hatte Angst, mich zu sehr an ihn zu klammern. Angst, ihn nicht loslassen zu können, wenn es für ihn Zeit war, eigene Wege zu gehen. Mich so zu verhalten wie meine Mutter, die mich umklammerte und mir keinen Raum für meine eigene Entwicklung ließ. Sie hatte die gleichen Ängste wie ich. Mit ihrem Mann konnte sie nicht, und um am Ende nicht alleine dazustehen, hat sie sich an mich geklammert.

»Du wolltest noch kein Kind, du wolltest das Leben genießen, reisen, Ägypten, leben, lieben, und das alles mit Gunda. Die Verpflichtungen, als Klotz am Bein, die vergoldete schwere Stahlkugel mit der Kette, die wolltest du nicht, hast aus Liebe aber ja dazu gesagt, oder besser aus Unwissen. Du hast geglaubt, das ist nur eine leichte Krankheit, die bald vorübergeht, du hast geglaubt, es geht so weiter wie bisher. Dann dieser Ausbruch aus den Regeln, von der Gesellschaft vorgeschrieben. Bei der Liebe zu anderen Frauen hattest du keine Chance. Viele Ehemänner haben nebenbei eine Freundin, die sie auffängt in ihrer Verzweiflung, wo sie Geborgenheit finden. Du hattest eben Männer, einfach, unkompliziert, billig, keine teuren Huren. Doch es war alles nur Selbstbetrug, eine unnötige Flucht ins Nirgendwo.«

»Du hast immer die Liebe gesucht und hast sie weder bei den Frauen noch bei den Abenteuern mit den Männern gefunden. Am Ende warst du immer enttäuscht und alleine, auch wenn dich tausend Menschen umgeben hätten. Du hast mit jeder und jedem geschlafen und du wolltest verzweifelt, dass sie dich lieben, und am Morgen bist du erst alleine aufgewacht. Und Gunda? Sie glaubte, dass du dich wegen des Kindes ändern würdest, doch du hast es als Verrat an deiner Liebe zu ihr empfunden. Du wolltest dich rächen, doch die Rache hat sich gegen dich selbst gerichtet. Am Ende warst du der Verlierer. Sie war deine erste große Liebe. Du konntest sie nie vergessen, auch wenn sie dir vieles angetan hat. Es war zwar vorbei, aber nicht vorüber. Dann hast du geglaubt, wenn du die Menschen glücklich machst, macht dich das selber auch glücklich, doch du hast dich dabei selbst vergessen und verbraucht. Du hast immer geglaubt, die Liebe löst alle deine Probleme. Wenn du dich verliebst, ist die Welt eine andere. Was für ein folgenschwerer Irrtum. Du hättest mit der schönsten Frau der Welt zusammen sein können oder am entferntesten Punkt der Erde. Es hätte nichts geändert. Deine Neigung konntest du nicht akzeptieren. Du hast immer geglaubt, das darf nicht sein. Aber du bist eben, was du bist. War es das wert, diese Flucht in die Selbstzerstörung?«

Es war eine Flucht vor mir selbst. Ich konnte meine Fehler nie vergessen und ich konnte sie mir auch nie verzeihen. Ich war gefangen in meiner Haut. Am liebsten hätte ich sie mir runtergeschnitten und mein Ding abgehackt. Ich war immer auf der Suche nach Glück, Erfüllung, Liebe und Geborgenheit. Der Partnerwechsel ist heute viel zu schnell, fast schneller, als sich die Mode ändert. Wie viele Menschen sind jahrelang verzweifelt auf der Suche nach einem Partner und dann nach einiger Zeit, wenn sie ihn gefunden haben, sind sie verzweifelt auf der Suche nach einer Lösung, ihn wieder loszuwerden. Die Liebe, ein Wegwerfartikel?

»Auf der Suche ist jeder, auf der Flucht auch.«

»Dann hast du versucht, ein Arschloch zu sein. Nur so kommst du heutzutage weiter auf dieser Welt, war deine Meinung. Du konntest es aber nicht. Es hat nur dich selbst verletzt.«

Wieso kann es nicht mehr so sein wie früher, als ich Gunda und Penina kennenlernte?

»Weil Luft und Liebe alleine nicht reichen.«

Ich weiß nicht mehr, was gut und böse ist. Ich weiß nicht mehr, wo ich im Leben stehe, was richtig oder falsch ist. Ich weiß nicht mehr, ob ich der Liebe noch trauen kann. Ich weiß es einfach nicht mehr.

»Ja, ich weiß. Nun stehst du vor den Trümmern deines Lebens. Alles war so schwer für dich. Ja, so schwer, das alles zu akzeptieren. Auch nach Penina bist du dann oft in der Nacht beim Fenster gestanden, so wie früher, und hast hinausgesehen und dich gefragt, ob es da draußen eine Frau für dich gibt, die dich liebt und versteht. Aber du hast dich viel zu oft nicht einmal selbst verstanden und deine Probleme haben sich in alle Bereiche deines Lebens hineingefressen.«

Was bleibt?

»Ein Grabstein, vielleicht ein paar Blumen und eine Kerze, vielleicht auch nichts von alledem und dein Schicksal geht verloren im Sand der Zeit. Die Welt wird sich weiterdrehen, auch ohne dich. Jetzt ist es aus und vorbei. Da hilft kein Das-wird-schon-wieder.«

»Du weißt, dass dir niemand zu Hilfe kommen wird. Es werden keine Engel herniederschweben, die dich retten, es wird keine Musik spielen wie in einem Film. Es wird leise sein. Leise bis zum großen Knall.«

Ich weiß.

»Komm her, lass dich umarmen. Ich werde dich nie alleinlassen.«

Das rote Licht des weiter entfernten Signals schaltet um auf Grün und gibt die Strecke für den nächsten Zug frei.

Das war's dann wohl.

Da ist er, der kleine Bahnhof mit drei Bahnsteigen in der Steiermark, vierzig Kilometer südlich von Graz, menschenleer. Man sieht ein paar Sterne und den schon verblassenden Mond. Das Gewitter ist längst weitergezogen. Unweit befinden sich der große Parkplatz, eine Tankstelle und ein kleiner Supermarkt. Sonst gibt es keine Häuser, nur Wald, Äcker und Wiesen. In der Ferne erkennt man schwach das eine oder andere beleuchtete Haus, ab und zu fährt ein Fahrzeug vorbei, zumindest ahnt man es, wegen des vorbeihuschenden Scheinwerferlichts. Der Bahnhof ist gut beleuchtet. Gehen wir am Bahnsteig entlang mit seinen Pflastersteinen und den Blindenleitstreifen, seinen leeren Metallbänken, den Raucherbereichen und dem gläsernen Warteraum. Stellen wir uns kurz das Treiben vor, wenn sich tagtäglich hier die Wege vieler Menschen kreuzen, Ankommende und Abfahrende, unpünktliche, zum Zug Hastende und pünktliche, ruhig auf dessen Einfahrt Wartende. Darunter ältere Menschen, die sich mit der neuen Technik schwertun und hoffen, dass sie auf der Anzeigetafel den richtigen Zug entdeckt haben und beim Einsteigen den richtigen Knopf drücken werden, damit der Zug nicht etwa warten muss und der Zugbegleiter womöglich ungeduldig auf die Uhr zeigt. Nein, keine Verspätung bitte. Sonst muss sich der Zugbegleiter wieder die Klagen der Fahrgäste anhören, und das alles nur wegen dieser alten, begriffsstutzigen Schachtel. Oder die Verliebten, denen Zeit und Raum egal sind, denn sie haben nur Augen für sich allein. Ihre innigen Blicke, das ineinander versunkene Lächeln, das Im-Arm-Halten, die vielen unbewussten Berührungen und ab und zu ein kleiner Kuss. Es ist ein eigener Mikrokosmos, in dem sie verweilen, da kann man schon neidisch werden beim flüchtigen Zusehen. Doch jetzt ist alles ruhig. Kein Mensch ist hier. Eine Zeitung liegt am Boden und ein Windstoß lässt die Seiten aufflattern, bis auf einer der umgewendeten Seiten in großen Lettern zu lesen ist:

»Selbstmordrate erneut gestiegen! Staat machtlos?«

Eine leere Getränkedose rollt scheppernd über das Bahnsteigpflaster. Es ist sonst sehr still. Nur ein paar Grillen zirpen, typisch für eine Sommernacht. Der Zeiger der analogen Bahnhofsuhr springt auf vier Uhr. Nachdem wir das Schild mit Piktogramm und dem Hinweis »Betreten verboten« hinter uns gelassen haben, betreten wir die Schienen und verlassen den Lichtschein des Bahnhofs. Je weiter wir uns von ihm entfernen, desto dunkler wird es. Neben den Gleisen verläuft eine schmale Begleitstraße, die üblicherweise für Wartungsarbeiten genutzt wird.

Wir gehen auf den Schienen und Schwellen so weit, bis wir auf einen Mann stoßen, der mit dem Rücken zum Bahnhof auf einer der Schwellen sitzt. Er hockt zusammengekauert mit gesenktem Kopf auf der noch warmen Betonschwelle. Er umarmt sich selbst mit seinen Händen. Seine Augen sind geschlossen. Das grüne Licht des weiter entfernten Signals kann er nicht wahrnehmen. Doch jetzt erhellt ein weißes grelles Licht die Szene. Dazwischen mischt sich intensives, kreisendes blaues Licht.

Woher rühren diese wechselnden Lichterscheinungen, die unser Mann noch gar nicht realisiert hat, da er die ganze Zeit die Augen geschlossen hatte?

Erst als die Sirene des Folgetonhorns und danach eine weibliche Stimme aus einem Lautsprecher zu ihm dringen, übertönen sie seine innere Stimme und er erschrickt: »Hier spricht die Polizei. Verlassen Sie umgehend die Geleise und kommen Sie zu uns herüber!«

Er schreckt auf und kann für einen Moment die Situation nicht einordnen. Er wittert nur die Gefahr. Die Strafe, die ihm drohen könnte. Und wahrscheinlich eine Einweisung in eine geschlossene Anstalt, wo er den Rest seines Lebens unter dem Einfluss von Drogen verbringen wird. Da hilft nur eines. Flucht. Er springt auf und läuft in fliegender Eile auf die gegenüberliegende Seite, hechtet über die Zwischenmauern, um sich dann über einen meterhohen Zaun zu hangeln. Noch im Augenwinkel bemerkt er, wie die Polizistinnen versuchen ihn einzuholen, es dann aber wegen der hohen Gefahr des Herannahen eines Zuges aufgeben, und mit dem Polizeiwagen schnell auf die andere Seite des Bahndamms zu gelangen ist auch unmöglich.

Eine Polizistin: »Der ist weg. Na, wenigstens haben wir ihn so erschreckt, dass er vorerst wahrscheinlich diesen Blödsinn lassen wird. Es sind in letzter Zeit genug Lebensmüde auf den Schienen ums Leben gekommen. Wir werden noch eine Weile hierbleiben, für den Fall, dass er zurückkommt.«

Zweite Polizistin: »Ist gut. Ich werde einmal Meldung machen.«

Kurz darauf hört man das Knattern eines herannahenden Güterzuges. Der Lokführer, vom Blaulicht und der ungewöhnlichen Lichtsituation irritiert, stößt einen Warnruf mit seinem Signalhorn aus. Weiters verringert er die Geschwindigkeit. Die Polizistinnen weisen aber durch Winken darauf hin, dass die Gefahr gebannt ist. Der Güterzug mit zwanzig Waggons und zwei Lokomotiven, jeweils eine vorne und eine hinten, rollt weiter und verschwindet in der Dunkelheit. Die Polizistinnen machen das Blaulicht und das Geheule aus und warten noch zwanzig Minuten am Wagen. Inzwischen hat der Mann im Dickicht einen sicheren Unterschlupf gefunden und muss sich erst einmal von dem schnellen Sprint über Stock und Stein erholen. Außerdem hat er sich bei seinem Manöver die Hand verletzt, aus der es stark blutet. Doch das stört ihn nicht. Er sieht nur gebannt zu den beiden Polizistinnen und glaubt, eine davon wiederzuerkennen. Ja, genau, die. Blond und mit langen Haaren.

Zwei Wochen später. Der Spiegel, das Fenster und die gläserne Duschwand sind durch das extrem heiße Wasser und den Dampf beschlagen. In dem künstlichen Licht steigen leichte Dampfschwaden auf. Das heiße Wasser prasselt auf seinen Körper. Er rubbelt sich die Haut so stark, dass sie porentief sauber wird. Dann sitzt er in der Unterhose vor dem kleinen Spiegel und trägt Make-up und Rouge auf, er schminkt sich die Augen mit Wimperndusche, Lidschatten und Eyeliner und streicht sich die Lippen rot an. Er zieht die halterlosen Netzstrümpfe hoch und rückt den BH zurecht. Dann streift er den viel zu kurzen Rock über, zieht die Bluse und das Jäckchen an. Die High Heels und die blonde Langhaarperücke verstaut er in seiner Tasche. Der lange Mantel, den er sich überwirft, verbirgt seine Aufmachung. Er schleicht das dunkle Stiegenhaus hinunter. Durch die geschlossene Wohnzimmertür hört er die Geräusche einer Samstag-Abend-Show, die sich die Eltern wie immer ansehen. Dann verschließt er die Haustür seines Elternhauses. Im Auto zieht er sich nun den langen Mantel aus, schlüpft in die sündhaft teuren High Heels und setzt die Perücke auf.

Wenig später läuft er über den nur schwach beleuchteten Autobahnparkplatz und hofft, alle Blicke auf sich zu ziehen. Er will, dass ihn die Männer umschwirren, dass sie sich in ihn verlieben. Aber er wird den einen oder anderen ganz schön zappeln lassen, so lange, wie es ihm gefällt. Er will ihre Liebe spüren. Im Dunkel der Nacht will er wieder ganz Frau sein.